KB181029

벌거벗은 겨울나무

김애라

초판 1쇄 발행 | 2020년 3월 5일
지은이 | 김애라
펴낸이 | 최대석
기 획 | 최연
편 집 | 김아연, 서민혜
마케팅 | 박이안, 이진아
디자인 | 박소영, 김진용
펴낸곳 | 행복우물

등록번호 | 제307-2007-14호
등 록 일 | 2006년 10월 27일

주 소 | 경기도 가평군 경반안로 115
전 화 | 031)581-0491
팩 스 | 031)581-0492
이메일 | contents@happypress.co.kr

ISBN 978-89-93525-77-9
정 가 15,000원

벌거벗은 겨울나무

김애라

행복우물

일러두기
* 이 책은 저자가 경험한 사실들을 바탕으로 일체의 허구없이 서술되었습니다.
* 편집과정에서 원고는 현대어 맞춤법 표기에 맞추어 수정되었습니다.

나 자신만이 내 삶을 단 한번 살수 있는 특권과

삶에 책임을 져야하는 의무도가지고 있음을,

나는 굳게 믿고 살아왔다.

작가의 말

삶,

산다는 것 보다

더 귀하고 소중한 것은

이 세상에 없다.

제1장
마음의 고향

마음의 고향

먼 산에 진달래 울긋불긋 피었고

보리밭 종달새 우지구지 노래하는

아득한 저 산 넘어 고향이 그리워

버들피리 소리 나는

고향이 그리워

어려서부터 즐겨 부르던 '마음의 고향'이라는 노래다. 팔십 문턱에 다가선 지금도 나는 이 노래가 좋아 부르곤 한다. 노래를 부르며 네 살 된 장난꾸러기 손자를 잠재운다. 어린 손자 티어돌 Theodore 도 <마음의 고향>을 좋아하는 눈치다. 안 잔다고 떼를 쓰던 개구쟁이가 어느덧 슬며시 눈을 감고 쌔근쌔근 잠이 들 때, 나는 내가 그토록 그리워하는 고향이 어디인가를 생각해 본다. 지금 까지 거쳐 온 수많은 도시들이 머리 속을 스치고 지나간다. 강계, 서울, 울산, 샌프란시스코, 뉴욕, 케임브릿지. 하지만 늘 마음속을 맴돌던 노래와 함께 내 눈앞에 펼쳐지는 곳은 다름 아닌 강계다. 높은 산과 맑은 물이 흐르는 아름답고 평화롭던 산간벽지. 우거진 나무에서는 새들이 지저귀며 어린 내가 뛰어 놀던, 아버지 생가의 뒷동산. 파노라마처럼 펼쳐지는 어린 날의 기억들이 지금도 내 가슴 깊은 골짜기에서 부드러운 숨을 쉬며 강계로 이끈다.

　평안북도 강계, 압록강을 경계로 중국과 북한을 가르는 곳에 위치한 고요한 산촌. 산맥이 깊고 수정같이 맑은 물이 흐르던 강이 지금도 눈에 선하다. 강계는 한반도에서 중강진 다음으로 추운 곳이었다. 엄마는 "겨울에 남자들이 소변을 보면 오줌 줄기가 나오면서 고드름이 되어 떨어진다"라고 말하곤 했다. 소달구지에 곡식을 가득 싣고 오는 소작인들의 수염에 고드름이 주렁주렁 매달린 것을 나도 본 기억이 난다. 강계 여자들은 키가 훤칠하게 크고 피부가 맑아 아름답다. 성격은 시원시원하고 강하다. 아마 산수가 좋아 미인들이 많이 나오는 것 같다고 엄마는 말했다. 고향을 물어오는 사람들에게 "강계예요"라고 대답하면 "아, 그래서 애라 씨가 미인이군요"라는 듣기 좋은 찬사를 받곤 했다. 이런 모습들은 이미 오래전 남북 분단(1945)과 함께 사라져 오늘날의 젊은 세대들에게는 생소할 것이다.

　강계는 1910년생인 아버지(김형윤, 金亨閏)의 출생지이다.

그의 부드러운 젖살과 여린 뼈가 굳어진 곳이며 1945년에 월남하기까지 그의 반생을 조각한 곳이다. 1909년 맺어진 한일합방 조약으로 조선이 일본의 식민지가 된 상황에서 아버지의 생은 사양길에 접어든 조선의 옛 관습과 일본 통치의 손길 속에 만들어진 인간 공예품이다. 옛 관습과 부모의 명에 의해 아버지는 열두 살의 나이에 무학인 시골 여자와 혼례를 치르게 되었다.

이십 세 중반에 아버지는 이미 두 딸과 아들을 둔 가장이 되었다. 일제는 조선의 교육기관인 서당을 폐지하고 현대식 학교 설립과 일본식 학제와 일본어 학습을 강요했다. 그러면서 조선어와 조선인의 정체성을 말살시키려 했다. 이에 항거하던 할아버지는 계속 아버지를 서당에 보내거나 가정교사를 고용하여 한문 공부를 시켰다. 할아버지의 완고함 덕에 아버지는 논어, 맹자 등을 공부하며 한문을 통달하게 되었다. 저항할 수 없는 상황이 닥치자 결국 아버지는 긴 머리를 땋은 채로 초등학교에 들어가 신교육의 첫발을 내딛게 되었다. 결국 아버지의 긴 머리채도 일본인의 가위질에 잘리고 말았지만, 어린 학생들 틈에서 나이 많은 학생인 아버지는 뛰어난 학식과 판단력으로 여러 차례 월반하여 삼 년 만에 학교를 졸업했다.

강계의 거부이자 최초의 강계 전기 회사를 설립한 할아버지는 아버지를 군청에 취직시켰다. 군서기를 시킬 계획이었다. 하지만 아버지 눈앞에는 지난여름 만난, 사각모자에 교복을 입은 경성 유학생의 모습이 어른거렸다. 촌뜨기 아버지의 마음은 선망의 대상인 경성 유학의 꿈으로 가득 차 있었다. 며칠을 곰곰이 생각한 끝에 아버지는 경성 유학을 결심했다. 온 식구가 잠든 밤, 장롱 문을 몰래 열쇠로 따고 손에 잡히는 대로 돈을 마구 자루에 담았다. 그리고 그 길로 강계 역으로 달려가 평양행 기차에 올랐다.

평양을 거쳐 드디어 경성에 도착했지만 이미 모든 학교의 입학 수속이 끝난 상태였다. 아버지는 중앙고등학교를 찾아가 상황을 설명했다. 중앙고보를 지원한 이유는 그 학교가 확고한 독립 정신을 학생들에게 가르쳤기 때문이라고 했다. 뒤늦게 아들의 뜻을 파악한 할아버지는 계속 학비와 경비를 보내 주었다. 의대에 들어가 인턴과 레지던트, 그리고 임상경험을 쌓은 후 아버지는 다시 출생지 강계로 돌아가 현대식 병원인 북문병원을 개원했다. 이후 1945년까지 반생애를 강계에서 보내고, 어머니와 아들, 두 남동생들, 친척과 친구들을 모두 강계에 남겨두고 임신 중의 엄마와 네 명의 자식만을 데리고 남하하셨다.

강계는 아버지가 1979년 세상을 떠나기까지 평생을 못 잊고, 뼛속까지 사무친 고향이었다. 반면에 엄마에게는 눈물과 한으로 얼룩진 곳이다. 꿈속에서라도 도망쳐 나오고 싶었던, 지긋지긋한 곳. 친인척 하나 없는 외롭고 쓸쓸한 곳, 배신과 아픔을 씹고 모진 시집살이로 남몰래 울었던 곳이었다. 엄마와 아버지의 인연은 연세대학교 의과대학교의 전신인 세브란스 의학전문학교 병원에서 시작했다. 세브란스 병원의 레지던트였던 아버지는 입원 환자였던 엄마의 형부, 즉 큰언니 남편의 담당 의사였다. 자주 병문안을 오는 어여쁜 신여성 엄마에게 그 젊은 의사는 눈독을 들였지만 감히 다가설 수 없었다.

당시 명문인 숙명여고를 나온 엄마는 프랑스 제품인 코티^Coti 분을 바르고 공부는 멀리하고 패션에만 관심 많던 학생이었다. 운동과 예술에 능해 학교의 대표 정구 선수였다. 또한, 여러 번 동양 미술 분야에서 상을 받기도 했다. 맑은 소프라노 톤으로 노래도 잘했다. 일찍이 아버지를 여의었지만 충청남도 온양 갑부의 막내딸이며 최초의 조선인 의학박사가 되어 경성의학전문학교에서 가르치던 김동익 박사의 처제(작은 언니의 동생)이기도 했다. 아버지도 김 교수에게서 배웠다. 제자였던 꼬맹이 의사가 선수를 치기에는 너무 과했을 것이다. 무엇보다 아버지는 이미 자녀를 셋이나 둔 이혼한 남자였다.

엄마 역시 이미 약혼한 여인이었다. 당시 권세를 누리던 신여

성인 작은언니의 압력으로 마음에도 없는 약혼을 하고 눈물로 나날을 지내고 있었다. 작은언니는 김 박사의 새 부인이었는데, 일본의 나라여자고등사범학교 출신의 숙명여고의 선생이었다. 엄마가 있던 기숙사의 사감이기도 했던 작은언니를 엄마는 늘 어려워했다. 어느 날 엄마는 큰형부의 문병을 가서 울면서 언니와 형부에게 하소연을 했다고 한다. 언니와 형부는 평소에 그 젊은 의사를 눈여겨 두었던 터라, 다리를 놓기로 했다고 한다. 이렇게 엄마와 아버지의 현대식 데이트가 시작되었다.

그들은 주로 남산공원을 산책하며 사랑을 속삭였고 밤이 새도록 배를 타고 노를 저으며 한강을 수없이 건너다녔다. 나는 엄마의 이야기를 들으며 상상의 날개를 펼쳐 보곤 했다. 아마 키스도 했겠지. 포옹은 물론이고. 배가 뒤집히지 않은 것이 천만다행이었을 테다. 지금도 나는 두 젊은 연인들의 달콤했을 로맨스를 그려보며 웃음을 지어본다.

얼마 후에 아버지는 일본 잡지인 〈주부생활〉이라는 잡지를 엄마 손에 쥐여주며 온양 친가에 내려보냈다. 경성에 놓아두면 미인인 엄마를 다른 남자들이 채어갈까 걱정이 되어 시골에 숨겨두고자 했던 것이었다. 아버지가 하루가 멀다 하고 온양으로 내려가 엄마와 함께 지냈다. 예식과 격식을 중시하고 충청도 양반인 오빠는 시집도 안간 처녀 집에 총각이 수시로 드나 드는 것이 이웃 보기에 창피해 엄마를 견딜 수 없을 정도로 야단쳤다. 아버지를 못 오게 했음은 물론이다. 그러나 아버지는 못 들은 척하고 더 자주 내려갔다고 한다. 그리고 용기를 내서 엄마에게 이혼한 사실을 토로하고 청혼을 했다. 하지만 자식이 있다는 사실은 감추었다. 아버지의 끈질긴 방문에 지친 오빠는 이혼 사실을 확인하기 위해 온 가족의 성명이 기록된 호적등본을 아버지에게 요구했다. 아버지는 등본 대신에 부부 이름만이 명기된 호적초본을 송부했다. 분명히 아버지는 대담한 도박을 했다. 호적초본을 받은 오빠는 등본과 초본을 확인 못하고 이혼 사실만 확인하고 결혼을 승낙했다. 자식이 있으리라고는 상상도하지 못한 채.

뜻밖의 횡재로 엄마와 결혼한 아버지는 자랑스럽게 새색시를 데리고 강원도 춘천도립병원의 외과 과장직에 부임했고 신혼부부는 꿈속에서 그리던 새 삶을 시작했다. 1938년 8월 1일 낮 12시 50분, 그들 사랑의 첫 열매인 내가 춘천도립병원 일본인 의사의 집도 아래 태어났다. 아버지는 '애라'라는 예쁜 이름을 지어주었다. 하지만 외가의 어른들은 나를 '문열이'라고 불렀다. 내가 먼저 엄마 배의 문을 열고 세상에 나왔다고 그렇게 부른 것이다. 훗날 아버지는 애라의 어원을 알려주었다. 옥편에서 어렵고 희귀한 한자(향기 애 - 藹, 번성할 라 - 蘿)를 골라 특이한 이름을 지었다고 한다. 한문을 통달하지 않고는 그 두 글자를 알 수 없다고 했다. 그 이야기를 들으며 나는 아버지의 마음을 읽을 수 있었다. 특별한 이름을 지어 준 아버지는 내가 범인을 뛰어넘는 인물이 되길 바라고 있었던 것이다. 이름뿐만 아니라 아버지는 모든 면에서 특별한 애정과 관심을 쏟으며 나를 길렀다. 지금도 아버지는 내 삶의 반석이다. 아버지의 사려 깊은 사랑과 보살핌을 생각하면 나는 불안과 공포로부터 벗어난다. 말없이 웃는 아버지를 그려보는 지금도 마음에 그리움의 이슬이 맺힌다.

내가 한 살이 되었을 때, 아버지와 엄마는 나를 데리고 강계역으로 왔다. 신식 교육을 받고 의사가 된 아버지가 한양에서 미인 아내를 맞이했다는 소문이 전 강계에 퍼져있었다. 강계 주민들이 엄마를 보기 위해 기차 정거장에 몰려와 기다리고 있었다. 몰려든 군중의 인파를 뚫고 엄마가 집에 들어오는 순간, 뜰에서 놀던 아이들이 새색씨를 보려고 뛰어나왔다.

그날 밤 엄마는 아이들이 누구인지 아버지에게 물었다. 아버지는 태연스럽게 부엌에서 일하는 여자의 자식들이라고 답했다. 얼마 후 엄마는 그 아이들이 아버지의 자식들이며 부엌에서 일하던 여자는 이혼당한 전처임을 알게 되었다. 할머니가 손길이 모자랄 때 종종 아이들의 생모인 전 며느리를 데려다 일을 시키곤

한다는 사실과 함께. 엄마는 속았다는 배신감에 떨었다. 큰언니에게 전보로 이 사실을 알렸다. 충남 당진에 살던 큰언니는 그길로 경성을 통해 강계로 달려왔다. 이모는 엄마의 결혼을 주선했던 책임감과 분노에 사로잡혀 엄마의 모든 짐을 쌓아 온양 친정으로 부쳤다. 그리고 애란이 만이라도 두고 가라고 사정하는 아버지를 뿌리치고 젖먹이였던 나를 채금이에게 업히고 엄마와 강계를 떠났다. 온양에 있는 엄마의 친정으로 할머니의 전보가 매일 날라 왔다. 아버지가 식음을 전폐하고 누워있다며 엄마에게 귀가를 권했다. 하지만 엄마는 마음의 상처와 친정식구들의 거센 반대로 응답을 하지 않았다. 얼마 후 할머니의 마지막 전보가 왔다. 아버지가 죽어가니 마지막으로 애라를 데리고 와 임종을 보라는 것이었다. 말리는 가족들의 손길을 물리치고 엄마는 나를 업고 강계로 가는 열차에 올랐다.

병원 건물은 커튼이 무겁게 내려져있었다. 엄마는 아버지가 누워있다는 병실의 문을 떨리는 손으로 열었다. 깜깜한 방, 무덤 같은 적막이었다. 얼마 후 엄마는 머리끝까지 이불을 덮고 누워있는 아버지를 발견했다. 조심스럽게 입을 열어 "여보, 왔어요"라고 말했다. 아무런 반응이 없었다. "애라 아버지, 애라 데리고 왔어요." 침묵 속에 아버지는 얼굴을 덮었던 이불을 서서히 제치고 뼈만 남은 앙상한 손을 내밀었다. 빗물 쏟아지듯 엄마 눈에서 눈물이 흘러내렸다. 숨이 막히고 가슴이 터질 것 같았으리라. 그 순간부터 강계는 엄마에게 삶에 새로운 시작을 열어주었다. 2년 차이로 나의 세 여동생들(애령, 애란, 애훈)이 연이어 태어나고 남동생 철이는 엄마 뱃속에서 자랐다. 1945년 우리 가족이 남하하기까지 7년간 엄마는 강계에서 살았다.

할머니는 엄마를 미워했다. 엄마는 부잣집 딸에 신교육을 받은 현대 여성이었지만 음식도 다림질도 할 줄 몰랐다. 그래서 할머니에게 구박을 받았던 것이다. 게다가 엄마는 강계 미인으로 소문난 시어머니와 시누이를 넘어서는 현대식 미인이었다. 그리고 효자였던 아들의 마음을 사로잡았으니 말이다. 게다가 마음대로 일을 시키던 이혼한 전처의 출입을 엄마가 막았으니, 할머니 입장에서는 상당히 불쾌했을지도 모른다. 할머니는 언변이 뛰어나 변호사도 감당치를 못했다고 한다. 아마도 아버지의 말재간은 할머니에게 이어 받은 것 같다. 웅변상 꽤나 받은 아버지는 청중의 심금을 울리는 명 연사였다. 강계의 여걸인 할머니는 성격이 예민하고 과격했다고 한다. 비위에 맞지 않거나 사리에 어긋나면 남자들의 뺨도 후려치곤 했다는 말을 들었다. 엄마도 많이 맞았다. 경성에 사는 시누이가 애들을 데리고 자주 친정에 왔고, 할머니와 합세하여 엄마를 때리곤 했다고 한다. 지금도 어렴풋이 기억이 난다. 할머니와 삼촌들이 엄마를 때려 앞마당에 엄마가 쓰러진 일을. 나는 병원으로 뛰어가 아버지를 불러왔다. 엄마는 늘 말했다. 할머니가 걸을 때에는 치맛바람 소리가 '홱 홱' 난다고. 그러면 온몸에 소름이 돋는다고 했다. 엄마는 할머니를 무서워했고 싫어했다. 만 7년간의 강계 생활이 엄마에게는 칠십 년 보다 길었을 것이다. 엄마는 강계 소리만 들어도 오싹했을 것이다. 엄마에겐 꿈에라도 빠져나오고자 몸부림치던 지긋지긋한 지옥이 바로 강계였다.

하지만 나에게 강계는 어린 날의 추억들이 깃든 마음의 고향이다. 어린 날 강계에서의 생활은 나를 즐겁게 했다. 아버지는 나를 무척 사랑했는데, 종종 나를 병원에 데리고 가 높은 의자에 앉혀놓고 환자를 보았다. 나는 호기심 속에서 환자를 보는 아버지와 간호사들, 약사들을 유심히 보았다. 또 우는 아이들, 신음하는 환자들을 보며 무서움에 떨기도 했다. 나는 병원 직원들과 환자들이 나를 예쁘다며 어루만지고 귀여워하는 것이 좋았다. 아버지는 점심에는 언제는 집에 와서 나를 무릎에 앉혀 놓고 점심을 들었다. 내 입맛에 맞는 반찬을 넣어주고 입에 묻은 음식을 닦아주곤 했다. 그래서인지 나는 점심시간이 되면 대문에 나가 아버지를 기다렸다. 어느 날 대문 밖에서 집을 향해 오는 아버지를 보고 뛰어 달려가다 넘어져 마시던 사이다 병이 땅바닥에 부딪혀 깨어져 눈을 다쳤다. 다행히 눈은 깨끗이 완치되었다. 아버지가 정성

<u>으로</u> 치료해 준 덕이었다.

　또한 사냥의 명수인 아버지는 종종 나와 애령이 그리고 엄마를 데리고 나무가 우거진, 이름 모를 새들이 즐비한 산에서 사냥을 즐겼다. 나를 예쁘장한 모자와 여아용 사냥복으로 단장시키고 애령이를 남자 모자에 남자 옷을 입히자, 애령이가 땅바닥에 드러누워 발버둥치며 울던 모습이 아직도 생생하다. 아마 아들을 기대했던 아버지의 속마음이 반영되었던 것일지 모르겠다. 아버지가 사냥에서 빈손으로 돌아오는 날은 극히 드물었다. 항상 꿩들을 둘러메고 왔으며 엄마는 꿩 요리를 맛있게 만들곤 했다. 특히 꿩고기로 만든 냉면은 일품이었다. 지금 생각만 해도 입에서 군침이 돈다. 노루나 사슴을 잡아오는 날에는 큰 잔치가 벌어지곤 했다. 그러면 노루포를 떠서 양념하고 말리는 등 엄마는 분주해지기 시작했다. 방 하나는 사냥총들과 장기*들로 가득했으며 한가한 날에는 아버지는 열심히 총을 닦고 우리들에게 사냥 도구들, 특히 총에 대한 상식이나 주의사항들을 가르쳐 주었다. 직업은 의사였으나 다양한 취미와 오락과 멋을 즐기는 아버지였다. 그 덕에 어려서부터 나는 다양한 것들을 배우고 경험할 수 있었다. 배를 타고 낚시를 하다 폭풍우가 엄습해 강물에 빠져 허우적거린 일, 물에 빠진 생쥐가 되어 돌아온 애령이와 나를 엄마가 아버지를 야단치는 모습 등은 아직도 기억에서 지워지지 않는다.

나는 연례행사였던 가족 성묘와 제삿날을 기다렸다. 김 씨 가문의 장손인 아버지는 매년 사촌, 육촌, 팔촌, 십촌까지 수 십 명이 넘는 가족들을 인솔하여 조상들의 무덤들을 일일이 찾아갔다. 마지막 제례로 아버지는 우리 어린아이들을 일렬횡대로 세워놓고 할아버지 무덤에 모두 엎드려 절하게 했다. 모든 예식이 끝나면, 준비한 음식을 나누어 먹으며 춤추고 노래하고 각종 전통 놀이를 함께 했다. 명절이나 제사에는 친척들이 큰집인 할머니 집에 몰려왔고 부엌에서는 여인네들이 산나물을 무치고 채소와 고기들을 지지고 볶으며 분주한 중에도 밀린 이야기를 나누기 바빴다. 나는 들락날락하며 음식들을 집어먹었다. 그리고 크고 무거운 맷돌을 돌리며 껍질 벗긴 불은 녹두를 가는 여인네들 옆에 앉았다. 나도 맷돌 자루를 함께 돌리며 노래를 부르곤 했다.

"새야 새야 파랑새야, 녹두밭에 앉지 마라, 녹두꽃이 떨어지면, 청포장사 울고 간다." 그러나 청포장사보다 내가 울 것 같았다. 맛있는 지짐을 못 먹어서 말이다. 간 녹두에 큼직큼직하게 썰어 넣은 돼지고기와 김치, 숙주, 후추, 파, 마늘 등 여러 채소를 섞어 푸짐하게 부친 강계 지짐이는 별미였다. 그 옛날 강계 음식은 보기에 예쁘지는 않아도 맛이 순박하고 부지러웠고 푸짐했다. 모양을 내는 남쪽, 특히 서울 음식과는 본질적으로 다른 것 같았다. 또한 서양식 디저트 개념은 없지만 조선의 전통 다과인 과질, 약과, 다식 등 꿀에 잰 달콤하고 은은한 맛의 다과가 있었다. 할머니가 차분히 앉아 후식으로 다과를 준비하면, 나는 슬금슬금 눈치를 보며 부스러기들을 주워 먹으러 들랑날랑했다. 내가 좋아했던 수정과는 축제날까지 참아야 했지만 말이다.

뒷동산에서는 남정네들이 돼지 잡기에 분주했다. 돼지 목 따는 소리가 온 집안에 메아리쳤다. 그 소리를 막기 위해 쉬쉬하며 돼지 입을 틀어막는 어른들의 법석도 어린 나에겐 재미있었다. 물론 오늘날의 동물 보호의 개념은 없었으나 비밀 도살은 금지였다. 비밀리에 도살한 것이 발각되면 투옥되었고 벌금을 물어야 했다. 돼지를 잡을 때 돼지의 비명을 주민들이나 순사들이 못 들었을 리 없다. 어른들은 못 들은 척하고 묵인해 준 것 같다고 한다. 아마도 유력한 집안이었기 때문에 그랬을 것이다. 여자들은 피가 철철 흐르는 돼지 살을 볶고 삶아 넓적한 지짐을 부쳤다. 집에서 만든 순대는 둘이 먹다 하나가 죽어도 모를 정도였다. 지금까지도 그렇게 맛있는 순대를 먹어본 적이 없다. 또한 소의 생피를 받아 파와 마늘 등으로 양념하여 찐 선지도 일품이었다. 아버지는 고기를 무척 좋아했다. 고기가 귀했던 일정 말기였지만 아버지는 종종 돼지나 소를 넓은 뒷마당에서 몰래 잡게 했다.

육포를 좋아한 아버지를 위해 엄마는 소고기를 얇게 저며 만든 양념에 묻혀서 사다리를 타고 지붕 위에 올라가 그 많은 양념 포를 하나씩 하나씩 펴서 정성껏 기와 위에 놓고 햇살에 말리곤 했다. 저녁이 되면 다시 그 모두를 큰 바구니에 담아 들여왔는데 포들이 완전히 마를 때까지 며칠을 아침, 저녁 가릴 것 없이 열심히 포들을 말렸다. 나도 소고기 포를 좋아했다. 내가 소고기를 좋아하게 된 것은 아버지의 영향인지 모르나 요리를 잘하는 엄마에게 길들여진 탓도 있다. 이런 입맛 때문에 나도 요리를 잘 할 수 있게 된 것 같다. 최근 옛날 생각이 나서 시중에서 파는 육포를 입에 넣었다가 도로 내뱉은 적이 있다. 살이 너무 두껍고 양념이 메스껍기까지 했다. 어린 날 엄마가 만들어 준 소고기 포를 그리워하며 이미 세상을 떠난 엄마 생각에 눈시울이 뜨거워졌다.

뒷동산에서 남정네들이 도살에 분주한 한편, 앞마당에서는 다른 한 패의 어른들이 떡쌀을 길고 큰 나무절구에 넣어 쿵쿵 치며 바쁘게 움직였다. 어른들이 바쁘게 일하는 동안 아이들은 앞마당과 뒷동산을 뛰어다니며 신나게 놀곤 했다. 나는 늘 제삿날을 기다렸다. 맛있는 음식과 함께 사람들이 왁자지껄한 것을 좋아했고 오랜만에 만난 친척 동기들과 함께 노는 것이 너무 좋았다. 그래서 명절이나 성묘, 제삿날들을 일 년 내내 손꼽아 기다렸다. 어려서는 시간이 왜 그렇게 늦게 가는지 기다리기가 힘들었다. 지금은 시간이 너무 빨리 가서 정신이 없는데 말이다. 나이 따라 시간이 간다는 말, 맞는 말인 것 같다.

옛이야기를 좋아했던 나는 어른들만 보면 이야기를 해 달라고 졸랐다. 어린 시절에 옛이야기를 듣는 것은 나의 상상력 개발과 스피치 능력에 큰 영향을 준 것 같다. 들었던 이야기에 상상을 보태 다른 사람들에게 말해주기도 하였다. 이러한 스토리텔링 경험은 훗날 목사와 교수로서 청중 앞에서 서는데 기반이 된 것이라 생각한다. 지금도 나는 네 살 반 된 손자에게 옛이야기를 자주 들려주곤 한다.

어려서 들은 이야기는 무서운 이야기도 있었다. 귀신, 도깨비 이야기 등이 그것이다. 무섭지만 재미있었다. 깜깜한 밤이 되면 무서워서 변소도 못 갔다. 옛이야기들은 모두 교훈적이었다. 무서움을 통해 조심성이나 주의력을 환기시켜 준 것 같다. 하지만 불면증이 있던 나는 낮에 들은 귀신과 도깨비 이야기가 떠올라 밤새 잠을 잘 수 없었다. 눈을 감고 식은땀을 흘리며 몸이 빳빳하게 굳어지곤 했다. 혼자 소리를 죽이고 울기도 했다. 무서운 밤에서 나를 구해준 것은 다름 아닌 아버지의 마작이었다. 달그락달그락 옆방에서 마작 굴리는 소리, 마작 패의 수군거리는 소리는 내게 부드러운 자장가로 들려왔다. 마작 소리에 나는 편안하게 잠이 들곤 했다. 마작은 법으로 금지되었고 들키면 벌금과 징역

형이 부과되었다. 사람들은 주로 우리 집에서 마작판을 벌렸다. 물론 말소리를 낮췄다. 일단 마장을 시작하면 아버지는 며칠씩 잠도 안 자고 환자도 보지 않고 마작 패와 어울려 마장을 했다. 둘째 동생 애란이가 태어날 때에도 엄마가 수없이 간호사와 약제사 등을 보내어 간신히 아버지를 모셔왔다고 한다. 마작의 프로급이었던 아버지는 돈을 잃는 일이 극히 드물었다. 대부분 돈을 따곤했다. 마작이 끝나고 돌아온 아버지의 눈은 움푹하게 들어가 있었고, 수염은 덥수룩했고 몰골 또한 형편없었다. 입고 있던 한복의 주머니를 풀면 돈이 우수수 방바닥에 쏟아지곤 했다. 물론 엄마는 마장에 진절머리를 쳤고 이로 인해 엄마는 아버지와 항상 싸웠다.

산골 강계의 삶은 일반적으로 단조했다. 간혹 연극단이나 서커스단이 들어오면 온 강계가 떠들썩했고 거리엔 생기가 돌았다. 북 치고 장구 치고 나팔불고 꽹과리를 치며 얼굴에 요란한 화장을 한, 울긋불긋하고 빛나는 옷을 입은 광대들이 골목길을 누빈다. 그들이 홍보를 하며 행진하면 나도 그 틈에 끼어 노래하고 춤추며 따라다녔다. 하지만 나는 서커스나 연극을 싫어했다. 이리저리 떠돌아다니는 어린 광대들과 곡예사들이 불쌍해 보였다. 그들을 생각하면 슬픔이 밀려왔다. 물론 집에서는 광대나 곡예사들의 흉내를 내곤 했지만, 서커스단의 동물들도 불쌍하게 느껴졌다. 산속에서 마음껏 뛰어놀아야 할 호랑이가 고양이처럼 서커스 단원의 지시와 호각에 맞추어 움직이는 것을 보면 부자연스럽고 측은해 보였다. 드문드문 방문하는 서커스단은 어린 나에게 기다림과 흥분, 서글픔을 함께 안겨주었다.

서커스가 나에게 모순된 감정을 준 반면, 나는 언제나 여행을 좋아했다. 외출을 즐기던 아버지는 경성과 온양으로 자주 우리들을 데리고 다녔다. 지금도 만주Manchuria와 신경Xinjiang여행의 기억이 생생하다. 기차 속에서 자고 먹고 목욕을 하면서 며칠을 달렸다. 특히 만주의 어떤 지역은 빈민굴같이 빨강, 파랑, 노랑, 하양, 검정 등 각양각색의 펄럭이는 깃발들로 덮여 있었다. 마치 무당집들을 연상시켰는데 설움과 더불어 호기심이 나를 사로잡았다. 지금도 가끔 내가 봤던 것들이 무엇이었을까 하는 생각을 해본다. 당시의 여러 기억들이 아직도 생생하게 눈앞에 어른거린다. 생각해보면 조용하고 평화로운 강계가 꿈이 크고 활기찬 아버지에게는 너무 답답했을 것 같다. 특히 아버지는 의사라는 직업을 싫어했다. 병원에서 하루 종일 환자만 보는 것이 지루했을 것이다. 그래서 틈만 나면 가족들을 데리고 밖으로 나가려고 했다. 휴일이면 가족과 함께 여행을 하거나 극장이나 시장을 갔고, 때로는 사냥을 하거나 도박을 하기도 했다. 엄마는 '중이 염불에는 마음이 없고 젯밥에만 마음이 있다' 라며 아버지를 비난하기도 했다.

할머니의 대궐 같은 집은 지금도 꼭 다시 가보고 싶다. 그 궁전 같은 집에는 할머니와 나의 이복형제들, 그리고 두 명의 삼촌(거윤,부윤)과 숙모들이 함께 살았다. 할아버지는 계시지 않았다. 내가 태어나기 이미 오래전 세상을 떠났다. 아마 사진은 봤으나 내 기억에 할아버지는 없다. 그분의 존함도 잊어버린 것이 아쉽다. 웃어른들은 지금 세상을 떠나셨고 이제 곧 내 차례가 될 테니 그저 아쉬울 뿐이다. 웃어른들의 이야기에 따르면 할아버지는 산삼 도매상으로 재산을 모았다고 했다. 산삼 철이면 중국에서 상인들이 몰려와 할아버지 집에 거하며 산삼을 사 갔다고 한다. 높은 산 골짜기의 바위틈 속에서 자라는 산삼은 영약으로 신성하게 여겨졌다. 그래서 보통 사람의 눈에는 보이지 않고 오직 영통한 사람의 눈에만 보인다고 한다. 산삼 캐는 사람들은 심신을 깨끗하게 하기 위해 한 달 동안 성관계를 끊고 유흥이나 술, 담배 등을 피하며 명상을 통해 심신을 수양한 후 산삼을 캐러 떠난다. 아버지는 팔다 남은 삼산 찌꺼기를 너무 많이 먹어 한 쪽 눈이 약간 찌그러졌지만 덕분에 건강했다고 했다. 몸은 말랐지만 평생 감기 한번 앓는 일이 없었다. 나는 아버지가 몸이 아파 자리에 눕는 것을 본 적이 없었다. 할아버지는 성품이 온유하고 인자하여 사람들의 존경과 신임을 받았다고 한다. 아쉽게 할아버지는 일찍 세상을 떠났다. 나는 한 번도 보지 못한 할아버지를 좋아했다. 할아버지가 살아있었으면 나를 예뻐했을 것이라고 생각했다. 나를 미워했던 할머니와는 반대로 말이다. 물론 나도 할머니에게 정이 많지는 않았던 것 같다.

나는 할머니와 '붙여우'라고 불리는 엄마와의 미묘한 신경전을 예리하게 느꼈다. 그리고 언제나 엄마 편에 섰다. 할머니는 내가 엄마를 닮았다고 했다. 그리고 내가 할머니의 말을 엄마에게 고자질했기 때문에, 할머니는 내가 가까이 가면 사람들과 나누고 있던 대화를 멈추곤 했다. 그런 할머니도 동생 애령이가 가면 뒷동산에서 딴 앵두를 한 사발 가득 담아주었다. 물론 나에게는 한 알도 안 주었다. 애령이는 순하고 아버지를 닮아서 할머니가 좋아했던 것 같다. 나는 할머니가 미워서 뒷동산으로 뛰어가 앵두를 마구 따서 호주머니에 집어넣고 집으로 달려가 엄마에게 이르곤 했다. 할머니는 아버지가 나를 너무 이뻐하고 전처의 자식들은 거들떠보지 않는다며 나를 더 미워했다.

어려서부터 떡을 좋아했던 나는 할머니의 송기떡과 가래떡을 무척이나 좋아했다. 쌀가루에 솟아 나오는 연한 소나무 껍질을 벗겨 넣고 만든 적색을 띤 송기떡은 향내와 맛이 일품이었고 씹히는 감촉이 독특한 즐거움을 주었다. 봄이 되면 나는 식구들과 송기를 벗기러 가는 날을 기다리곤 했다. 새로 나오는 연한 가래나무 잎사귀에 쌀가루 반죽을 넣어서 찐 가래떡도 향기와 맛이 좋았다. 지금도 산에 가면 어려서 보았던 가래나무 잎을 찾는 습관이 있다. 비슷한 잎이 보이면 따서 냄새를 맡아본다. 가래 잎이기를 기대했지만 번번이 실망했다. 강계를 떠난 후 지금까지 어렸을 적 먹던 송기나 가래떡을 먹어보지 못했다. 인공조미료가 없는 할머니의 음식은 자연의 향기와 맛을 그대로 살린 천연식품이었다. 할머니는 싫었어도 할머니의 음식은 지금도 그립다.

나는 대궐 같았던 할머니 집을 매일 찾아갔다. 할머니가 또 무슨 엄마 험담을 하는지 듣고 엄마에게 알려주려는 의도도 있었지만, 무엇보다 나는 그 집을 아주 좋아했기 때문이다. 그 집은 지난날 군수가 살던 청사였다고 한다. 높은 돌층계를 올라가면 큰 한식 대문에 이른다. '탕! 탕! 탕!' 몇 번을 힘껏 두들기거나 있는 힘을 다해 소리 지르면 하인이 나와 거대한 대문을 연다. 그리고 하나의 중문을 열고 들어서면 넓은 마당이 펼쳐진다. 그 마당을 지나서 다시 돌층계를 올라가면 중앙의 넓은 대청마루에 이른다. 좌측에는 커다란 부엌이 있고 오른쪽으로는 수많은 방들이 즐비하게 늘어서 있다. 곡식과 음식을 저장하는 많은 광들이 앞뜰에 늘어섰고 아버지의 병원도 앞뜰의 담을 끼고 자리 잡고 있었다. 하지만 거대한 한옥과는 달리 병원 건물은 산뜻한 서양식 모던 건축물이었다. 아마 아버지가 강계로 돌아와서 개업을 하기 위해 넓은 마당 한쪽에 지은 건물인 것 같다. 뒤뜰의 큰 동산에는 앵두, 머루, 다래 등 탐스러운 과일나무들이 무성했다. 온갖 새가 날아들며 알 수 없는 이야기들을 속삭였다. 뒤쪽 작은 문을 열고 나가면 넓은 밭에 싱싱한 채소들이 즐비하게 자라곤 했다. 나는 동산과 뒤뜰을 좋아해서 동생들과 친척 형제들과 함께 앵두를 따먹거나 숨바꼭질을 하며 뛰어놀았다. 하도 넓고 나무들이 우거져서 숨으면 찾기가 힘들었다. 지금까지 나는 이처럼 크고 좋은 한옥을 보지 못했다. 아마 내가 어렸기에 집이 더 커 보였는지도 모르겠다. 어쨌든 그 집은 유엔 협정에 의해 남북이 갈린 후, 북한 정부에서 몰수하여 정부청사로 사용했다고 들었다. 언젠가는 그 집을 다시 찾아가 보고 싶다. 그 집은 내가 자란 우리 핵가족의 집보다 더 많은 추억을 안겨준 곳이며 강계를 떠올리면 가장 먼저 눈앞에 펼쳐지는 곳이다.

나는 어느덧 보통학교 일 학년이 되었다. 일정 말기에는 음식뿐 아니라 모든 물자, 특히 생활용품이 고갈되었다. 2차 대전에서 수세에 몰린 일본은 무기 제작을 위해 식민지였던 조선에서 금, 은, 납, 구리를 비롯한 철물, 부엌 용기인 양은 냄비, 밥솥, 은수저, 놋그릇까지 전부 빼앗아 갔다. 그리고 징병 제도를 실시해 청년들을 전쟁터로 보냈고 많은 사람들이 군수품 공장에서 강제 노역에 시달렸다. 몸뻬[1] 차림에 두건을 쓴 공장 여자들을 길에서 본 기억이 지

---

1 여자들이 일할 때 편하게 입는 바지를 말한다.

금도 눈앞에 선하다. 당시는 모든 사람들이 바쁘게 움직였다. 평화롭던 강계가 어수선하고 어두워 보일 때가 많았다. 요란한 소리를 내며 비행기가 자주 강계 하늘을 날았다. 무서웠다. 하지만 길 가던 사람들은 걸음을 멈추고 하늘을 쳐다보며 "B-29다, B-29다! 만세! 만세!"라고 소리치며 손을 흔들었다. 저녁에 돌아온 아버지에게 B-29가 무엇인지 물어보았다. 아버지는 B-29 슈퍼 포트리스 Superfortress는 세계에서 강한 비행기이며, 조선을 도와주는 미국의 비행기라고 말해 주었다. 그 후로 나도 비행기 소리만 나면 뛰쳐나갔다. 어른들 틈 속으로 들어가 만세를 외치며 깡충거리며 뛰어다녔다.

1945년 8월 15일, 일본 천황 히로히토Hirohito는 2차 대전의 참패와 항복을 선언했다. 36년간 조선을 묶었던 일본 통치의 쇠사슬이 끊어진 것이다. 조선이 가슴 벅찬 기지개를 펴던 날, 천지를 진동하는 군중의 함성에 놀라 나는 대문을 열고 뛰어나갔다. 수많은 사람들이 태극기를 흔들고 있었다. "만세! 만세! 해방이다. 해방이 됐다!"라며 부둥켜안고 좋아서 어쩔 줄 몰라 했다. 내가 해방의 뜻을 이해했을 리는 없지만 엄청나게 좋은 일이 일어났음은 느낄 수 있었다. 나는 곧장 집으로 뛰어 들어가 엄마에게 알렸다. 엄마도 인파 속으로 들어갔다. 아마 아버지는 이미 군중들 속에 있었을 것이다.

그날 저녁 아버지는 "이제는 우리나라가 독립했으니 나라를 위해서 일을 해야 할 때가 왔다"라고 말했다. 그때 나는 그 뜻을 이해하지 못했다.

매일 어른들은 강계에서 일어나고 있는 주민들의 폭력시위와 잔혹한 약탈에 관한 이야기들로 분주했다. 강계에 살던 대다수의 일본인들은 이미 본국으로 탈출한 상황이었다. 그들이 살던 크고 좋은 집에는 값진 가재도구와 귀중품들이 그대로 남겨졌는데, 주민들은 마구 들어가 물건들을 훔치고 집을 때려 부쉈다. 무섭다고 느꼈지만 어린 나이였던 나도 그 집에 들어가 보고 싶은 충동을 느꼈다. 반면 본국으로 출국하지 못하고 남아있던 일본인들은 성난 군중들에게 무참한 곤욕을 당했다. 고요했던 강계는 무법천지가 되어버렸다. 강계의 질서유지와 재건이 시급한 상황에서 아버지는 강계 경찰서 소장으로 추대되었다. 아침잠이 많은 아버지가 새벽에 일어나 밤늦게까지 분주해졌다. 점점 아버지를 보기가 힘들어졌다. 아침에 일어나면 아버지는 이미 경찰서로 나갔고 밤에는 우리가 잠든 후에 늦게 귀가하곤 했다.

얼마 후, 남북한이 38선을 경계로 분단되었다. 경찰서장이던 아버지는 미국에 협조했다는 죄명으로 파직과 함께 투옥되었다. 엄마는 매일같이 깨끗한 한복과 아버지가 좋아하는 음식을 만들어 나를 데리고 면회를 갔다. 하루가 멀다 하고 엄마는 값진 선물을 장만해 강계지 방을 통찰하던 한국계 소련군 장교의 집을 찾아가 아버지의 출옥을 간청했다. 나도 엄마와 함께 무릎을 꿇고 소련군 아저씨에게 아버지를 집에 오게 해 달라며 애원하던 기억이 생생하다.

어느 날 학교에서 돌아오자 엄마가 손짓하며 조용히 불렀다. "쉿! 빨리 나와. 이 옷을 가지고 아버지 만나러 가자. 아버지가 입으실 옷이다. 아버지가 오늘 감옥에서 나오신다. 애라야, 빨리 따라 나와!" 새로 지은 한복을 싸들고 엄마와 나는 총총걸음으로 경찰서로 향했다. 아버지가 나오기를 기다렸다. 가슴이 두근거렸다. 곧 순사가 아버지를 데리고 나왔고 엄마는 머리를 숙여 고맙다고 인사를 했다. 아버지는 이발과 목욕을 했다고 했다. 수염도 깎은 것 같았다. 마작을 했을 때처럼 덥수룩하던 수염도 없었다. 엄마에게 한복을 받아들고 아버지는 옷을 갈아입기 위해 다시 안으로 들어갔다. 한복으로 갈아입은 아버지와 우리는 집으로 갔다. 그 길로 바로 우리는 평안남도에 있는 묘향산 관광을 하러 기차에 올랐다. 묘향산은 아름답기로 정평이 나있었는데, 아버지가 종종 우리를 데리고 갔던 곳이었다. 하지만 낙엽이 거의 다 떨어졌고 싸늘하고 쓸쓸한 느낌이 들었다. 11월의 늦가을이었고 아름답다는 느낌은 없었다. 그러나 묘향산의 지하 동룡굴은 경탄할

만한 기억으로 남아있다. 그 규모와 절묘함이 말로 표현할 수 없는 경지를 넘어선, 천연 예술품이었다. 특히 지하수로 인한 암석의 침식이 신비하고 오묘해서 신성한 느낌마저 들었다.

2014년 여름, 학자로 성장한 딸 문형선의 북한 방문 여정에 묘향산 관광이 일정에 있는 것을 알게 되었다. 나는 어린 시절 보았던 동룡굴에 관해 물어보았다. 70년 전에 비해 얼마나 변했는지 궁금했다. 하지만 딸은 일정이 변경되는 바람에 그곳에 못 갔고 지명도 변했다고 했다. 하긴 옛말에 10년이면 강산도 변한다고 했으니 지명이 변했다고 놀랄 것도 없었다. 다만 남북한의 단절로 70년의 세월이 지날 때까지 변화를 감지할 수 없는 망각 속에서 살아온 스스로가 서글퍼졌다.

묘향산 관광을 마친 우리 가족은 그 길로 남하했다. 산을 넘고 넘는 밤 여행이 시작되었다. 아침 해가 뜨기 전 조그만 시골집에 도착했는데, 창호지 문틈으로 주는 아침밥을 먹고 잠을 잤다. 저녁 역시 주는 대로 먹고 다시 잠을 잤다. 한밤중에 톡 톡 문 두드리는 소리와 함께 엄마와 아버지가 우리를 흔들어 깨웠다. "일어나. 가야 해. 쉿! 울면 안 된다. 조용히! 빨리빨리!"라고 하며 팔을 잡아끌었다. 눈도 뜨지 못한 채 우리는 엄마와 아버지에게 이끌려 길잡이가 인도하는 곳으로 따라갔다. 살살 기어서 또다시 산

을 넘기 시작했다. 며칠을 그렇게 지냈는지 모르겠다. 아침과 낮
에는 산골 빈집에서 자고 밤이 되면 길잡이의 안내로 산을 넘어
남으로 향했다. 때로는 기관총 소리가 울리곤 했다. 그럴 때면 모
두 그 자리에 엎드려 숨을 죽이고 총소리가 멎을 때까지 기다렸
다. 조용해지면 다시 일어나 살금살금 길잡이를 따라갔다.

강원도 해주 임진강 근처의 작은 부락에 도착했다. 그곳에서
우리 가족을 남한 땅으로 인도해 줄 마지막 여정을 기다렸다. 나
룻배를 타고 강을 건너는 것이었다. 초조한 마음으로 기다리던
어느 날 밤, 길잡이가 왔다. 그는 우리 가족을 임진강변으로 데려
갔고 우리 가족은 조그만 나룻배에 올랐다. 온 세상이 깜깜한 물
위에 떠 있는 것 같은, 어둠 속의 도강이었다. 발각되면 북한 경비
선의 총포에 희생될 수도 있고 생포되어 이북으로 다시 송환될
위험이 있었다. 얼마 동안을 갔는지 며칠이 지났는지는 기억에
없다. 이른 새벽, 배는 무사히 한강에 도달했다. 만세를 부르며 배
에서 내린 우리 가족은 환영하는 사람 하나 없는 남한 땅에서 새
롭게 삶을 만들어 가야 했다.

엄마에게 들은 바로는 아버지의 월남은 계획에 없었다고 한
다. 아버지는 묘향산 여행을 마치고 평양까지 우리를 배웅하고는
강계로 돌아갈 예정이었다. 그리고 병원과 집을 정리하고 나중에

가족과 재회할 생각이었다고 한다. 하지만 막상 평양역에 도착한 아버지는 가족들과 떨어지기가 싫어 마음을 바꿨다고 한다. 온양 외가까지 우리를 데려다주고 강계로 돌아가기로 한 것이다.

　사실 치밀한 월남 계획은 엄마의 작품이었다. 강계라면 진절머리를 치던 엄마는 아버지가 감옥에 있는 동안 짐을 싸서 할머니 집의 광에 넣어 두었다. 남한으로 가서 안정을 찾은 후 짐을 다시 가져올 생각이었다. 그러나 누구도 70년이 지난 오늘까지 남과 북이 차단되어 왕래가 두절되리라고는 예상하지 못했던 것 같다. 빈틈없는 일처리로 우리 가족이 무사히 월남한 사건은 내가 엄마를 다시 보게 된 계기였다. 나는 엄마를 좋아했지만 그전까지는 명석한 여인이라고 생각하지 않았다. 주도면밀하게 계획을 실행한 엄마의 지성과 투지에 지금도 감탄할 뿐이다. 1945년, 월남과 함께 강계는 내 삶에서 사라져 버렸다. 소식도 끊어졌고 갈 수도 없다. 하지만 강계를 떠난 지 72년이 지난 오늘도 강계는 내 마음속에 살아 숨 쉰다.

제2장

피난민

피난민

우리 가족의 피난민 생활은 계속되었다. 서울에서 기차를 타고 온양 외가로 내려갔다. 외삼촌 가족은 거지 모습과 다름없는 우리를 반갑게 맞아주었다. 토지계획으로 땅을 많이 잃은 외삼촌은 온양 중심가에 '문화 여관'이라는 대형 여관을 운영하고 있었다. 외삼촌은 성격이 곧고 꼬장꼬장하며 예의범절을 따지는 깔끔한 충청도 양반이었다.

외삼촌은 아내를 세 명이나 거느리고 있었는데, 그때만 해도 일부다처의 조선의 관습이 남아있었다. 외삼촌은 상당히 가부장적이어서 모두가 외삼촌을 무서워했다. 물론 나와 동생들도 외삼촌을 무서워했지만, 세 외숙모들은 모두 따뜻했다. 큰 아주머니는 온순한 성품으로 두 딸이 있었다. 우리 자매는 두 언니들을 친언니들처럼 잘 따랐다. 둘째 아주머니는 서울 토박이로 세련된

스타일의 소유자였다. 아들이 하나 있었는데, 우리는 용달 오빠라고 부르며 그를 무척 따랐다. 셋째 아주머니는 엄마보다 나이가 어렸는데 아주 착했다. 원래는 요정에서 외삼촌을 섬기던 어린 기생이었는데, 외삼촌은 딱한 마음에 집으로 데리고 와 세 번째 아내로 들어앉혔다고 한다. 한 남편을 섬기는 세 아주머니들은 속으로는 어떤지 몰라도 질투를 하거나 싸움을 하지 않고 잘 지냈다. 자매처럼 형님, 아우님 하며 서로를 감싸주고 다정히 지내며 호랑이 같은 남편을 받들었다. 모두가 음식을 맛깔나게 잘했으며, 여관의 모든 음식을 만들었다. 문화 여관은 음식 맛으로도 유명했다. 아침상에 들어오는 흰밥에 따끈한 국, 들기름을 발라 구은 향기로운 김과 반찬들로 한 번 맛보면 다시 또 올 수밖에 없었다고 한다. 그 순박한 느낌의 음식들은 생각만 해도 군침이 돌게 했다.

천식을 앓던 외할머니는 막내딸인 엄마를 못 보고 세상 떠날 것을 염려하던 중, 예상치 못한 우리 가족의 도착을 누구보다 반겼다. 하지만 겨울옷 한 벌도 없는 우리 가족이 지내야 할 긴 겨울을 염려하셨다.

할머니의 병세는 더욱 심해졌다. 할머니는 숨이 차서 눕지 못하고 항상 앉아 있어야 했다. 혼자 앉을 수도 없어 벽에 베개를 받혀 기대던가 누군가가 부축을 해야만 했다. 할머니가 숨을 못 쉬는 것이 보기에도 힘들고 어린 나도 가슴에 숨이 차는 압박을 느꼈다.

모든 것이 꽁꽁 얼어붙던 날, 할머니는 운명하셨다. 장례를 치르기 전 날에 지방 관례를 따라 여관의 넓은 뒷마당에서 씻김굿이 펼쳐졌다. 처음 보는 굿은 무섭기도 했지만, 흥미롭고 신기해 잊히지 않는다. 빨강, 노랑, 파랑 온갖 색으로 단장하고 고깔모자를 쓴 무당이 칼과 방울, 색색의 깃발을 흔들어 대고 있었다. 노래하고 춤추다 울며 상을 당한 가족들을 일일이 찾아다녔다. 그리고 할머니의 마지막 말을 전했다. 엄마와 아버지의 인연을 맺어준 큰이모 앞에 와서 무당은 "내 돈주머니 내 놓아라! 내 돈주머니 내 놓아라!"라고 소리치며 들고 있던 장기로 이모를 툭툭 쳤다. 나중에 들은 말이지만 큰 이모가 할머니의 돈주머니를 차고 있었다고 한다. 그 후로 이모의 꿈에 할머니가 나와 돈주머니를 내어 놓으라고 호통을 쳤다고 한다. 결국 이모는 돈주머니를 태워버렸다고 한다. 엄마 앞에서 무당은 한동안 말을 못 하고 엄마를 붙들고 쓰다듬었다. "아이고 불쌍해라. 걸칠 것 하나 없이 이 추운 겨울에 어린 것들을 데리고 왔으니 어떻게 하나?"라며 울었다. 그리고는 "염려하지 마라. 내가 춥지 않게 하리라. 이 겨울이 따듯해서 아이들이 얼어 죽지 않게 해주마"라고 했다. 무당을 통해서 할머니가 말을 하는 것이라고 했다. 엄마도 울고 나도 울었다. 가족과 친척들, 구경꾼들까지 모두 울음바다가 되었다. 나중에 엄마는 두고두고 그 이야기를 했다. 그 해 겨울은 정말 따뜻해서 재킷이나 코트가 없었던 우리 모두가 감기 한 번 걸리지 않고 건강하게 잘 지냈다며 말이다. 그러면서 할머니가 우리 가족을 도와주었기 때문이라고 했다. 그리고 가끔씩 돌아가신 할머니가 계속 우리를 도와주신다고 했다. 물론 우리는 엄마 말을 모두 믿었다.

지금 생각해 보면, 제도화된 종교이든 토속신앙이든 '믿음'은 살아가는 동안 어려움을 극복하게 하는 힘을 주는 것 같다. 온양 피난 생활 중 지금까지 기억나는 것은 신비로운 굿을 제외하고는 별로 없다. 왜 그날의 굿을 하던 장면이 지금까지 생생하게 기억나는지는 알 수 없다.

장례를 치른 후, 엄마와 아버지는 우리가 살 집을 찾기 위해 서울로 갔다. 자연스럽게 아버지의 강계 귀향 계획도 수정되었다. 남북의 경비가 극도로 강화되어 38선을 넘어 다니는 것은 완전히 차단되었다. 설사 귀향을 한다 해도 아버지는 가족을 남한에 탈주시킨 반동죄로 사형에 처해지거나 강제노동 수용소에 송치될 것이 분명했다. 아버지는 귀향을 일단 보류하고 정세를 관망하기로 했다. 결국 남한에서의 정착과 병원 개업이 우선순위가 되었다. 엄마와 아버지는 병원과 주택이 함께 붙은 큰 집을 사기 위해 자주 서울에 올라갔으나 매번 허탕을 치고 시무룩한 표정으로 돌아오곤 했다. 이북에서 가져온 돈으로는 집을 사기가 힘들었기 때문이었다. 어느 날 웃는 얼굴로 엄마와 아버지가 왔다. 서울에 사는 작은 언니에게 돈을 꾸어 잔액을 완납하기로 하고 계약을 마쳤다고 했다. 우리는 신이 났다. 들뜬 마음으로 떠돌이 생활의 종지부를 찍을 준비로 바빴다.

1946년 2월이었던 것 같다. 서울특별시 용산구 원효로 1가 128-14에 이것저것 주워 모은 짐 보따리를 풀고 남한에서의 새로운 생활을 시작했다. 원효로는 일본 통치 시절 중소 공업단지로 공장이 즐비했다. 하지만 패전과 함께 일본인들이 본국으로 떠나가면서 공장과 주택들이 빈 채로 버려진 폐허가 되었다. 해방과 함께 조선인 종업원들이나 주민들이 비어있는 집과 공장들을 차지했고 가내공업 형식으로 물건을 만들었다. 일종의 신흥 공장지대로 주로 근로자들이 모여 사는 빈민지역이었다.

원래 살던 지역주민을 제외하고는 대부분 월남한 이북 사람들이 몰려와 살았다. 우리 집은 과거 일본인 의사가 병원을 하던 곳이었는데, 앞쪽에는 병원이 공간을 점유하고 뒤쪽에는 별개의 현관을 통한 주택 건물이 온돌방 둘과 부엌을 차지했고 마당이 있었다. 이층에는 넓은 다다미방이 넷이 있었고 대형 마루방과 작은 곁에 붙은 다다미방을 가진 큰집이었다. 아마도 이층 방들은 환자용 입원실로 사용했을 것 같다고 엄마와 아버지는 말했다. 하지만 아버지는 공장지대가 마음에 걸렸다. 좋은 주택지에서 멋진 병원을 운영하고 싶었기에 그 집의 구매를 망설였다. 반면 엄마는 그 병원 주택이 마음에 들었다. 공장 직공들의 사고로 인한 환자들이 많을 것이라고 우기면서 아버지를 제쳐놓고 엄마가 계약했다. 엄마에게 밀린 아버지는 병원의 이름을 '제혜 병원'이라고 지어 간판을 붙였으나 개업을 미루었다. 모든 의료 기구와 가구들을 완비하고 병원 문을 열려고 했으나 엄마가 미비된 채 3월 1일에 '오늘 부터 환자 봅니다'라고 쓴 종이를 병원 현관문에 붙이고 문을 열었다. 엄마는 "삼일절인 3월 1일을 병원 개업 일로 해야 기억하기 좋다"라고 우겼다. 하지만 엄마의 속마음은 하루 빨리 돈을 벌고 싶었을 것이다.

엄마가 예상한 대로 첫날부터 환자들이 밀려들었다. 손이나 손가락이 잘린 사람, 다리가 부러진 사람, 머리 다친 사람, 화상 환자 등, 피를 철철 흘리며 환자들이 몰려왔다. 경험이나 기술 부족의 공장 노동자들이 기계를 움직이다 다쳤기 때문이었다. 엄마 말에 의하면 돈이 물 쏟아지듯 들어왔다고 했다. 밤이 되면 엄마는 큰 돈주머니를 차고 병원을 나가 아버지 책상에 앉아 돈을 세고는 주머니에 넣어서 들어왔다. 항간에는 '제혜 병원이 원효로의 돈을 다 쓸어간다'는 소문이 퍼졌다. 또다시 엄마의 예측이 맞았다. 우리는 차츰 피난민 탈을 벗으며 안정을 찾기 시작했다.

북한에서 1학년의 첫 봄 학기만 마치고 남하했기 때문에 나는 한 학기를 거를 수밖에 없었다. 그리고 원효로 2가에 자리한 남정초등학교 2학년에 편입했다. 나는 공부를 꽤 잘했다. 나 스스로도 열심히 공부했을 뿐만 아니라 엄마와 아버지가 철저히 예습과 복습을 시켰다. 성질 급한 엄마는 소리를 지르며 톡톡 때리곤 했는데, 그럴 때면 나는 공부를 안 한다며 큰 소리로 울며 반항하곤 했다. 아버지는 차분히 나를 달래고 친절하게 공부를 가르쳐주었다. 나는 아버지와 공부하기는 것이 좋았다.

아버지는 평소에 말이 없고 수재라는 별명과 사람들이 '산부처'라고 불렀다. 그만큼 묵묵한 사람이었다. 나는 아버지를 좋아했고 믿고 따랐다. 아버지는 매 학기 초에 공책의 첫 장마다 '노력은 성공의 어머니이다'라고 크게 써주었다. 그리고 항상 차분하게 예습과 복습을 시켰다. 대체로 모든 과목을 열심히 공부하던 나도 싫어하는 과목이 있었는데, 미술이었다. 그림을 너무 못 그렸기 때문이다. 다른 과목은 성적이 좋았지만, 미술 점수만은 낙제점을 면치 못했다. 앳된 모습의 담임 오순자 선생님은 저녁마다 나를 자신의 집에서 데리고 가서 앉혀놓고 미술을 가르쳐주셨다. 지금으로서는 상상도 못할 일이지만 그때는 정말 선생님들의 학생들에 대한 애정이 특별했던 것 같다. 항상 웃는 얼굴로 나를 반겨준 선생님의 가족은 아버지 병원의 단골 환자들이었다. 그리고 신실한 기독교 신자들이었다. 나는 선생님 집에 가는 것이 즐거웠다. 형편없던 나의 그림 솜씨도 이제 제법 좋아졌다. 그후로는 겁이 나고 지루했던 미술시간이 기다려졌다. 선생님은 그림뿐만 아니라 내 삶에 큰 영향을 주셨던 분이다. 점심시간에는 도시락을 열기 전 학생들 모두 함께 "감사합니다!"라고 외치고 밥을 먹게 했다. 선생님의 종교는 기독교였지만 무신론자와 토속종교, 그리고 불교 등 다양한 종교를 가진 어린 학생들에게 감사하는 습관을 갖게 해 주었다. 말뿐만이 아닌 삶 속에서 교훈을 실천한 분이었다. 덕분에 지금도 나는 "감사합니다!"라고 말하고 식사를 시작하며 어떤 일이든 불평불만에 앞서 감사하는 마음으로 살기 위해 노력한다.

미술과 더불어 내가 싫어했던 것은 학예회였다. 프로그램이 끝날 때마다 모두가 손뼉을 치며 좋아했는데 나는 지루하고 짜증이 났다. 특히 연극을 싫어했다. 어린 나이에도 학생들의 공연이 유치해 보였고 모든 것이 부자연스러워 보였기 때문이다. 어린 날의 기억 때문인지는 몰라도 지금도 난 연극을 싫어한다. 즉 흥성과 창조력이 결여된 느낌과 내 상상이 묵혀있는 듯한 답답함이 느껴지기 때문이다. 하지만 싫어했던 학예회를 통해 새로운 세계가 열렸다. 어느날 상급생들이 한국고전무용을 하는 것을 보았다. 예쁜 한복을 입고 장구, 북, 꽹과리, 퉁소, 가야금 등에 맞추어 춤을 추었다. 나도 몰래 흥이 나면서 뛰어올라 춤을 추고 싶었다. 엄마는 내가 어렸을 때부터 춤을 잘 추었다고 했다. 어린 시절 유성기에서 음악만 나오면 신들린 무당처럼 춤을 추었다고 했다. 하지만 나는 그 언니들처럼 춤을 출 수 없다는 사실이 마음 아팠다.

그날 집에 돌아오자마자 나는 엄마를 졸랐다. 아버지는 진보적인 성향이 있었지만 춤은 반대했다. 딴따라가 된다며 허락하지 않았다. 그날부터 나는 학교에 다녀오기만 하면 울며 졸랐다. 병원 문을 열고 문지방에 앉아 아버지와 환자들이 보는 앞에서 울어댔다. 참다못한 엄마는 학교로 찾아가 춤추던 상급생들을 만나 그들이 다니는 무용소를 알아왔다. 광화문에 있는 <정인방 무용 연구소>였다. 나는 아버지의 반대를 뿌리치고 엄마와 함께 무용소로 갔다. 조그만 한옥 대청마루에서 몸이 가늘고 호리호리한 작은 남자가 학생들을 가르치고 있었다. 대부분 중고등학교 학생들이었다. 장구 소리에 맞춰 춤을 추고 있었다. 나는 어깨가 들썩들썩하며 온몸이 흔들림을 느꼈고 어느새 그들 틈에서 춤을 추기 시작했다.

나는 무용소에서 나이가 가장 어린 학생이 되었다. 눈이 오나 비가 오나 가리지 않고 열심히 갔다. 이제 춤도 높은 경지에 도달했다. 최상급이었던 부민관과 시공관에서 열리는 무용 발표회에서는 주연을 맡기까지 했다. 심지어 한국의 유명 무용가였던 최승희를 이을 어린 무용수가 나왔다는 말까지 듣게 되었다. 결국, 반대하던 아버지도 무용 발표회를 보고 나서는 말없이 후원해 주었다. 샘이 난 애령이와 애란이도 무용소에 나와 춤을 배웠다. 우리 자매는 선생님과 무용소의 상급생들과 함께 지방 공연과 용산 삼각지 일대의 미 8군 위문 공연도 다녔다. 기지에 들어서는 순간 코를 찌르는 버터 냄새가 식욕을 자극하곤 했다. 미군 병사들의 박수와 환호성을 들으며 초콜릿과 껌, 과자를 받는 것이 얼마나 좋은지 말로 표현할 수 없었다.

의심이 많았던 엄마는 우리를 보호하기 위해 사촌인 용달오빠(외삼촌의 외동아들)를 지방 공연이나 미 8군 공연에 함께 보냈다. 오빠는 마음이 착했다. 재미있고 쾌활한 성격으로 온 가족의 사랑을 받았다. 합죽이 입을 갖고 있었지만 항상 웃는 얼굴로 주위 사람들에 웃음을 선사했다. 거짓말도 밥 먹듯이 잘했다. 그의 말은 어디부터가 진짜이고 가짜인지 구분할 수 없었는데, 하도 거짓말을 잘하고 웃겨서 '프라이 쟁이'라는 별명을 갖고 있었다. 그 별명은 당시 인기 연예인 '프라이 보이'에서 따온 듯했다. '프라이'가 영어의 fry에서 왔는지 fly에서 온 것인지는 알 수 없었으나, 여하튼 오빠는 즐겁게 별명을 받아들였다. 오빠는 부잣집의 외동아들로 양정고등학교에 적만 걸어놓고 학교는 제대로 다니지 않았다. 그 대신 우리를 데리고 다니며 무대 뒤에서 징치고 꽹과리를 치며 즐거워했다. 물론 무용소의 언니들과 농담을 하며 실없는 이야기를 하거나 장난치는 것을 더 좋아한 것 같지만 말이다. 언젠가는 지방 공연의 수입으로는 여관비를 못 낼 것 같아 걱정하는 선생님을 보고는, 오빠는 아버지인 외삼촌에게 전화를 했다. 그리고 무용단 모두를 온양의 문화여관에 데리고 가서 대접을 했다. 심성 착하고 놀러 다니기 좋아하던 용달 오빠는 결국 학교를 중퇴했다.

어느 날 학교에서 돌아오니 엄마가 이모 집에 가자고 했다. 무거워 보이는 큰 선물 보따리를 싸 들고 우리 모녀는 택시에 올랐다. 어느 동내인지 기억은 안 나지만 아마 남산 부근이었던 것 같다. 이모 집은 우아한 일본식 가옥이었다. 아름답게 꾸며진 일본식 본사이^{bonsai} 정원을 지나 하인이 안내를 따라갔다. 선망 어린 눈으로 두리번 주위를 살피며 나는 엄마를 따라 조심스럽게 응접실에 쪼그리고 앉아 있었다. 슬리퍼 소리를 내며 이모가 들어왔다. 엄마는 말없이 조용히 가지고 온 선물 보따리를 이모 앞에 내어 밀었다. 이모는 웃으며 "빈손으로 오지 왜 이렇게 비싼 걸 가져왔어?"라며 받았다. 무슨 선물이 들었는지 기억나지는 않지만 비싼 과일이나 고급 밤 과자, 아니면 갈비였던 것 같다. 엄마는 또다시 팽팽한 주머니를 꺼내 이모 앞에 내놓았다. "이건 또 뭐야?"라며 큼직한 주머니를 여는 순간 이모는 눈을 크게 뜨고 "아니, 너 도둑질했니? 아니면 굶었니? 이 많은 돈을 어떻게 이렇게 빨리 가져왔어? 내가 이 돈을 너에게 빌려줄 때에는 잃어버린 돈으로 생각하고 주었는데!"라며 엄마를 끌어안고 울었다. 엄마도 울면서 "언니 굶었어요. 먹고 싶은 것 안 먹고 입고 싶은 것 안 입고 돈을 모았어요. 빚진 죄인이라 이 돈을 갚기 전에는 언니 집에 올 수가 없었어요. 받으세요. 이제 부터는 마음 편하게 언니를 볼 수 있어요"라며 두 자매는 서로 붙잡고 울었다. 나도 말없이 흐르는 눈물과 콧물을 작은 손등으로 닦으며 울었다. 빚은 1원이던 10전이던 하루속히 갚아야 한다고 늘 가르치던 엄마의 산 교훈이었다. 훗날에 내 딸들 형선이와 민선이에게도 어려서 배운 엄마의 철학을 가르쳤다. 엄마의 가르침은 지금까지 내 생의 재정 관리

지침이 되어왔다.

　엄마의 배는 점점 불러왔다. 딸만 넷을 낳은 엄마였다. 내색은 안 했지만 엄마도 아버지도 아들을 기다리고 있었다. 내가 태어날 때에는 춘천 도립병원 산부인과 과장인 일본 의사가 담당했지만, 동생인 애령, 애란, 애훈이는 모두 아버지가 직접 받았다. 이번에도 아버지가 준비를 하고 있었다. 친척과 친지들, 간호원, 약제사, 가정부 등 많은 사람들이 태어날 아기에 대해 관심을 갖고 초조하게 기다렸다. 엄마가 안방에서 진통을 시작하자 아버지는 우리 네 딸들을 불러 안방에 앉게 하고 엄마가 출산을 볼 수 있도록 했다. 여덟 살이던 나, 여섯 살인 애령, 네 살의 애란이, 두 살의 애훈이까지, 우리 모두는 엄마 발밑에 앉아 엄마를 쳐다보았다. 물론 아무것도 모르는 애훈이는 애 보는 사람에게 업히어 방을 들랑날랑했지만. "아기가 어떻게 엄마 뱃속에서 나오는지 잘 보아라. 이것이 산교육이다"라고 말하고 아버지는 병원과 안방을 번갈아 드나들며 아기가 쉽게 나오도록 자주 엄마의 음부를 확장시켜갔다. 마지막 순간에 아버지는 엄마가 힘을 주도록 큰 주사기 속 맑은 액체를 양쪽 허벅다리에 찔러놓고는 갓난 아기를 꺼내었다. "아들이야. 아들이 나왔어!" 말이 없던 아버지의 첫 한마디였다. "만세! 만세! 만세!" 방 안에 있던 우리 모두는 손을 들고 만세를 부르며 좋아 어쩔 줄 몰랐다. 아버지가 엄마에게 수고했다고 말하자 엄마는 울었다. 아버지는 아들의 이름을 외자인 '욱'으로 지었다. 엄마는 당신이 아들을 낳았다는 것을 믿을 수가 없어서, 젖을 먹일 때나 기저귀를 갈 때나 하루에도 몇 번씩 욱이를 만져보곤 했다며 두고두고 말했다.

며칠 후 엄마는 작은언니에게 전화를 하고는 아들을 낳았다는 소식을 전했다. 이모는 울면서 만세를 불렀고 엄마와 함께 두 자매는 수화기를 들고 울기만 했다. 이모는 기쁘면서 슬펐다. 세상에서 가질 수 있는 모든 것을 가졌다 할 만큼 풍족하게 살았지만, 이모에게는 자식이 없었다. 엄마가 네 번째 임신을 했을 때 이모에게 약속한 것이 있었다. 또 딸을 낳으면 이모에게 주기로 한 것이다. 이모는 기다렸다. 넷째 딸 애훈이를 낳은 엄마는 젖을 먹일 때마다 보내야 한다는 생각으로 눈물로 날들을 보냈다. 이모에게는 해산 소식을 전하지 못했다. 아기를 안고 우는 엄마를 보다 못한 아버지가 "우리가 낳은 자식 우리가 길러야지, 누구에게 준단 말이요"라며 엄마를 위로했다. 해산날이 지나도 엄마에게서 연락이 없자 이모는 엄마에게 전화를 했다. 엄마는 보내지 못하겠다고 말했다. 수화기를 놓은 이모는 자리에 앓아 누었다. 나날을 울고 지내는 이모를 본 친구가 어느 날 포대기에 싼 아기를 안고 이모의 가슴에 안겨 주었다. 공교롭게도 애훈이와 한날한시에 낳은 여아였다. 이름은 '김경자'였다. 이모는 유모를 고용해 정성껏 아기를 길렀다. 2년 후 이모는 또 다른 아이를 받았다. 어느 날 아침에 대문을 열려고 나갔던 하인이 대문 밖에 방치되어 있는, 포대기 속에 있던 갓난아기를 안고 들어와 이모에게 주었다. 남아였다. 두 번째 아이인 '김승환'은 내 남동생 욱이와 동갑이었다. 애훈이와 욱이. 경자와 승환이는 친구이자 때로는 경쟁자로서 자랐다.

아들을 가진 엄마는 세상 부러울 것이 없었다. 병원은 계속 번창했다. 네 딸과 아들은 잘 자라고 엄마는 점점 살이 붙었다. 지금 기준으로 비만이었다. 아버지는 '도라무깡'이라고 놀려댔지만 엄마는 오히려 좋아하는 눈치였다. 도라무깡은 아마 거대한 원통 container을 일본식으로 표현한 것 같다. 미련하게 살찐 사람을 서울에서는 '도라무깡'이라고 했다. 지금의 북한처럼 당시 비만은 일종의 부와 풍요의 상징이기도 했다. 대부분은 가난에 굶주렸기에 여위었고, 부유층 사람들만이 살이 찔 수 있었다. 그래서 오늘날 비만을 기피하는 것과는 달리 오히려 비만이 선망의 대상이 되기도 했다. 그래서인지 '뚱보'라는 별칭은 오히려 엄마를 만족시켰다.

더 바랄 것 없는 엄마와는 달리 아버지는 평생의 소원인 정계 진출의 꿈을 버려야 했다. 해방과 함께 트루먼 행정부와 미군부의 지원으로 초대 대통령이 된 이승만 대통령은 미국에서 함께 독립운동을 했던 친미파를 불러들여 요직에 앉혔다. 게다가 이조 시대부터 소외되고 남한에 기반이 약한 아버지와 같은 이북 사람들에게는 더욱 정치 참여의 기회가 줄어들어졌다. 이승만의 반대파였던 아버지는 상해에서 독립운동을 했던 김구 선생을 존경했다. 또한 아버지가 심취했던 사회주의 원칙과 평등사상을 정계에서 실현하고 싶어 했지만, 예상치 못한 김구 선생의 암살로 정계에 환멸을 느꼈다. 결국 아버지는 정계의 꿈을 교육계로 돌렸다. 남정 초등학교 사친회장을 맡아 아동 교육과 학교 발전을 위해 일했다. 또한 용산 경찰서 공의가 되어 재소자들의 건강관리와 치료에 힘썼다.

우리 남매는 큰 탈 없이 잘 자랐다. 6 학년에 오른 나는 계속 학교에서 상위권 성적을 유지했다. 그러나 몸이 약하고 아침잠이 많아 결석과 지각을 면치 못했다. 하지만 무용소만큼은 빠지지 않고 나가 춤을 추었다. 애령이와 애란이도 우등생이었지만 일학년 애훈이는 매일 아침 학교에 안 가려고 엄마 치마폭을 붙잡고 늘어져 울고 발버둥 치는 소동을 벌렸다. 한번 울음보따리가 터지면 하루 온종일을 끊기지 않고 질질 끄는 울음을 계속했다. 애훈이가 울면 우리는 진양조가 나왔다고 했다. 나는 애훈이 덕분에 리듬을 길게 끄는 전통 장단인 진양조를 알게 되었다. 남동생 욱이는 모두의 사랑 속에 어느덧 네 살짜리 독재자가 되어가고 있었다.

1950년 6월 25일 일요일 아침, '쿵쿵쿵' 멀리서 이상한 소리를 들었다. 하지만 사람들은 오전에 그 소리를 대수롭지 않게 여겼던 것 같다. 아버지는 오전 진료만 하고는 가족을 모두 데리고 명동으로 나갔다. 쇼핑과 시내 구경을 한 후 외식을 했다. 그리고 종로의 안경점으로 갔다. 내가 쓸 안경을 맞추기 위해서였다. 칠판 글씨가 안 보여 고생하던 나를 눈여겨보시던 담임선생님은 엄마에게 내가 안경을 껴야 할 것 같다고 말해주었기 때문이다. '탕, 탕, 탕!' 소리는 더욱 커갔고 자주 들렸다. 사람들의 발걸음이 빨라졌다. 북에서 인민군이 쳐들어오고 있다는 소식이 거리에 파다하게 퍼졌다. 거리의 사람들은 어디론가 사라졌다. 아버지도 우리를 데리고 택시를 타고 급히 집으로 돌아왔다. 이제는 집이 흔들리기까지 했다. 나와 동생들은 무서워서 아버지에게 뛰어가 안겼다. 아버지는 책상이나 침대 밑으로 들어가 숨으라고 말했다. 창문이 흔들렸고 나는 벌벌 떨면서 울었다. 사태가 심상치 않음을 깨닫게 된 아버지는 우리를 한강 넘어 흑석동의 달마사에 데려다 두고 밤에 다시 집으로 돌아오기로 결정했다.

달마사는 엄마가 평소에 다니던 산꼭대기의 절이었는데 아버지는 그곳이 우리가 잠시 머물기에 안전하다고 생각했던 것 같다. 엄마는 만일의 경우를 위해 조그마한 자루에 쌀을 넣었다. 그외에는 아무 준비도 없이 우리 가족은 택시를 타고 한강 다리를 넘어갔다. 그리고 흑석동 산 입구에서 내려 산등성이를 타고 달마사로 오르기 시작했다. 중턱 즘 올랐을 때, 어떤 아저씨가 우리를 반가운 목소리로 불렀다. 엄마의 친척 한성 이 씨 아저씨였다. 아저씨는 반가워하며 "김 선생 오랜만에 만났는데 집에 들러 저녁 잡수시고 가세요"라며 우리 팔을 잡아끌었다. 우리는 아저씨의 선의를 물리치지 못한 채 그 집으로 끌려갔다. 아저씨는 성의껏 저녁을 차려주었고 달마사로 올라가려는 우리를 붙잡고 하룻밤 자고 다음 날 아침에 가라며 강하게 설득했다. 우리 가족은 1950년 6월 25일 밤을 아저씨 집에서 지내게 되었다.

깜깜한 어둠 속에 번쩍, 눈부신 불빛이 일었다. 우수수 유리창이 깨지고 잠겼던 문들이 활짝 열리고 온 집이 흔들렸다. "애라야! 애령아! 애란아! 애훈아!" 칠흑 같은 어둠 속에서 손을 더듬어 우리를 찾는 엄마와 아버지의 음성이 들렸다. 곤히 자던 우리는 엄마와 아버지의 손에 이끌려 부서진 문틈으로 빠져나왔고 자던 욱이는 엄마 등에 업혀 나왔다. 애를 보던 순이도 함께 나왔다. 밖에는 이미 많은 사람들이 가족들의 이름을 부르며 울며 찾고 있었다. 한강 다리가 끊어졌다는 것을 그때 알았다. 밀려드는 인민군의 남하를 막기 위해 남한에서 한강을 폭파했던 것이다. 동이 터 오르는 순간 한강변에 몰려든 수많은 군중의 모습이 보였고 가족을 찾아 울부짖는 곡성이 들려왔다. 젊은 청년들은 헤엄을 쳐서 한강을 건너왔지만 아이들과 여성, 노인들은 강을 못 건너고 강변에 남겨졌다. 황급히 아기를 업고 나온 줄 알던 한 여자는 아기의 이름을 부르며 통곡하고 있었다. 들어보니 급하게 나오느라 아기가 아닌 베개를 업고 나왔던 것이다. 땅바닥에 주저앉아 땅을 치며 소리치며 울고 있었다. 자식들의 이름을 부르며 몸부림치는 사람들. '어머니, 아버지, 여보!'를 부르며 부모와 배우자를 찾아 헤매는 사람들, 닭장을 둘러메고 나온 닭장사들까지. 그야말로 생사의 갈림길에서 발버둥 치는 아수라장이었다. 자다 말고 뛰쳐나온 우리 가족도 맨발에 자던 옷차림 그대로 피난민 틈에 끼어 어딘지는 모르지만 남쪽으로 밀려가고 있었다. 결국 온양의 외삼촌댁으로 목적지를 정했다. 외삼촌은 온양의 문화 여관을 청산한 후 농촌인 좌 부리 마을에서 지주로 살고 있었다.

살이 찐 도라무통 엄마는 발바닥이 너덜너덜해졌다. 피와 진물이 나와 더 이상 걸을 수가 없었다. 순이는 욱이를 업고 여윈 아버지는 살찐 엄마를 업고 겨우 걸어갔다. 운이 좋은 날에는 손수레를 몰고 가던 농부의 자비로 엄마가 수레 위에 실려 가기도 했다. 나는 부러운 눈으로 엄마를 쳐다보곤 했다. 햇살이 너무 뜨거웠다. 설상가상으로 욱이가 고열에 시달리기 시작했다. 의사인 아버지도 청진기도 약도 없는 상황에서는 속수무책이었다. 다급해진 엄마는 개울을 지날 때마다 펄펄 끓는 욱이의 몸을 찬물에 집어넣어 열기를 시키곤 했다. 며칠을 걸었는지 어디서 잤는지 무엇을 먹었는지는 기억이 희미해질 즘, 우리 가족은 마침내 좌부리에 도착했다.

　그림책에서 보던 작은 초가집들이 여기저기 흩어져있는 아담한 마을로 걸어 들어갔다. 그러자 곧 커다란 기와집이 돋보였다. 외삼촌댁이었다. 외삼촌과 세 아주머니는 달려 나와 우리를 맞았다. 외삼촌은 곡간에 쌓아둔 곡식을 풀고 닭을 잡아 잘 대접해 주었다. 굶주렸던 거지처럼 우리는 음식을 보자마자 허겁지겁 달려들었다. 밥을 먹고 안도의 한숨을 내쉬는 찰나, 욱이의 얼굴과 온몸에 불꽃이 피기 시작했다. 홍역이었다. 당시 홍역은 어린아이들이 종종 걸리는 가장 무서운 병이었다. 약도 주사도 아무것도 없는 상황에서 엄마는 혼신의 힘을 다해 욱이를 돌보았다. 이삼일 후에는 서울의 이모가 자가용에 짐을 싣고 운전수, 유모와 식구들을 모두 데리고 외삼촌댁으로 왔다. 또 며칠 후에는 내가 잘 모르는 다른 친척들이 몰려들었다. 안채와 사랑채에 방이 많은 큰 집이었지만 피난을 온 친척들로 대만원을 이루었다. 아무도 사태가 오래 가리라고는 예상을 못 했기 때문에, 매일 흰쌀밥에 닭을 잡고 돼지 잡아 잘 챙겨 먹으며 서울 집으로 다시 돌아갈 날만을 기다렸다. 하지만 전쟁의 상황은 날이 갈수록 악화되었다. 곡간에 저장했던 곡식도 동이 나기 시작했다. 닭도 돼지도 얼마 남지 않았다. 북한 인민군은 계속 남쪽으로 밀고 내려왔다. 얼마 후 이모 가족은 어디론가 떠났다. 또 다른 가족들도 짐을 꾸려 나갔다. 우리는 갈 곳도 돈도 없었다. 순이까지 여덟 명의 우리 가족만이 남겨졌다.

드디어 총을 멘 나이 어린 인민군들이 마을에 들어왔다. 하루 아침에 세상이 바뀌었다. 소외되었던 사람들, 무식한 사람, 가난했던 사람들은 모두 인민군의 편에서 힘을 휘둘렀다. 팔에 빨간 완장을 차고 인민군을 앞세워 집집이 휘젓고 다녔다. 죄 없는 젊은 사람들을 잡아다 부려먹고 끝판에는 총살했다. 그리고 과거에 잘 살던 사람들을 무차별적으로 잡아다 인민재판에 부쳐 일렬로 세워놓고 총살하곤 했다. 죄 없는 주민들이 무참하게 학살당했다. 눈 뜨면 듣는 이야기가 끔찍한 사살 사건이었다. 주민들은 불안해했고, 나도 무서워 벌벌 떨었다. 다행히 인자하고 후덕한 외삼촌은 주민들이 적극 옹호해 주어서 우리를 포함해 모든 가족이 무사할 수 있었다. 하지만 아버지는 매일 인민군의 방문에 시달렸다. 의사로서 협조하라며 아버지를 위협했다. 위험을 느낀 엄마는 아버지를 피신시켰다. 아버지는 음식을 저장하는 썰늘하고 어두운 움 속에 하루 종일 숨어있기도 했고 이웃집에 숨어있기도 했다. 그토록 먹을 것이 많았던 외삼촌 집도 날이 갈수록 양식이 부족해져갔다. 처음에는 흰밥에 고기를 먹었지만 다음엔 보리밥에 멸치, 그다음엔 보리죽에 채소로 변했고 나중에는 맹물에 보리를 조금 넣고 끓인 멀건 물만을 마셨다. 그마저도 엄마는 못 마시고 굶곤 했다. 우리는 그 물을 다 마시고 엄마 밥그릇 속에 담긴 보리 물을 눈독 들이며 쳐다보았기 때문이다. 엄마는 보리 물을 한 숟가락씩 우리에게 나누어주고 굶었다. 뚱뚱하던 엄마는 살이 다 빠지고 뼈만 앙상해졌다. 아버지는 부황이 나기 시작했다. 얼굴이 누렇게 부었고 해골같이 보였다. 부기와 빠짐이 반복되면서 빈 배에 가스가 차서 아이를 가진 임신부처럼 배가 불렀다. 하루는 홍역에서 회복된 욱이가 먹을 것을 찾으러 나갔다가 나무 꼬챙이에 죽은 뱀을 끼어들고 돌아왔다. 그리고 먹게 해 달라며 엄마에게 주었다. 엄마는 죽은 뱀을 받아 들고는 한참을 울었다.

　어느 날 밤 용달 오빠가 방문을 두들기며 우리를 깨웠다. 애라야 애령아 일어나. 고구마 캐러 가자. 달밤이었다. 아마 보름달이 떴는지도 모르겠다. 크고 둥근 달이 우리를 환하게 비쳐주었다. 논둑을 넘어 밭을 지나 고구마 밭에 당도했다. 오빠는 자루 하나를 우리에게 주고는 소리 내지 말고 조용히 고구마 뿌리를 캐어 넣으라고 말했다. 그 고구마 밭은 외삼촌이 아닌 다른 사람의 소유라서 주인에게 들키면 큰일 난다고 했다. 애령이와 나는 손가락이 까지는 줄도 모르고 열심히 흙을 팠고, 하나라도 더 캐려고 바둥댔다. 한 자루가 다 차자 오빠는 우리 손을 잡고 살금살금 걸어 집으로 갔다. 고구마를 본 아버지는 단숨에 고구마를 깎아 날로 드셨다. 우리도 어구적 소리를 내며 날고구마를 그 자리에서 먹어치웠다. 엄마는 굶주린 남편과 어린 자녀들을 위해 고구마에 손도 대지 않은 채 배고픔을 참았다. 평소에 엄마와 아버지는 '바르게 살아야 한다'며 우리를 가르쳤다. 거짓말도 하지 말고 도둑질도 해서는 안 된다며 단호하게 가르친 엄마와 원리원칙을 중시하던 아버지였다. 그런 엄마도 아버지도 고구마 도둑질을 묵인했다. 아버지는 은밀히 권장했던 것 같다. 빅토르 휴고의 레미제라블에서 알 수 있듯, 인간은 배고픔에 쉽게 무릎을 꿇는 동물이다. 학식이나 지식, 도덕과 윤리, 체면이나 예의범절도 배가 부른 다음의 일일 것이다. 그날 나는 굶주린 동물에게는 배를 채워주는 것보다 더 긴요한 것이 없음을 몸으로 느꼈다. 다음날 하루 종일 빈 배를 움켜쥐고 밤을 기다렸다. 이번에는 애란이도 합세했다. 우리 세 자매는 오빠를 따라나섰다. 들키지 않기 위해 몸을 숙여 땅바닥을 기며 밭으로 가서 또 고구마 한 자루를 캐어 집으로 도망쳤다. 다음날 아침 어떻게 알았는지 외삼촌이 오빠와 우리 자매를 앉혀놓고 다시는 그러지 못하도록 불호령을 내렸다. 야단도 무서웠지만 고구마를 못 먹게 된 것이 퍽이나 아쉬웠다. 외삼촌은 아마 우리 가족 모르게 밥을 드셨을지도 모르겠다. 배가 덜 고파 그때까지도 윤리를 찾으셨던 것일까. 뱃속이 가스로 가득 찬 아버지와 먹이를 찾아헤매는 허기진 동물과 다름없던 우리 남매는 다시 주린 배를 움켜쥐어야 했다.

날이 갈수록 모두가 먹을 것을 찾고 있었다. 그런데 이상하게 나는 아무것도 먹기 싫었다. 배도 안 고팠고 눈을 뜨기 싫었다. 아무것도 보고 싶지도 듣고 싶지도 않았다. 움직이기도 싫었다. 누가 불러도 대답을 안 했다. 오뉴월 무더위에 이불을 머리끝까지 뒤집어쓰고 눅눅하고 찬 온돌방에 종일 누워만 있었다. 엄마는 애가 타서 억지로 내 입을 열고 멀건 보리 삶은 물을 넣었지만, 나는 도로 뱉었다. 엄마는 하루하루 죽어가는 나를 가만히 볼 수 없었을 것이다. 엄마는 울면서 이웃을 찾아갔다. 모든 주민이 먹을 것이 없어 굶는 판국에도 어떻게 밥을 얻어왔다. 나는 예전에 우리 집 앞에서 구걸하던 거지가 생각났다. 엄마도 거지들처럼 구걸했겠지. 때로는 내가 좋아하던 떡도 들고 왔다. 어떤 날은 밭에서 딴 참외를 구해왔다. 그래도 먹고 싶지 않았다. 모든 것이 귀찮았다. 먹이려고 애쓰는 엄마와 밀쳐내는 나를 동생들은 부러운 눈으로 음식들을 바라보았다. 하지만 나는 계속 이불 속에 몸을 파묻고 눈을 감은 채 망각의 날들을 보냈다. 지금 생각하면 나는 우울증에 빠졌던 것 같다. 영양실조뿐만 아니라 받아들이기 힘든 벅찬 현실을 거부하는 심리적 병을 앓고 있었던 것이었다.

한 달, 두 달. 세 달 즘 지났을까. 남쪽으로 내려오던 인민군이 미군의 폭격기 세례에 후퇴하기 시작했다. 다시 38선 이북으로 넘어갔다. 피난민들이 다시 서울로 돌아가기 시작했다. 엄마와 아버지도 서울로 돌아갈 준비를 했다. 맥 빠지고 여윈 몸으로 짐을 꾸렸다. 어느 가을날, 누워 있던 나는 손수레에 실려 나갔다. 수레꾼이 미는 수레와 함께 우리는 온양역에서 서울행 기차에 올라 꿈에 그리던 원효로의 집으로 향했다. 하지만 상상하지 못한 비참한 현실이 우리를 기다리고 있었다.

믿어지지가 않았다. 동네 일대가 폭격에 쑥대밭이 되었고 집들이 모두 불타서 없어져 버렸다. 폐허가 된 땅에 거친 서까래며 돌들이 타다 남은 해골처럼 쌓여있었다. 주위를 둘러보아도 인기척이 없었다. 불행인지 다행인지 우리 집은 그 자리에 있었다. 유리 창문들은 모두 깨져 떨어져 나갔고 파편에 맞아 부서진 벽들이 여전히 버티고 서있었다. 대문과 방문들은 누가 떼어갔는지 하나도 없었다. 두고 간 병원기구와 가구, 장롱, 살림도구도 다 없어졌다. 앙상하게 뼈대만 남은 빈 집이 우리를 맞이했다. 울 수도 웃을 수도 없었다. 그날 밤은 덮을 것도 없이 열려있는 빈 집에서 잤다. 다음날 엄마는 쌀 가게에서 헌 가마니들을 얻어왔다. 급한데로 안방 문과 창문을 가렸다. 그 집에서 뭘 먹고 어떻게 살았는지 기억이 안 난다. 아마 기억을 거부한 뇌의 작용이었을까. 후에 들은 이야기였지만 피난을 못 간 이웃들이 모두 폭격에 죽었다고 했다. 우리 가족과 친하게 지내던 문 내과 의원은 모든 가족이 사망했다. 내 친구였던 영숙이는 혼자 살아남았지만 머리에 파편을 맞아 피를 흘리며 미쳐서 거리를 헤매고 다녔다고 한다. 너무나 참혹하고 끔찍한 현실에 몸이 떨렸다. 현실을 견뎌 내기가 벅찼다. 나는 더 이상 아무것도 보고 싶지도 듣고 싶지도 않았다.

어느 날 아버지의 친구인 조진규 선생이 방문했다. 장작을 사놓으면 다가오는 추운 겨울에 큰돈을 벌 수 있다고 알려주었다.

조 선생님과 함께 엄마는 장작을 한 트럭 사다가 뒷마당에 가득 쌓아놓았다. 어디서 돈이 났는지는 알 수 없었다. 아마 엄마가 지니고 있던 모든 패물을 팔아 돈을 구했을 것이다. 장작을 팔아 벼락부자가 될 꿈을 꾸고 있던 중, 날은 점점 추워지는데 아버지가 근심에 찬 표정으로 집에 들어왔다. 양복 호주머니에서 종이 한 장을 꺼내 엄마에게 건넸다. 소집 영장이었다. 육군 대위, 군의관으로 소집되었다. 엄마의 얼굴도 사색이 되었다. 아버지는 가족을 두고 떠날 처지가 아니었다. 특히 이불 속에서 앓고 있는 나를 두고 떠날 수 없었을 것이다. 엄마와 의논 끝에 당시 육군 의무감인 윤치왕 소장을 찾아가 사정해보기로 했다.

윤치왕 박사는 세브란스 의과대학 시절에 아버지를 가르친 교수였다. 아버지는 그분의 신임과 사랑을 받은 제자였기에 희망을 갖고 입대 보류를 요청했다. 사정을 들은 윤 소장은 연민의 표정으로 아버지에게 "우리나라가 자네를 필요로 하네. 자네 같은 사람이 돕지 않으면 누가 돕겠나? 훈련을 마치고 육군 병원에 배치되면 가족과 함께 살며 딸도 치료할 수 있으니 입대하게"라며 아버지의 입대를 권유했다. 실망한 아버지는 맥없이 돌아왔다. 그리고 곧 경상북도 대구에 주둔한 육군훈련소로 떠났다. 엄마와 병든 나, 그리고 철없는 동생들과 순이 만이 허물어진 집에 남았다. 날은 점점 더 추워졌다. 먹을 것도 두툼한 옷도 덮을 이불도 없었다. 엄마는 장작을 내다 팔기로 결정했다. 이불을 쓰고 누워있는 나를 일으키며 "애라야 장작 팔아 맛있는 것 사줄게. 일어나 함께 나가자"라며 이불을 벗겼다. 엄마는 내가 누워있지 않도록 하기 위해 나를 밖으로 데리고 다니려고 애를 썼다. 억지로 끌려 일어나 엄마와 함께 장작 견본을 들고 남대문시장으로 나갔다. 이상하게 거리들이 썰렁하고 인적 한산했다. 대부분의 상점들이 문을 닫았다. 열린 상점은 자기들 장작도 무료로 가져가라며 우리 견본을 거들떠보지도 않았다. 하루 종일 이리저리 장작 도매상을 찾아 헤매었지만 모두 헛수고였다. 컴컴한 하늘에서는 눈발이 휘날렸다. 기진맥진한 엄마와 나는 장작 견본을 다시 안고 집으로 돌아왔다.

어느 날 아버지 병원의 단골 환자인 김주완 아저씨가 우리 집에 들렀다. 깜짝 놀란 아저씨는 "사모님 왜 이렇게들 계세요? 모두 피난 가고 서울시가 텅텅 비었는데 어쩌자고 여기 이대로 계세요?"라며 빨리 피난 준비를 하라고 야단이었다. 영문을 모르던 엄마는 무슨 말인지 되물었다. 아저씨는 중공군과 인민군이 꽹과리를 치며 남침해오고 남한 정부는 부산으로 이전했으며 시민들도 거의 피난을 떠났다고 했다. 교통수단도 다 마비되었고 기차도 군용을 제외하고는 끊겼다고 했다. 두려움에 떨며 엄마는 "어디로 가요? 어떻게 가요?"라며 다그쳐 물었다. "선생님이 훈련받으시는 대구로 가세요. 내가 역에 나가 군용차 스케줄을 알아 올 테니, 빨리 떠날 준비를 하고 기다리세요. 애라를 싣고 갈 구루마도 가져올게요!"라고 말하고는 뛰어나갔다. 아저씨는 서울역 사무직원이었기에 군용 열차 스케줄을 알 수 있었다. 엄마는 남아 있던 밀가루를 급하게 반죽해서 빵을 빚어 밥솥에 찌었다. 아저씨가 구루마를 끌고 들어섰다. 나를 구루마에 태우고 모두 아저씨를 따라 역으로 달려갔다. 날은 몹시 추웠다.

플랫폼에는 사람들이 아우성이었다. 저마다 기차를 타려고 치고받고 밀며 끌어내고 야단법석이었다. 하지만 오는 열차마다 군수품을 가득 싣고 있었고 열차 문을 열어주지 않았다. 사람들은 기차 지붕 위로 마구 올라갔다. 주안이 아저씨가 말려도 엄마는 나를 끌어올리며 지붕 위로 올라갔다. 떨어질 것만 같았다. 어지럽고 무서웠다. 지붕이 평평하지 않고 비스듬하게 양옆으로 경사져 있었기에 일어설 수도 앉을 수도 없었다. 붙잡을 것이라곤 아무것도 없었다. 엄마도 어지러운지 일어서지를 못했다. 또 눈발이 희끗희끗 날리기 시작했다. 어린 내가 생각해도 기차 지붕 위에 타면 틀림없이 열두 살인 나를 비롯해 열 살, 여덟 살, 여섯 살, 네 살인 동생들은 모두 떨어져 죽게 될 것이 분명했다. 달리며 흔들리는 경사진 지붕 위에서 굴러떨어져서 말이다. 또한 얼마나 걸려 대구에 도착할지 모르지만 12월 말의 추위와 눈보라 속에서 우리 모두는 얼어 죽을 것이 확실했다. 엄마는 지붕 위로의 승차를 단념하고 나를 아저씨에게 내려보내고 따라 내려왔다. 조바심 속에 한동안 다음 열차가 오기를 기다렸다. 마지막 군용 열차가 왔다. 이것을 놓치면 피난길이 끊어진다. 열차의 문이 닫힌 채 얼마간 기차가 서있었다. 다급해진 사람들은 닫힌 문을 쾅쾅 두드리고 발길로 차며 기차 문을 열려고 했다.

드디어 기차 문이 열렸다. 저마다 먼저 기차 속으로 들어가려고 아우성을 쳤다. 치고받고 밀치고 밀어내고 끌어올리고 내려던지고 생사를 걸고 발버둥 쳤다. 주완이 아저씨는 먼저 엄마를 기차 속으로 밀어 올렸다. 그리고 나를 들어 올려 기차 속으로 밀어 넣고 안에서 엄마는 나를 끌어올렸다. 열차 안에 가득 찬 사람들이 "여기는 군인가족만 타요. 일반 사람은 못 타요!"라며 나를 다시 아래로 떠밀었다. 엄마는 나를 다시 붙들어 올리며 "야! 너만 군인가족이냐?! 나도 군인가족이다! 내 남편은 군의관 대위다! 저리 비켜!"라고 소리치며 아저씨와 함께 나를 다시 밀어 넣었다. 다음에 욱이를 위시로 아저씨가 들어 올리는 동생들을 엄마는 모두 끌어올려 기차에 태웠다. 나는 엄마가 그렇게 우악스럽고 상스럽게 행동하는 것을 처음 보았지만 덕분에 순이까지 모두 기차를 탔다. 고맙다는 엄마의 인사와 함께 아저씨도 인사를 하고 떠났다. 그것이 마지막이었다. 그 후로 아저씨를 다시는 만나지 못했다. 주완이 아저씨의 배려가 없었던들 우리 가족의 운명이 어떻게 되었을지 상상하면 무서울 따름이다. 다시 만날 수만 있다면 주완이 아저씨에게 엎드려 절하며 고마움을 표하고 싶다. 아쉬운 마음뿐이다.

열차 안은 터질 듯 꽉 찼다. 남녀노소 사람들이 넘쳐나 서있을 곳조차 마땅치 않았다. 하지만 엄마는 사람들을 밀어붙이고 나를 비스듬히 눕혔다. 사람들도 병든 나를 보더니 내치지는 않았다. 얼마간을 정지해있던 열차가 "삐익~!" 소리와 운행을 시작했다. "살았다!" 모두가 손뼉을 치며 안도의 한숨을 내쉬었다. 1950년 12월 말이었다. 엄마와 우리 다섯 남매는 또다시 기약 없는 피난길에 올랐다. 며칠이 지난 1951년 1월 4일, 서울은 중공군에 의해 다시 함락되었다.

대구에서 훈련받는 아버지를 만날 때까지 얼마나 걸렸는지는 기억에 없다. 그동안 가루가 된 빵 부스러기로 연명했다. 밀고 제치는 소동 속에 맹 밀가루로 만든 빵이 다 부스러져 가루가 되었다. 엄마는 그 가루를 한 움큼씩 손에 움켜쥐고 다시 꾹꾹 빚어 우리 입안에 넣었다. 물이 없었기 때문에 가루가 목청을 막았다. 따갑고 숨이 막혀 우리는 캑 캑 기침을 연발했다. 그래도 덕분에 대구에서 아버지를 만날 때까지 살아남을 수 있었다. 기차는 중간중간 쉬며 서서히 달렸다. 대구는 정말 멀었다. 가고 또 가며 끝없이 흔들리는 열차 속에서 종착역을 기다렸다. 대구역에 당도한 것은 꽤나 추운, 어두운 밤이었다. 우리는 출구로 나가 대합실 의자에 앉았다. 엄마는 아버지가 훈련받는 훈련소로 전화를 했다. 잠시 후 군복을 입고 군모를 착용한 아버지가 콧물을 줄줄 흘리며 우리를 맞았다. 추워서 콧물이 나왔는지 울어서 나왔는지는 알 수 없었지만, 아버지는 흐르는 콧물을 닦으며 말없이 싱긋 웃었다. 우리는 택시를 타고 훈련소로 향했다. 그날 밤은 훈련소 사무실에서 잠을 청했다.

다음날 아침, 보직 발령으로 아버지는 경상남도 울산의 제23 육군 병원으로 떠나야 했다. 다행히 우리 가족도 아버지와 함께 군용열차 탑승을 허락을 받았다. 아버지는 다른 장교들과 여객 칸으로 인솔되었다. 우리 가족은 화물칸으로 향했다. 텅 비고 넓은 창고 칸이었다. 서울에서 타고 온 숨도 못 쉴 정도로 빽빽한 인파로 가득했던 기차에 비하면 천국이었다. 기다리던 두 명의 하사관들이 우리를 맞았다. 우리 외에 한 가족이 어린 아기를 데리고 탔다. 얼마 후 열차는 뱀처럼 뻗은 거구를 남쪽으로 움직였다. 지난번엔 밀가루 부스러기만 먹으며 대구로 왔지만, 이번엔 군인 아저씨들이 봉지 속에든 군용 건빵을 주었다. 말로 표현할 수 없을 정도로 맛있었다. 물과 과자, 사탕도 받았다. 종종 아버지가 먹을 것을 가져다주기도 했기에 든든하고 마음이 놓였다. 마침내 울산역에 도착한 우리는 마중 나온 하사관의 안내로 울산초등학교에 본원을 둔 23육군병원으로 갔다.

운동장 구석 조그마한 방이 우리의 임시 거처였다. 취사장 옆에 있는, 간이식 부엌이 붙어 있던 곳으로 기억난다. 태어나 처음으로 그곳에서 군대 밥을 먹었다. 이사할 방을 구하지 못하고 얼마간 머무는 동안 취사장의 군인들이 밥과 반찬을 가져오고 건빵이나 사탕, 껌 등을 주었다. 우리는 그들과 금세 친구가 되었다. 그곳에서는 눈만 뜨면 부상환자들이 보였다. 매일 많은 부상병들이 구급차에 실려 들어왔고 수술실은 발 디딜 틈이 없었다. 낮에는 일광욕을 받으며 누워있는 부상병들로 넓은 운동장이 가득 찼다. 폭격과 총탄에 팔과 다리가 잘린 병사들, 그리고 사지가 전부 잘려 몸뚱이만 남거나 온몸을 붕대로 감고 있는 모습들을 보고 있노라면 가슴이 무너져 내리는 것 같았다. 멀리 노을과 함께 멀리 사라져가는 병사들의 모습이 기억 속에서 지워지지 않는다.

그 와중에도 내가 기다리던 시간도 있었다. 나팔 소리가 들려오는 시간이었다. 아침의 상쾌한 나팔소리와 식사시간 알리는 경쾌하고 깡충깡충 뛰는 듯한 리듬이 재미있었다. 하지만 밤하늘에 울려 퍼지는 낭랑한 소리에는 서글퍼지곤 했다. '빠…빠빠…빠…빠…' 울려 퍼지는 소리와 함께 나는 잠 속으로 빠져 들어갔다. 지금도 가끔은 마음속에서 그때의 나팔소리가 들리는 것 같다.

전쟁은 날이 갈수록 치열해졌다. 무장공비의 습격도 심해졌다. 날이 추워지면서 군 기지를 습격하거나 밤에 먹을 것을 약탈하고 주민을 살해하는 참사가 잦아졌다. 주민들은 두려움에 떨었다. 울산은 물이 좋기로 알려져 있었다. 달성 공원에는 큰 우물이 있었는데 공비들의 소굴이었다. 달성 공원은 나무들과 암석으로 덮여있었는데 군수품 수송 차량이나 보행자들은 공비의 습격으로 부상을 당하거나 죽었다. 육군 병원의 물차는 하루에도 몇 번씩 위험을 무릅쓰고 달성 공원을 지나 병영에서 식수를 병원에 공급했다. 물론 그들도 종종 습격을 당했고 운전병과 하사관들이 부상을 당하곤 했다.

어느 날 저녁, 아버지가 슬픈 표정으로 집에 들어왔다. 저녁 식사를 마치고는 낮에 치료했던 어린 공비의 상황을 말해주었다. 내 나이 또래의 뼈만 남은 어린 공비는 영양실조와 추위, 고문에 시달려 사경을 헤매고 있다고 했다. 울산 경찰서에 감금된 다른 공비들도 모두 뼈만 앙상한 아이들이라고 했다. 아버지는 겁에 질린 그들을 차마 눈 뜨고는 볼 수 없었다고 했다. 아버지의 눈에 눈물이 고였다. 나도 눈물이 나고 가엾은 공비들의 모습이 눈앞에서 떠나지 않았다. 그들이 어떻게 울산 경찰서로 인계되었는지는 모른다. 이 산과 저 산으로 도망 다니다 왔을까. 진찰받은 어린 공비 중 한 명이 내 인생에서 끊을 수 없는 인연을 맺을 줄이야. 아버지의 이야기를 들은 그날부터 70여 년이 지난 지금까지 인생의 불가사의를 이해하지 못하겠다.

날은 점점 추워졌다. 물론 울산은 남쪽에 있어 서울 추위에 비할 바는 못 되었다. 그래도 코트 없이 겨울을 보내야 했기에 날씨가 춥게만 느껴졌다. 얼마 후 나는 다시 앓아누웠다. 머리맡에서 웃으며 노는 동생들이 부러웠다. 왜 나는 동생들처럼 놀지 못하고 이렇게 누워있어야 할까. 울다가 목 아래가 불편해 더듬어 보았다. 왼쪽 턱 바로 아랫부분에 구슬만한 알맹이가 손가락에 잡혔다. 아무리 비벼도 없어지지 않았다. 다음날에도 그대로였다. 작은 알맹이들이 큰 것과 함께 만져졌다. 엄마도 만져보았다. 저녁에 돌아온 아버지도 만져보더니 심각한 표정으로 내게 물었다.

언제부터 그랬는지, 얼마나 아픈 지 등등. 그리고 다음날 병원에서 정밀한 진찰을 받아야 할 것 같다고 했다.

진찰실에는 내과, 외과, 이비인후과 전공 군의관과 장교들이 기다리고 있었다. 엑스레이와 피검사를 하기 위해 하루 종일 끌려다녔다. 들리는 말로는 병이 많이 진전되어 하루빨리 수술을 해야 한다고 했다. 외과 과장인 장 대위가 수술을 집도하기로 결정했다. 병명은 연주창^{scrofula}이었다. 알맹이가 증식하여 목에 퍼지고 결국 죽게 되는 병이라고 했다. 결핵성이었는데 당시에는 특별한 치료방법이나 약이 없었다. 나는 곧 수술대에 올랐는데 난생처음 받는 수술이라 무서웠다. 그래도 아버지가 곁에 있어 마음이 놓였다.

수술 경과는 좋았다. 회복이 한참 진행되던 어느 날, 목 아래가 축축하여 손을 대어보니 수술 부위 근처에서 물기가 만져졌다. 거울을 보니 곱게 아물었던 수술 자리가 다시 열려있었다. 진물이 흘러내렸다. 수술 시 알맹이들을 들어낼 때 나온 결핵균의 감염이라며 아버지는 다시 상처를 소독하여 거즈로 가렸다. 결핵균에 감염된 부분은 봉합이 안 된다고 했다. 이후로는 자연요법에 들어갔다. 햇빛이 쨍쨍한 날에는 거즈를 벗기고 수술 부위를 일광욕했다. 몇 시간이고 앉아 햇빛이 상처 속으로 들어가도록 했다. 그리고 허약해진 몸의 회복을 위해 종종 수혈을 받으며 결핵균 치료 주사를 계속 맞았다. 하루하루가 지루하고 갑갑했다.

우리 가족은 이제 23육군병원의 취사장 옆의 작은방을 떠나 민가로 들어갔다. 하지만 여전히 여덟 식구가 단칸방에서 생활해야 했기에 힘들었다. 하루는 아버지가 미군 장교가 주었다며 커다란 깡통을 들고 들어왔다. 호기심에 둘러앉은 우리 앞에서 아버지는 깡통을 땄다. 노르스름한 페이스트가 가득 있었고 고소한 냄새가 코를 찔렀다. 아버지도 그것이 무엇인지 모르는 것 같았다. 수저로 퍼서 한 입 먹어봤다. 끈적끈적 입에 달라붙었지만 달콤하고 고소한 맛에 사로잡혔다. 그렇게 맛있는 음식은 처음이었다. 우리 형제들은 동이 날 때까지 계속해서 먹었다. 그 이후로는 다시는 그것을 먹어보지 못했다. 성인이 되어서 나는 그게 뭘까 종종 생각했다. 물론 무척이나 다시 먹어 보고 싶었다. 미국 이민 생활 내내 먹고 싶어서 고민했지만 무엇인지 알 수 없었다. 그래서 군인들에게만 공급하는 군수품일 것이라 생각했다. 훗날 미국에서 생활한 지 반세기가 지나서야 그것이 땅콩 쨈이었다는 결론을 내렸다. 그리고는 한바탕 크게 웃었다. 도처에 땅콩 쨈이 널려 있었지만 그다지 좋아하지 않았기 때문이다.

계속되는 전쟁에 피난민들은 남으로 몰려왔다. 서울에서 이웃이었고 엄마와 친형제처럼 지냈던 윤정희 이모의 가족이 우리를 찾아서 울산으로 내려왔다. 물론 그들도 생활이 곤란한 처지에 놓여있었다. 나와 동급생이었던 큰아들 신원식과 함께 동생 애령이와 애란이는 담배 장사를 시작했다. 엄마는 새벽에 일어나 양부인들 집을 찾아가 미군 물건을 사서 들어왔다.

그리고 군 목수에게 부탁해 조그만 목판을 만들었다. 거기에 성냥갑, 껌, 허쉬 초콜릿, 깨엿 등[2]을 담았다. 애령이와 애란이는 목판에 달린 끈을 목에 걸고 상품들이 담긴 목판을 가슴에 안고 나갔다. 그리고는 23육군병원 앞의 좁은 골목에서 팔았다. 장갑도 없어서 손이 얼면 입김으로 불었다. 원식이도 동생들의 담배 장사 대열에 합류했다. 김 대위님 딸들이 담배 장사를 한다는 소문이 병원에 퍼지자 군인들이 외출 길에 들러 매출을 올려 주었다.

나는 계속 집에 드러누워 있었다. 그러면서도 중학교 진학 국가고시 준비를 했다. 하루는 누워있던 나를 일으키며 엄마가 말했다. "누워만 있지 말고 너도 동생들이랑 담배 장사할래? 바람도 쐬고 사람도 만나면 기분이 좋아질 거다. 너는 하나 팔면 하나 먹고, 둘 팔면 둘 먹어라. 본전만 남기고 나머지는 네가 다 먹어도 좋다." 내가 늘 집에 누워있는 것이 엄마는 마음에 걸렸던 것 같

---

2   그 외에도 Lucky Strike, Camel, Phillip Morris, Chesterfield, Life Saver Candy 등이 있었다.

았다. 나도 결국 목판 장사 대열에 합류하기로 했다.

질서정연하게 물건들이 담긴 목판을 가슴 앞에 걸고 동생들을 따라갔다. 군인들이 걸어오면 아이들 모두가 뛰어가며 "아저씨, 담배 사세요. 여기 껌 있어요. 초콜릿도 있어요. 양담배도 있고요!"라고 소리치며 물건을 들어 올렸다. 아저씨들은 우리를 귀엽게 생각했던 것 같다. 너그럽게 웃으며 담배와 사탕을 사주었다. 원식이는 틈만 나면 어디서 배웠는지, "I love you, darling!"이라고 외치며 엉덩이를 흔들며 노래를 했다. 애령와 애란이는 손뼉을 치고 웃으며 춤을 추기도 했다. 나는 물끄러미 앉아 그들을 바라보았다. 그리고 팔아야 할 음식을 집어먹었다. 애령이는 그런 나를 야단쳤다.

그렇게 장사를 함께 하는 것도 잠시, 나는 다시 상처를 핑계로 집에 드러누워 버렸다. 그리고 전쟁은 날이 갈수록 치열해졌다. 인민군과 중공군은 끈질기게 밀고 내려왔고 아군은 미군과 함께 생사를 걸고 낙동강 수호에 돌입했다. 낙동강은 남한 정부가 옮겨간 부산에서 가까웠고 낙동강의 함락은 대한민국의 종말을 의미했다.

낙동강은 정말 피바다가 되어가고 있었다. 당시 군가 〈전우여 잘 자라>에는 낙동강 전선의 모습이 고스란히 담겨있다. '전우의 시체를 넘고 넘어 앞으로 앞으로 낙동강아 잘 있거라 우리는 전진한다. 원한이야 피에 맺힌 적군을 무찌르고서 꽃잎처럼 떨어져간 전우야 잘 자라' 얼마 후 이 노래는 용공 사상이 있다는 이유로 금지곡이 되었다. 노래를 부르는 사람들은 용공분자로 몰려 투옥되었다. 하지만 노래 가사처럼 23육군병원의 앰뷸런스는 정말 많은 부상병들을 싣고 왔다.

이제 우리 가족은 작은 셋집을 떠나 울산 시내에 있는 큰 집으로 이사했다. 피난생활의 안정을 찾자 우리 집은 댄스 강습소가 되었다. 아버지와 군의관들이 우리 집에서 댄스 선생님을 모시고 미국식 사교춤을 배우기 시작한 것이다. 미군 군의관들과의 교제를 위한 파티 참석을 위해서였다. 낮에는 군의관 사모들이 우리 집에서 춤을 배우느라 법석이었다. 집에서 살림만 하던 여인네들은 새장에서 풀려나온 새들이 되었다. 신바람이 나서 정신이 빠진 듯 보였다. 이혼을 하고 가정이 깨지는 사태도 발생했다. 이광수의 <자유부인>처럼 한국전쟁은 미군의 참전으로 양키 물결에 휩싸였다. 부산으로 내려간 피난민들을 주축으로 춤바람이 한동안 남한을 휩쓸었다.

어느덧 부상병의 수가 늘어나 23육군병원이 더 이상 수용할 수 없는 상태가 되어 초등학교를 사용하기에 이르렀고, 아버지가 그곳으로 파견되었다. 우리는 다시 병영으로 이사해야 했다. 또다시 취사장 옆의 방 한 칸에 부엌이 붙은, 장난감 같은 집이었다. 순이는 아랫방으로 내려가 밤을 지내고 아침마다 위로 올라오곤 했다. 그러던 어느 날 아침, 순이가 안 보였다. 여기저기 찾아보았으나 행적이 묘연했다. 며칠을 기다려도 오지 않았다. 순이가 혼자 지내는 군인의 방에 드나들었다는 소문이 들렸다. 어떤 군인과 눈이 맞은 것 같다는 추측이 나돌았다.

시간이 꽤 지났어도 수술 부위는 아물지 않고 입을 벌린 채로 그대로였다. 매일 일광욕을 했지만 차도가 없었다. 엄마는 산에 사는 뱀과 비단개구리가 연주창에 좋다는 말을 듣고는 뱀과 개구리를 사서 약탕관에 달였다. 구역질이 나고 토할 것 같았다. 효과는 없었다. 마지막으로 방사선요법에 들어갔다. 매주 버스를 타고 부산에 가서 1년 이상 방사선 치료를 받았다. '부산 방사선 의원'으로 기억하지만 정확한지는 모르겠다. 처음에는 엄마가 나를 데리고 다녔는데 치료가 끝나면 구제품 시장에 들르곤 했다. 낡은 미국 옷을 사주곤 했는데 나는 그 시간이 너무 좋았다. 엄마가 바쁠 때에는 아버지의 사병인 건달 박 하사가 데리고 갔는데, 구제품 시장에는 안 들러서 실망하곤 했다. 나는 아픈 와중에도 누워서 중학교 진학 국가고시 준비를 열심히 했다. 시험 결과는 예상외로 좋았다. 어디든 원하는 학교에 입학할 수 있는 점수였다. 엄마는 경기여중을 보내고 싶었으나 아버지는 지역 학교에 우수한 학생들을 보내 학교 발전과 교육의 평등을 이루어야 한다며 수도여자중학교에 입학원서를 내게 했다. 아버지는 이미 방순경 교장과 나를 수도여중에 보내기로 약속을 했었다. 나는 2등으로 합격했다.

부산에는 서울 대부분의 학교들이 내려와 텐트를 치고 운영했다. 하지만 울산에 살던 나는 그곳에 갈 수 없었다. 그래서 수도여중에 적을 걸어놓고 울산중학교에 편입하여 공부하기로 했다. 영어를 잘했지만 수학은 개념을 이해하기 힘들었다. 한 번은 이북에서 온 선생님이 가르치는 수학 시험에서 빵점을 맞았다. 그 후로는 수학 문제의 답을 모두 암기하다시피 공부했다. 운이 좋았는지 나는 수석으로 울산중학교를 졸업하게 되었다.

3년을 끌던 한국전쟁은 1953년 휴전협정으로 정전이 되었다. 남한 정부는 다시 서울로 이전했다. 부산으로 피난 갔던 학교들도 다시 서울로 돌아왔다. 엄마와 아버지는 고등학생이 되는 나와 중학교 2학년의 애령이를 서울의 수도여중고에 보내기로 결정했다. 친척 부부가 어린아이 둘을 데리고 나와 애령이와 서울 집에서 살기로 했다. 엄마와 아버지 그리고 세 동생들은 계속 병영에 남아있었다. 서울의 집은 말이 집이지 문짝도 창문도 없었다. 그래서 엄마와 아버지가 올 때마다 울산에서 만든 문을 가지고 와서 달아 주었다. 일 년 후 아버지가 동두천 야전병원으로 발령이 났다. 남은 가족은 서울로 합류했고 아버지는 주말에 군용 지프를 타고 집에 왔다. 군복에 군모를 쓴 아버지가 훌륭해 보였다. 게다가 동두천에서 과일이며 곡식을 사서 왔기에 나는 아버지 오는 날만을 기다렸다. 하지만 생활은 계속 어려웠다.

생활고를 극복해보고자 엄마는 탁구장을 열었다. 크고 텅 빈 병원 진찰실에 울산에서 가져온 탁구대를 놓았다. 피난 때 우리 형제들이 치던 탁구대였다. 애령이와 애란이는 탁구를 잘 쳤는데 혼자 오는 손님들에게 좋은 파트너가 되었다. 제혜병원 딸들이 탁구장을 한다는 소문이 퍼지자 탁구장은 사람들로 붐볐다. 고등학생들과 대학생들, 젊은 남자들이 많이 왔다. 돈을 안 내고 도망가는 사람들이 생기자 애령이와 애란이는 눈에 불을 켜고 카운터를 지켰다. 때로는 도망가는 사람을 쫓아가 물고 늘어지기도 했다.

나는 계속 몸이 약했다. 그래도 집념과 집중력이 강해서 모든 열정을 학업에 쏟았다. 예습과 복습에 중점을 두고 공부하였고 학교를 수석으로 졸업했다. 그러자 친구들은 나를 떠받들기도 했다. 나는 내가 누군가와 크게 다르다고는 생각하지 않았지만, 내가 남다른 면이 있다면 끈질긴 노력과 강인한 집중력이었다. 새 학기가 시작할 때마다 아버지는 '노력은 성공의 어머니다'라고 크게 글씨를 써서 공책들을 질서정연하게 책가방에 넣어주곤 했다. "남들이 다섯 시간 자면 너는 세 시간만 자고 공부하면 된다. 무엇을 하던 온몸과 마음과 정신을 네가 하는 일에 집중해라"라는 말을 귀가 닳도록 들었다.

아버지는 제대 후 집을 수리해 다시 병원을 개업했다. 그리고 얼마 후 용산경찰서 근처인 원효로 1가 89-11에 새로 집을 지었다. 그리고 그곳으로 병원을 이전했다. 내가 고등학교 3학년이 되자 우리 가족도 남한에서 기반이 잡히기 시작했다. 아버지는 그렇게 좋아하던 마장과 사냥 등을 모두 끊고 오직 병원의 운영과 가족의 뒷바라지에만 헌신했다. 정초에 가족 윷놀이나 화투를 치긴 했지만 그다지 즐기는 것 같지는 않았다. 마작의 고수이신 아버지에게는 싱거운 게임이었을 것이다. 대신 친구인 조 선생님과 수교자, 탕수육, 잡탕 등 중국요리와 고량주를 드시면서 틈틈이 바둑을 두셨다. 엄마는 다시 도라무통처럼 뚱뚱해져서 친구들과 계모임, 동창회 등에 나가며 바쁘게 생활했다. 하지만 엄마도 아버지도 자녀 교육과 학교 일에는 만사를 제쳐놓고 앞장섰다. 동생들은 공부를 성실히 했지만, 울보 애훈이는 공부에는 전혀 관심이 없었고 노래만 잘했다. 남동생 욱이는 철로 개명했다. 욱이라는 이름이 나쁘다는 작명가의 말 때문이었다.

대학 입학시험이 다가오자 학생들은 학원을 다니며 시험 준비를 했다. 하지만 나는 6.25 때 그랬던 것처럼 문제집을 사서 혼자 공부했다. 아버지는 나를 한국 최초의 여류 변호사로 만들고 싶어 했고 법과대학 입학을 권했다. 그리고 학교의 명예를 생각해서 서울대 법대를 추천했다. 그래서 나는 서울대학교 법과대학에 입학 원서를 냈다. 솔직히 말하자면 나는 법대에 전혀 관심이 없었고 체육과에 가서 무용을 전공하고 싶었다. 그러나 아버지와 주변 사람들의 기대를 저버릴 수 없었다. 아버지가 뜻대로 법대에 입학원서를 넣고 만일의 경우를 대비해서 이화여자대학교의 자부심이었던 영어영문학과에도 원서를 제출했다. 당시 이화여대는 우수한 학생을 유치하고자 고등학교 성적과 추천서, 면접만으로 학생을 선발하는 입학 제도를 처음 실시했다. 나는 쉽게 입학할 수 있었지만 한편으로는 불명예스러운 감이 있었다. 당시 이화여대는 부잣집 딸들이나 멋을 부리길 좋아하는 여자들이 다니는 학교라는 인식이 강했기 때문이다.

　서울대 시험은 1월의 추운 어느 날 치러졌다. 아침에 엄마 아버지와 택시를 타고 서울대로 향했다. 이미 많은 사람들이 교정을 메웠다. 수험생들과 부모, 친척들 등 모두가 긴장하고 수험생들을 격려하고 있었다. 하루 종일 시험을 보았다. 예상대로 수학이 어려웠다. 내가 암기했던 수학 문제가 하나도 안 나왔다. 당황했고 시험을 망친 것 같았다. 시험장을 나오니 엄마와 아버지는 추위에 떨며 초조하게 기다리고 있었다. 택시를 타고 집에 가는 길에 시험을 잘 봤냐며 아버지가 물었다. 나는 "수학을 잘 못 친 것 같아"라고 답했다. 그날 밤 잠을 못 잤다. 며칠 후 낙방이라는 소식을 들었다. 멍해졌고 아무 생각이 들지 않았다. 엄마와 아버지, 주변 사람들을 볼 면목이 없었다. '명예를 잃는 것은 죽는 것보다 더 하다'는 아버지의 말이 떠올랐다. 나중에 들었지만 그해 모교였던 수도여고는 초상집 분위기였다. 1등인 나를 비롯해 전교 10등까지 모두 서울대 입시에서 떨어졌다.

　졸업 후에는 수도여고 학생들과 만날까 봐 겁이 났다. 수도여고 교복은 버클이 독특해 쉽게 눈에 띄었다. 진홍색의 하트 모양에 흰 백합이 있어서 멀리서도 눈길을 끌었다. 길을 걷다 그 버클을 단 학생만 보면 숨거나 가던 길을 바꾸어 갔다. 집이 원효로였기에 수도여고 학생들을 마주치곤 했다. 그래서 밖에 나가기가 싫었다. 1957년 졸업식에서 졸업생 대표로 졸업 송사를 낭독한 이래, 60년이 지난 오늘까지 수도여고 근처에는 전혀 가지 않았다. 1962년에 미국으로 간 이후에야 그러한 집착에서 빠져나올 수 있었다. 하지만 내가 서울대 법대에 불합격했었다는 사실을 오늘날까지 누구에게도 언급한 적이 없었다.

어쨌든 나는 이화여대 영문과에 들어가기로 결정을 했다. 1학년 때에는 열심히 공부했으나 2학년 때에는 클럽활동이나 음악, 하이킹 등의 활동에 열중했다. 그런 모임들을 통해 처음으로 남학생들을 만날 수 있었다. 그리고 1961년 2월, 졸업 후 아무도 모르게 미국 유학을 목표로 국가시험 준비를 시작했다. 영어와 국사가 위주였는데, 미국 대사관이 주관하는 영어시험과 인터뷰도 통과해야 했다. 나는 아버지가 신장수술로 입원중인 세브란스 병원을 드나들며 틈틈이 공부했다. 대부분의 수험생들이 어렵다고 했지만 나는 시험을 잘 친 것 같았다. 초조히 기다리던 중 발표 날 혼자 광화문에 위치한 문교부(지금의 교육부) 청사로 갔다. 어둠침침하고 음산한 겨울이었다. 수험생들은 벽에 붙은 합격자 명단을 살펴보고 있었다. 떨리는 마음으로 내 이름을 찾아보았다. 합격이었다. 그 길로 설레는 가슴을 달래며 아버지가 누워있는 병원으로 달려갔다. 합격 소식을 전하자 아버지는 빙그레 웃으셨다.

유학 준비에 들뜬 나날을 보내던 어느 날, 미국에서 전보 한 장을 받았다. "I sincerely pray for your father's rapid recovery. – 아버지의 빠른 쾌유를 빕니다." 발신지는 샌프란시스코였다. 이름과 주소가 있었지만 모르는 사람이었다. 미국에는 아는 사람이 아무도 없었다. 무엇보다 이상한 점은 발신인이 아버지가 아프다는 사실을 알고 있다는 것이었다. 발신인이 누구인지 고민하다 엄마와 아버지에게 전보를 보였다. 엄마는 그 사람이 누구이든 고맙다는 답을 하라고 했다. 나는 간단한 감사의 답장을 보냈다.

어느 날 대학 동창인 김명희가 만나자고 했다. 졸업 후 처음 만나는지라 무척 반가웠다. 나는 얼마 전 받은 전보 이야기를 했다. 이야기를 듣더니 명희가 깔깔거리며 웃었다. 놀란 나는 눈을 크게 뜨고 물어보았다. 명희는 그 사람이 자기 사촌 오빠라고하며 자초지종을 이야기했다. 사건의 발단은 대학 1학년 시절로 거슬러 간다. 미국으로 곧 가게 될 명희의 오빠는 동생을 보기 위해 이대 기숙사에 들렀다. 오빠는 영문과 건물 앞에서 본 한 여학생에 대해 명희에게 물어보았고, 명희는 신입생 사진첩을 보여주며 찾아보라고 했다. 내 사진을 보자 오빠는 바로 이 학생이라고 했다고 한다. 그 후 명희의 오빠는 부산일보 특파원으로 미국에 갔고 MBA 과정을 공부했다고 한다. 그러면서 그는 내가 졸업할 때까지 4년을 기다리며 명희를 통해 나의 근황을 알아갔다. 명희의 오빠는 아버지의 신장수술을 소식을 나에게 자연스럽게 다가서는 기회로 택한 것 같았다.

상상도 못했던 이야기를 듣고 나니 어이가 없었다. 화를 내지도 웃지도 못하고 넘겨 버렸다. 그리고 엄마와 아버지에게 이 사실을 알렸다. 하루가 멀다 하게 나에게 국제전화와 편지와 사진을 받았다. 엄마 아버지는 유학생이 무슨 돈이 있어 그 비싼 전화 비용을 쓰냐며 걱정을 하셨다. 나도 그에게 국제전화를 하지 말라고 했다. 하지만 그는 계속 전화를 했다. 나는 그를 만난 적이 없기에 딱히 할 말도 없었다. 동창인 명희에게 들은 것이 전부였다. 명희의 아버지는 부산에서 유명한 사업가였고 명희는 좋은 환경에서 자란 친구였다. 그래서인지 우리 식구는 명희의 말을 믿었다.

어느 날 통화를 하다 그가 약혼반지 이야기를 꺼냈다. 깜짝 놀라서 엄마와 아버지에게 이야기했다. 그제야 일의 심각성을 모두가 느낀 것 같았다. "그 사람 어떠니? 마음에 드니? 나는 마음에 든다"라며 엄마가 말했다. 난 내 마음을 알 수 없었다. 만난 적이 한 번도 없기 때문이었다. 그저 어리둥절하기만 했다. 약혼이

나 결혼에 대해서는 그다지 깊이 생각한 적이 없었다. 분명한 것은 미국에 가고 싶다는 마음이었다. 그리고 서울 법대 낙방의 수치에서 벗어나고 싶었다. 새로운 출발을 하고 싶었다. 하지만 생면부지의 미국에 혼자 가는 것이 겁이 나기도 했다. 엄마가 "너 그 사람 마음에 드니? 결혼할래?"라고 묻자, 나는 "엄마가 좋으면 결정해"라는 대답을 했다. 지금 생각해 보면 내 대답은 책임을 회피하는 것이었다. 무책임한 대답이었고 미숙했다. 그때에는 삶은 스스로가 책임져야 하는 것임을 알지 못했다.

아버지는 처음부터 그 사람을 달가워하지 않았다. 아버지를 일찍 여의고 홀어머니 슬하에서 형제들과 자랐다는 것을 좋지 않게 생각했다. 남자이자 남편이 되어야 하는 가장으로서의 롤 모델 없이 자랐다는 점이 마음에 걸렸던 것이다. 또한 몰락한 지주의 후손으로 어려운 환경에서 자랐다는 것도 아버지는 탐탁지 않게 생각했다. 아버지는 기반이 든든한 좋은 가정에서 자란 사람이 내 배우자가 되길 원했다. 게다가 상과 대학 출신이라는 점도 싫어하셨다. 아버지도 사업가 가정에서 자랐지만 상업을 투기적이고 불안한 것으로 생각했다. 그래서 법관이나 변호사, 교수나 기술자와 같은 안정된 직업을 권하셨다. 하지만 의사는 답답한 직업이라며 추천하지 않으셨다. 나도 아버지의 의견에 공감했다. 그 사람은 일류 대학 출신도 아니고 집안이 좋은 것도 아니고 뚜렷하게 내놓을 것도 없었다. 내가 기대하던 이상적인 배우자가 아니었다. 하지만 나의 '미국병'이 그 모든 단점을 묵인했다. 난 새롭고 넓은 곳에서 새 삶을 살고 싶다는 꿈을 꾸고 있었다.

사실, 아버지는 사실 결혼 자체를 그다지 장려하지는 않았다. 아버지는 엄마가 고등교육을 받고도 커리어를 쌓지 않고 집안 살림만 한다며 불평했다. 아버지처럼 당시에도 결혼을 부정적으로 보는 경우가 더러 있었다. 아버지는 "여자는 제아무리 똑똑해도 결혼하면 그것으로 끝이다. 애 낳고 남편 뒷바라지하며 집에 파묻혀 살다 죽는다. 애라야, 너는 한국 최초의 여류 변호사나 학자가 되어 남자에게 눌리지 않는 좋은 직업을 가져라. 독립해서 살아라. 네 재능을 살려서 말이다"라고 하셨다. 여성의 영역이 결혼과 가정에만 국한되었던 시절에 아버지는 오픈 마인드를 가진 진보적인 사람이었다.

반면 엄마는 내가 혼기를 놓칠까 염려가 되었다. 엄마에게 결혼은 반드시 해야 하는 것이었다. 게다가 엄마는 그 사람이 마음에 들었다. 미남이라고 하며 호감을 비추었다. "나는 사람을 잘 본다. 내 눈에 드는 사람이면 틀림이 없다"라며 은연중에 결혼을 부추겼다. 사실이었다. 간호사나 약제사, 가정부 등 엄마가 면접을 봐서 고용한 사람들은 대개가 사람이 좋았다. 반면에 아버지가 고용한 사람들은 문제가 많았다. 자연스럽게 인사 문제 등의 결정권은 엄마가 갖게 되었다. 엄마가 마음에 드는 내색을 하자 아버지는 강경한 반대를 하지 않았다. 나는 그 사람이 기대에 차지 않고 마음에 들지도 않았다. 하지만 뚜렷한 남성관이 있는 것도 아니었다. 분명한 것은 내가 잘생긴 남자에게 감흥이 없다는 점이었다. 나는 남자답게 생긴 남자를 좋아했던 것 같다. 몸도 크고 마음이 넓고 관대하며 부드러운 남자에게서 매력을 느끼곤 했다. 말없이 행하는 건실하고 진실하며 믿고 기댈 수 있는 묵직한 남자를 선호하는 것 같았지만, 배우자에 대해서는 큰 신경을 쓰지 않았다. 다만 결혼하면 나도 엄마처럼 행복하게 살 것이라고 생각했을 뿐이다.

어찌 되었든 엄마나 아버지, 그리고 내가 함께 걱정하는 것은 나의 안전이었다. 친척이나 친구 등 연고가 없는 먼 미국에 혼자 간다는 자체가 몹시 불안하고 두려웠다. 엄마와 아버지는 결혼을 시켜서 보내고 싶어 했다. 물론 나도 혼자 낯선 땅에 가는 것이 무서웠다. 그래서 나를 맞이해 줄 사람이 있다는 생각은 두려움을 조금 덜어 주었다. 이런 상황에서 그 사람은 내게 매일 전화를 했고 약혼을 원했다. 사태가 긴박해짐을 느낀 엄마는 그에 대해 더 알아보기 위해 부산으로 내려갔다. 며칠 후 돌아온 엄마는 모든 것이 좋다고 했다. 드디어 그의 어머니가 약혼반지와 사주단자를 안고 우리 집으로 왔다. 난 얼떨결에 약혼을 해버렸다. 그날 밤 기도했다. 내 머리 털이 파뿌리처럼 하얗게 될 때까지, 죽기까지 해로하게 해달라고. 약혼을 하자 아버지는 약혼자의 귀국을 원했다. 하루빨리 아버지의 눈으로 첫 사위를 보고 싶었을 것이다. 그리고 내 결혼식을 호화찬란하게 하고 싶으셨을 것이다. 아버지는 당시 가장 고급스럽던 조선호텔에서 윤치왕 박사의 주례를 예약해 놓고 성대한 예식을 준비하고 있었다.

어느 날 명희와 결혼한 뉴욕 총영사관의 부영사로 취임하는 윤처원이 우리 집에 방문했다. 내 약혼자의 귀국을 취소해 달라는 것이었다. 외무부의 법규가 까다로워 귀국하게 되면 다시 미국에 가는 것이 거의 불가능하다는 이유였다. 아버지는 실망했다. 며칠간 고민하시더니 결국 나를 혼자 미국의 약혼자에게 보내기로 결정했다. 젊은 사람의 장래를 망칠 수 없다고 덧붙이셨다. 결혼 후에 그가 미국을 가지 못하면 나도 미국에 갈 수 없었다. 아버지는 내가 미국 유학을 다녀와 성공하기를 원했다. 아버지는 곧 한국에서의 결혼 준비를 중단하고 내가 미국에 갈 것임을 그 사람에게 알렸다.

결국 나는 결국 현대판 사진 신부가 되었다. 사진결혼은 이미 19세기 말에서 20세기 초에 성행했다. 이조 말에 맺어진 한미 통상조약에 따라 하와이의 사탕수수밭에서 일하던 한국인 노동자들 때문이었다. 한국의 어린 농촌 처녀들이 남편될 사람의 사진만 보고 배를 타고 미국으로 갔다. 미국에 있는 남편 후보들을 만나자 많은 여인들이 실망했다. 사진에서 봤던 사람과 그들 앞에 등장한 남자가 전혀 다른 사람이었던 것이다. 당시 하와이의 노동자들이 본인 사진 대신 다른 젊은 남자들의 사진을 조선 처녀들에게 보낸 것이다. 물론 참고 살면서 열심히 일해 돈을 많이 번 사례도 있는 반면, 도망을 치거나 자살하는 여자들도 있었다. 하지만 초기의 사진결혼과는 달리 1950년대에는 현대판 사진결혼이 한국의 상류사회에서 유행했다. 그리고 미국에 유학을 간 상류층 자제들이 혼기에 처하자 부모들이 한국에서 신부를 골라 아들에게 보내는 사진 중매결혼이 유행했다. 나와 함께 이화여대를 다니던 학생 중에도 중퇴하고 미국으로 시집을 가는 경우가 종종 있었다. 내가 그중 하나가 되리라고 상상도 못했지만 말이다.

약혼자는 내가 미국에 도착하면 빨리 결혼식을 올릴 수 있도록 결혼일자를 정해서 알려왔다. 청첩장도 이미 보냈다고 했다. 엄마도 아버지도 나도 얼떨결에 세상이 어떻게 돌아가는지, 우리가 무엇을 하고 있는 지도 모르고 그의 각본에 맞춰 결혼 준비를 진행했다. 엄마는 "마치 귀신에 홀린 것 같다"라는 말을 되풀이하며 나를 데리고 동대문시장 포목상으로 가서 양단을 사들였다. 웨딩 가운, 칵테일 드레스, 파티 드레스, 한복, 홍색과 청색 침대 스프레드 등을 만들기 위해서였다. 그리고 당시 프랑스에서 귀국해 명동에 개업한 앙드레김 의상실에서 옷을 주문했다. 도통 알 수 없는 나라의 공주가 결혼하는 것 같았다. 우리에게 미국에 대한 인식은 할리우드 영화에서 본 호화찬란하고 피상적인 것들뿐이었다. 그래서 미국 현지 실정에 맞지 않는 준비를 했던 것 같다. 물론 결혼 후에도 그 옷들은 한 번도 입어 보지 못했다.

1962년 1월 20일, 출국 일자가 결정되었다. 점쟁이가 길일이라고 잡아준 날이었다. 그 후로 가끔 아버지가 자취를 감추었다. 집안을 아무리 뒤져 보아도 아버지를 찾을 수가 없었다. 환자가 와서 기다리는 날이 많아졌다. 어느 날 우연히 변소 문을 연 엄마가 숨어서 울고 있는 아버지를 발견했다. 그 후로는 아버지가 안 보이면 변소로 갔다. 아버지는 울고 있었다.

출국 일에는 아침부터 눈발이 휘날렸다. 집 앞에서 최신식 대형 관광버스가 우리 가족을 기다렸다. 친척과 이웃, 친구들이 나를 환송하기 위해 아버지가 대절한 버스를 메웠다. 아버지 옆에 앉아 나는 무심히 흩날리는 눈발을 바라보며 김포공항으로 향했다. 울며 손을 흔드는 가족들과 친구들을 뒤로하고 나는 눈물을 닦으며 팬아메리칸 항공Pan Am의 탑승대를 올랐다. 처음으로 비행기를 탔다. 혼자 여행을 하는 것도 처음이었다. 불안하고 두려웠다. '다시는 이 땅에 돌아오지 못하겠지? 엄마와 아버지를 다시는 못 보겠지?' 라는 생각에 눈물로 흐려진 눈을 비비며 급하게 창밖을 내다보았다. 엄마와 아버지를 찾아보았다. 마지막으로 한 번 더 보고 싶었다. 그러나 아무도 안 보였다. 요란하게 소리를 내며 비행기는 서서히 하늘 위로 솟아올랐다. 아쉬움에 눈물을 마구 닦으며 눈이 빠지도록 창밖을 내려다보았다. 다시는 못 볼 엄마와 아버지를 한 번 더 보고 싶었다. 당시에는 일단 한국을 떠나면 재 귀국이 거의 불가능했다. 비자도 받기 힘들었을뿐더러 여비가 너무 비싸서 모국방문은 상상하기 어려웠다. 무심한 비행기는 구름을 뚫고 날아가고 있었다. 어린 피난민이었던 김애라는 이제 생면부지의 배우자를 찾아, 환상 속에서 그리던 미국으로 향하고 있었다.

밤이었다. 동경의 하네다 공항에서 미국행 비행기로 환승을 하기 위해 기다리고 있던 중, 고등학교 동창인 우명숙을 만났다. 명숙이도 나처럼 사진결혼으로 U.C 버클리에서 정치학 박사 논문을 쓰고 있는 약혼자를 찾아가는 길이었다. 명숙이와 약혼자는 같은 교회의 교인으로 서로가 알고 있었기에 나처럼 초면은 아니었다. 그런데 난 명숙이의 약혼자가 박사 학위 최종 단계에 있다는 말에 마음이 불편해졌다. 중고등학교 시절에 전교에서 일등만 하던 나는 자존심이 상했던 것이다. 한순간에 남편을 통해 명숙이가 나를 앞지른 느낌이었다. 현실을 받아들이기는 쉽지 않았다. 명숙이는 나보다 먼저 샌프란시스코로 떠났다. 다시 혼자 남아 자정에 떠나는 비행기를 기다리는데 마음이 착잡해졌다. '앞으로 나의 삶은 어떻게 될까?' 겁 없이 여기까지 왔지만 앞날이 불안하기도 했다. 어두운 여행길에 몸을 맡기고 다시 비행기에 올랐다.

제3장
깨어진 꿈

깨어진 꿈

샌프란시스코 공항에 도착했다. 깜깜한 밤이었다. 승객들과 승무원 모두 밖으로 나가고 기내 등도 꺼졌다. 어둡고 적막한 기내에 혼자 남겨졌다. 미스터 문이 나를 맞이하러 기내로 들어올 때까지 자리에 있으라고 했기 때문이었다. 하지만 기내에 혼자 있으니 무섭고 불안했다. 사진 한 장만을 본 남자, 사람들은 그를 미남이라고 했지만 나는 미남을 좋아하지도 않았다. 아니, 원하지 않았다.

나는 좀 못생겼어도 남자다운 남자, 키가 크고 생각이 깊으며 말보다 행동하는 건실한 사람, 믿고 기댈 수 있는 남자를 좋아했다. 하지만 나는 남자 친구를 사귄 적도, 데이트나 연애를 해 본적도 없었다. 내가 아는 남자는 오직 헌신적인 사랑으로 나를 길러

준 아버지뿐이었다. 청중을 울리는 말솜씨를 갖고 있었지만 평소에는 말 없는, 조용한 아버지 같은 남자를 나는 원했던 것 같다. 비록 아버지는 마르고 덩치가 크지도 않았고, 엄마도 아버지를 못난이 울보라고 놀렸지만, 내 눈에는 아버지가 잘생기지도 못생겨 보이지도 않았다.

호기심과 두려움이 교차하는 가운데 나는 약혼자를 기다렸다. 드디어 누군가 앞문을 통해 내가 있는 방향으로 걸어오고 있었다. "오느라 수고했어요. 잘 왔어요" 경상도 억양으로 말하며 그가 내 손을 잡고 앞장서서 나갔다. 공항을 지나 어딘가 아래로 내려갔다. 플랫폼 같은 곳에 동양인들이 몰려있었다. 환영 나온 사람들이라고 했다. 남녀노소가 섞여있었다. "상당한 미인이 왔군." 누군가의 말소리가 들렸다. 미스터 문은 그분이 독립운동가 양주은 옹이라고 했지만, 나는 그 이름을 들어 본 적이 없었다.

그를 따라다니며 사람들에게 인사를 했다. 하지만 현실을 파악하느라 정신없었다. 내가 어디에서 무엇을 하고 있는지 갈피를 잡을 수 없었다. 샌프란시스코 공항도 마중 나온 사람들도 모두 초라하고 궁상맞아 보였다. 할리우드 영화에서 보던 미국과는 천지차이였다. 그때까지도 미스터 문을 제대로 쳐다보지는 못했지만, 사진과는 달리 마른 체구를 갖고 있었다. 솔직히 외모가 마음에 들지 않았다. 모든 것이 나를 상상도 정반대로, 실망과 좌절이 몰려왔다. 어둠 속에 갇힌 심정이었다. 허수아비가 되어 감각이 마비되어 가는 느낌이었다. 난 말없이 그가 시키는 대로 했다. 그는 나를 작은 건물로 데려갔다. 수술실 침대 같은 철로 만든 침대가 방 한가운데 놓여있었다. 영화에서의 호화찬란한 미국 호텔과는 전혀 다른 초라한 곳이었다. 가슴이 메어왔다.

'도대체 내가 어디 있는 걸까? 여기가 미국인가?' 꿈에 그리던 미국에 와서 이렇게 궁상맞게 살고 싶지는 않았다. 무엇보다 내 앞의 약혼자가 사진에서 보던 것과 너무 달랐다. 결혼하고 싶지 않았다. 하지만 미스터 문은 이미 청첩장까지 배포한 상태였고, 게다가 나는 미국 땅에서 의논할 사람도, 찾아갈 곳도 없었다. 가지고 온 용돈 이외에는 비상금도 없었고 지리도 몰랐다. 그는 내게 피곤할 테니 오늘 밤은 호텔에서 묵으라며 자신이 다음날 아침에 데려오겠다고 했다. 그는 우리가 살 아파트를 다운타운에 얻어 놓았고 다음날 그곳으로 함께 갈 예정이라고 했다.

떠나기 전, 그는 내 입술에 키스를 하며 몸을 어루만졌다. 너무 갑작스럽지만 나는 저항도 안 했다. 기운이 없었다. 키스는 물론이려니와 남자의 손길이 몸에 닿은 것도 생전 처음이었다. 상상했던 첫 키스의 떨림은 전혀 느낄 수 없었다 차라리 꿈이었으면 좋겠다는 생각만이 들었다. 그러다가 '이 사람은 내 약혼자가 아닌가? 나는 그와 한 평생을 살기로 약혼을 하고 이곳에 온 것이 아닌가?' 라며 스스로에게 타일러 보았다. 하지만 눈물만 흘러내렸다. 스스로를 포기한 무기력한 존재가 된 것 같았다.

다음날 아침, 문 두드리는 소리에 잠에서 깼다. 그가 나를 데리러 온 것이었다. 서둘러 짐을 들고 택시를 탔다. 벽돌로 지은 낡은 건물에 도착했다. 그는 문을 열고 나를 안으로 인도했다. 대낮에도 불이 켜진 침침한 복도를 지나 이층으로 갔다. 방문을 열자 침실 하나에 응접실과 부엌, 목욕탕이 있었다. 나는 아무 말 없이 짐을 내려놓았다. 나를 맞이하기 위해 나름대로 꽤 신경을 쓴 것 같았다. 부엌에는 양고기를 조리한 냄비가 있었다. 나를 위해 그가 직접 만들었다고 했다. 그는 양고기가 여자 몸에 좋다고 말했다. 벌써 아이를 생각을 한 것 같았다. 내키지는 않았지만 억지로 먹었다. 토할 것 같았지만 참고 "맛있어요"하고는 수저를 놓았다. 나는 모든 것이 귀찮아졌고, 아무것도 보고 싶지도 듣고 싶지 않았다.

얼마 후 그는 어디론가 외출을 했다. 학교인지 일터인지 전혀 알 수 없었다. 사실, 알고 싶지도 않았다. 나는 이불을 뒤집어쓰고 침대에 누웠다. 내 힘으로는 현실을 감당할 수 없었다. 산산조각 깨진 꿈의 파편이 뼈 속 깊이 박혀 몸과 마음이 마비되었다. 6.25 사변 때, 감당할 수 없었던 현실이 나를 마비시켰던 것처럼 나는 다시 드러눕게 되었다. 한국 전쟁에서 내 우울증은 나의 잘못이나 실수와는 무관했다. 하지만 지금은 어떠한가. 나는 미국에서의 현실을 이해해 보고자 이불 속에서 허우적댔다. '내가 무슨 큰 죄를 지었기에 지금 이 지경에 빠졌나? 어떻게 해야 하나?' 하루 종일 먹지도 마시지도 않고 있는 내 모습이 지렁이 같았다.

그는 저녁에 돌아와 누워있는 내게 무언가 주며 먹으라고 했다. 배가 고팠기에 말없이 받아먹었다. 빵 속에 사각사각 씹히는 채소와 토마토 조각, 새콤한 소스에 묻힌 고기가 든 샌드위치였다. 맛이 있었다. 그는 매일 빵을 사들고 집에 돌아왔고 나는 매일 이불 속에서 자신과 싸웠다. 허기를 빵조각으로 채우며 이불 속에서 꿈틀거리는 내 모습을 보기가 무서웠다.

이불 속에서 현실을 거부하는 행동은 밤에 대한 두려움을 함께 동반했다. 정말로 밤이 두려웠다. 잠자리를 하지 않으려고 응접실 소파에 자리를 만들어 누웠다. 하지만 그는 한사코 나를 침실로 끌고 가 침대에 눕혔다. 다시 있는 힘을 다해 일어나 욕실로

가서 욕조에 누워도 허사였다. 매일 밤 밀고 당기며 한바탕 전쟁
이 벌어지곤 했다. 차라리 죽는 것이 나을 것 같았지만 죽을 용기
가 없었다. 드디어 나는 스스로를 포기했다. 그때에야 비로소 나
는 탕녀들의 심정을 이해할 수 있을 것 같았다. 한 번 인생의 길을
잘못 들면 다시 되돌리기 힘들다는 것도.

　어느 날 조흥은행에서 일하는 그의 친구 미스터 박이 뉴욕으
로 가는 길에 들렀다. 나도 서울에서 몇 번 만난 친구였다. 그는
서울에서 나의 출국 수속을 도와주었고 우리 집에도 종종 들른
적이 있었다. 엄마와 아버지는 그를 좋아했다. 그는 수석으로 동
래고등학교를 졸업하고 서울대 법대를 나와 조흥은행에서 일하
는 장래가 촉망되는 청년이었다. 아버지는 그 친구를 신뢰하게
되었고 미스터 문에 대한 마음도 누그러졌다. 친구를 보아 미스
터 문의 성품과 됨됨이를 알 수 있다고 말했다. 미스터 박은 가끔
내게 말했다. 나와 결혼하는 미스터 문은 행운아라며 부러워했
다. 그랬던 그를 처량한 모습으로 샌프란시스코에서 만나고 싶지
는 않았다. 하지만 거부할 핑곗거리도 없었다. 아무 영문도 모르
는 미스터 박은 기쁜 표정으로 아파트로 들어왔다. 그날 밤 내가
자려던 응접실을 미스터 박에게 내어준 나는 욕조에 누웠다. 미
스터 문은 나를 욕조에서 끌어내어 침실로 끌고 갔다. 사정을 눈

치챈 미스터 박은 다음날 뉴욕으로 떠났다.

　나는 샌프란시스코에 도착한 후 한국과의 연락을 끊었다. 아버지에게는 매일 편지가 왔지만 처량한 현실을 알리기 싫었다. 아버지와의 서신교환을 끊고 계속 이불 속으로 들어갔다. 그때야 결혼을 성사시킨 엄마나 아버지를 원망하지 않고 스스로를 책망하기 시작했다. 내가 너무 미숙했고 세상을 몰랐다. 미국에 대한 환상이 결국 나를 궁지에 몰아넣은 것이다. 하지만 이미 늦었다. 나는 그 대가를 치르고 있던 것이었다.

　어느 날, 그는 내게 청첩장을 보여주며 결혼식 준비를 서두르자고 했다. 나는 단칼에 결혼을 보류하자고 말했다. 논쟁이 벌어지고 완강한 모습에 화가 난 그는 샌프란시스코 한인 연합감리교회 송정률 목사의 집으로 나를 끌고 갔다. 나는 왜 우리의 문제를 목사에게 끌고 가는지 이해할 수 없었다. 송 목사와 부인, 세 아들이 응접실에서 우리를 맞이했다. 나는 불편했을 뿐만 아니라 불쾌했다. 내키지 않았지만 의자에 앉았다. 미스터 문과 나 사이에는 험한 논쟁이 벌어졌다. 생면부지의 사람들 앞에서 처음으로 큰 목소리로 싸움을 했다. 하지만 목사는 아무런 해결책을 제시하지 못했다.

다음날 나는 아버지에게 편지를 보냈다. 결혼을 포기하고 뉴욕으로 가서 예정대로 공부하고 싶다는 뜻을 알렸다. 아버지는 비행기 표를 보낼 테니 바로 돌아오든지, 또는 공부할 수 있도록 송금하겠다고 했다. 편지는 그렇게 썼지만 정작 결정을 쉽게 내릴 수는 없었다. 당시에는 미국으로 송금하기가 어려웠고 아버지가 그 많은 돈을 계속 보내는 것이 무리라는 것을 잘 알고 있었다. 게다가 이대로 귀국한다는 것도 자존심이 허락하지 않았다. 하늘 끝까지 올라갔던 내 평판과 사람들의 기대를 무시할 수 없었다. 무엇보다 아버지를 실망시킬 수 없었다. 가족들에게 누를 끼치기도 싫었다. 또한 아는 사람 하나 없는 뉴욕으로 간다는 것도 겁이 났다. 어떻게 할지 몰라 고민을 하던 중 엄마의 편지를 받았다. '애라야, 나오지 말고 결혼해라. 이 상태에서 귀국하면 아버지가 얼굴을 들고 다닐 수가 없다. 게다가 동생들의 혼사에 지장이 있다. 너는 이미 처녀가 아니다. 그 몸으로는 행세하는 집안의 여자로서 한국에서 살 수 없단다. 어린애를 낳고 사노라면 정도 붙고 괜찮으니, 눈 딱 감고 결혼해라' 라는 간청의 글이었다. 눈을 감고 생각했다. 그랬다. 귀국하면 얼굴을 똑바로 들고 다닐 수 없을 것 같았다. '이것이 내 운명이라면 받아들여야지. 마음에는 없지만 결혼하고 새 출발을 하자. 내가 성공하기 전에는 한국 땅에 발을 내딛지 않겠다. 성공해서 명예를 회복하고 떳떳하게 돌아가자.'

그렇게 스스로에게 말하며 머리끝까지 뒤집어썼던 이불을 걷어 차고 침대에서 나왔다.

그날로 나는 미스터 문에게 청첩장에 인쇄된 날짜에 결혼은 못 하지만 마음이 결정되는 대로 결혼을 하겠다고 알렸다. 그리고 샌프란시스코 주립대학의 대학원 심리학과에서 받은 입학허가를 포기했다. 미스터 문에게는 MBA 과정을 졸업하라고 말했다. 이후에도 아버지는 수차례 결혼 포기와 학업을 권했지만 내 마음은 이미 결정된 상태였다. 결국 내 속마음을 알게 된 아버지는 '서로가 서로를 불쌍히 여기며 행복하게 살라'는 축복의 편지를 보냈다. '서로가 서로를 불쌍히 여기며.' 그렇다. 나만 불쌍한 것이 아니라 이 사람도 불쌍하다. 서로를 불쌍하게 여기라는 아버지의 말은 내 자존심을 가루로 만들어 버렸다. 한 번도 동정을 받고 살아본 적 없는 내가 동정의 대상이 되었다는 사실에 마음이 아려왔다. 하지만 아버지의 말은 가슴속에 화석이 되어 25년의 결혼 생활의 주춧돌이 되어 주었다.

그 뒤로 미스터 문은 계속 결혼을 재촉했고, 나는 무언으로 응답했다. 그는 우선 신고 결혼civil marriage을 해서 결혼 허가증을 받자고 했다. 결혼 허가증 없이 체류하면 다시 한국으로 추방되고, 그 이후로는 재입국이 영구 불가능함을 강조했다. 미국의 법을 모르는 내게 겁을 주었다. 이해할 수 없었다. 결혼은 한 번 하는 것이지, 예식 결혼은 무엇이고 신고 결혼은 무엇이란 말인가. 하지만 계속되는 그의 압박에 결국 그의 주장을 받아들였다. 나는 이미 정조를 잃었다. 항상 정도를 걸어온 내가 결혼도 하지 않고 남자와 동거한다는 것은 수치였다. '바르게 떳떳하게, 나답게 살아야한다' 라며 스스로에게 대뇌이며 신고 결혼으로 결혼 허가증을 받아 동거를 합법화하기로 했다.

1962년 1월 24일, 음산한 겨울밤이었다. 샌프란시스코의 차이나타운에서 네바다 주의 도박도시인 뤼노^{Reno}로 향하는 버스에 올랐다. 중국계 관광객들을 태운 무료 버스였다. 승객들은 모두 늙은 중국인들이었고, 젊은 사람은 나와 미스터 문뿐이었다. 내 신세가 한심하고 처량하게 느껴졌다. 얼마간의 운행 끝에 초라한 여인숙 같은 호텔에 도착했다. 하루를 묵고 다음날 법정으로 향했다. 젊고 통통한 백인 판사 앞에서 결혼 선서를 하고 결혼 서약서에 사인을 했다. 결혼 허가증을 손에 쥐고 나오는 그는 만족한 표정으로 "이제 당신은 법적으로 내 아내가 되었다"라고 말했다. 그러면서 나의 새 이름이 '문애라'임을 강조했다. 나는 아무 말도 하지 않았다. 무감정의 상태에서 생각했다. '참 이상한 관습도 있네. 왜 김 씨가 문 씨로 바뀌는 것일까? 출가외인의 관념이 깊은 한국에서도 타고난 성까지 바꾸지는 않는데.' 어쨌든 이제 나는 기혼여성이 되었고 동거가 합법적이기에 다소나마 스스로에게 떳떳할 수 있었다.

나는 곧 샌프란시스코 중심가 기어리[Geary Street]에 위치한 두샴 키콜만 사진관[Du Charme Kee Coleman Studio]에서 허드렛일을 하면서 미국 생활을 시작했다. 남편이 암실에서 사진 원판 작업을 하던 곳이었다. 첫날 나는 무엇을 하는지도 모르고 한국에서 가져온 비단 옷에 하이힐을 신고 나갔다. 하루 종일 어두운 방에서 사진 원판들을 정리했다. 산더미처럼 쌓인 고등학교 졸업 앨범과 결혼 앨범이 들어있는 무거운 박스를 위층 아래층으로 날랐다. 점심시간 한 시간을 제외하고 여덟 시간을 일했다. 남편은 미국 사람들은 일할 때 쉬는 것을 싫어하기에 할 일이 없으면 책상이라도 닦으라고 말했다. 다리가 붓고 허리도 뻣뻣해지고 온몸이 아팠다. 며칠 후 나는 싸구려 물품을 파는 마트에서 저렴한 단화와 옷을 사고, 긴 머리는 질끈 동여매고 노동자 차림으로 일했다. 좋은 소리만 듣고 공주처럼 살았던 나는 이제 천대받는 동양인 노동자가 되었다. 미국에서는 동양인을 얕잡아보는 용어인 칭키[Chinkie]라고 불렸다. 상상도 못할 정도로 구차했지만 미국 땅에서는 나를 아는 사람이 없었기에 그나마 다행으로 생각했다. 그래도 내 처지가 처량하고 서글픈 건 변함이 없었다.

점심시간에는 항상 어두운 뒷방에 혼자 들어갔다. 그리고는 코를 틀어막고 집에서 가져온 치즈 샌드위치를 먹었다. 치즈를 먹어 본 적이 없어서 그런지 냄새가 역했다. 구역질을 참아가며 한약 냄새나는 셀러리를 먹었다. 눈에서는 눈물이 뚝뚝 떨어지며 목이 메어와 기침을 연발했다. 현실이 믿어지지 않았다. 하늘 높은 줄 모르고 콧대 높던, 수재라고 촉망받던 내가 결국 미국까지 와서 이런 일을 하다니. 점심시간 내내 울어도 속이 풀리지 않았다.

그런대로 시간이 흘렀다. 주말에는 남편의 친구 가족들과 함께 지내곤 했다. 은근히 그 시간이 기다려졌다. 우리는 반달만^{Half Moon Bay}으로, 샌프란시스코 해변을 누비며 싱싱한 전복과 조개 등을 캐고 농어를 조리해 먹곤 했다. 그러면 일에 시달렸던 몸과 울적한 마음, 외롭고 가난한 미국 생활의 서글픔을 달랠 수 있었다. 그들은 대부분 U.C Berkley 대학의 박사과정에 있었고 함께 모이면 주로 포커를 쳤다. 나는 도박을 싫어했지만 포커를 배워보니 그 재미에 푹 빠져버렸다. 평일에 스튜디오에서 일할 때에도 카드가 눈앞에 보였다. 그때 나는 도박에 빠져 일생을 망치는 사람들의 심정을 알 수 있었다.

이렇게 지내다가는 안 되겠다는 생각이 들었다. 하루는 아파트 아래층 어두운 복도를 걷고 있었다. 그런데 백지처럼 하얀 할머니가 듬성듬성 난 금발을 휘날리며 내 앞으로 왔다. 새빨간 연지로 뺨과 입술을 치장하고 분홍색 가운을 입고 있었다. 나는 귀신인 줄 알고 놀라 그 자리에 자빠졌다. 다행히 할머니란 걸 알고 한숨을 돌렸지만, 이후로는 그 아파트에 살기가 꺼림직했다. 게다가 월세도 비쌌기에 이사를 해서 환경을 바꿔보고 싶었다.

주말에는 샌프란시스코 도심으로 나가 아파트를 알아봤다. 세를 놓는다는 표지가 붙은 건물들이 보였다. 들뜬 기분으로 초인종을 눌렀다. 그러자 백인이 나와 집이 나갔다고 말하며 사라졌다. 다른 곳에서는 문을 열고는 얼굴만 쳐다보고 사라졌다. 또 전화기를 들고 "헬로우"라고 하면 툭, 소리와 함께 전화가 끊어지곤 했다. 건물 건물을 누비며 하루 종일 헤매고 다니다 지치고 화가 나기 시작했다. 시간만 낭비한 것이 속상했다. "집이 나갔으면 간판을 내려야지, 왜 비어있다고 간판을 붙이고 있는 것일까. 내 다만 보고 문을 안 열어주는 경우는 뭐야?"라며 불평을 토로하자, 남편은 우리가 동양인이라 그렇다고 했다. '이게 백인의 인종 차별인가. 우리를 칭키로 여기는구나.' 처음 당한 인종 차별에 부글부글 끌어 오르는 분노와 수치를 삼키며 발걸음을 집으로 돌렸다. 아마 인간은 자기와 다른 종속을 두려워하는 본능이 있는 것 같다. 하지만 인종차별은 미국만의 것은 아닐 터, 일본 사람들이 조선 사람을 멸시했듯, 한국 사람들도 중국 이민자들을 멸시한 과거를 생각해 보니 화가 났던 마음을 조금은 누그러뜨릴 수 있었다.

다음 주말에는 변두리인 필모아 가Filmore Street로 나갔다. 남편은 가난한 흑인들이 사는 위험지역이라며 가기를 꺼렸다. 하지만 미국의 상황을 모르는 나는 '흑인 지역이면 어때? 집이 깨끗하고 값싸면 좋은 거지. 상관없어요. 빨리 가요!' 라며 앞장을 섰다. 버스를 타고 도착하자 흑인들이 길에 늘어앉아 있었다. 지나가는 우리에게 야유를 퍼부었다. 못 들은 척하고 걸음을 재촉해 건물의 초인종을 눌렀다. 문이 열리자 안내원의 인도로 이층인지 삼층인지를 올라갔다. 말로만 듣던 스튜디오 아파트였다. 새 건물이라 깨끗하고 산뜻했다. 월세도 저렴했고 전체적인 분위기도 조용했다. 아마 정부가 보조하는 저가 아파트였던 것 같다. 미국 현실을 전혀 모르는 나는 그곳으로 이사하기로 결정했다. 한국에서 가지고 온 몇 개의 가방 외에 물론 가지고 갈 짐도 없기에 쉽게 이사를 할 수 있었다. 그곳에서 안정을 찾기 시작했다. 마음도 가라앉고 점차 현실을 받아들이게 되었다.

1962년 3월 10일, 정식으로 결혼 날짜를 정했다. 나에게 결혼예식은 문서로 서명한 법적 결혼보다 더 큰 의미가 있었다. 나는 남편이 이미 발송하고 남은 청첩장의 결혼 일자를 일일이 3월 10일로 교정해서 발송했다. 결혼식 날이 다가와도 나는 기쁜 심정이 아니었다. 오히려 처량한 마음에 눈물이 났다. 한국에서 지어 온 양단 드레스와 샌프란시스코에서 산 면사포로 단장하고 육군기지 안에 있는 교회로 갔다. 백인 군목의 주례로 결혼식을 올렸다. 나는 가족이 없었기에 아버지 대신 샌프란시스코 강원길 총영사가 나를 신랑에게 인도했다. 들러리는 남편의 중국 친구의 여동생이 섰고 비교적 많은 하객들이 참석했다. 남편의 친구, 친척들, 지인들과 상항 한인연합 감리교회의 교인들이 참석했다. 로스앤젤레스의 큰고모는 몸이 불편하여 참석하지 못했다. 두 고모들은 20세기 초반에 사진 신부로 호놀룰루에 이민을 왔다. 사탕수수 밭에서 일하면서 고생을 했고, 세탁소와 여인숙 등을 운영하며 재산을 늘렸다. 큰고모는 로스앤젤레스로, 작은 고모는 샌프란시스코로 갔다. 교포사회에서는 나름 유지였다. 나중에 작은 고모는 독립운동가였던 김동우 선생과 재혼하여 샌프란시스코에서 살고 있었다. 미국식 피로연 이후, 우리 부부는 미국의 결혼 관례인 'Just Married'라고 써 붙인 차를 타고 경적을 울리며 시가지를 누볐다. 하지만 신혼여행은 가지 않았다. "이미 살았는데 무슨 신혼여행? 가고 싶은 곳도 없는데 신혼여행 갈 돈이 있으면 저축해요."라며 남편에게 핀잔을 주었다. 지금 생각하면 나도 참 쌀쌀맞고 매정했다.

자신만만하고 불타는 꿈을 꾸던 김애라는 결혼과 함께 사라졌다. 교포사회에서 나는 Mrs. Moon이었다. 누구도 내 본명 '김애라'를 몰랐다. 언젠가 영사관의 국경일 행사에서 가야금 연주 식순에 내 이름이 Mrs. K. H. Moon으로 인쇄된 것을 발견하고는, 나는 담당 부영사를 찾아가 Ai Ra Kim으로 고쳐 식순을 다시 인쇄하게 했다. 예상대로 행사를 마치고 집으로 오는 길에 남편과 대판 싸움이 벌어졌다. 나는 "한국에서는 결혼에 관계없이 본명을 간직하잖아요? 미국에서도 예술가나 작가는 결혼에 상관없이 자기 성을 고수하지 않나요? 가야금을 켜는 나는 예술가예요"라고 주장했다. 물론 나는 페미니스트는 아니었다. 사실 페미니즘이 무엇인지도 잘 몰랐다. 다만, 나 김애라를 사랑하고 자랑스럽게 여기며 살아왔다. 나도 차츰 현실을 받아들이고 적응해 갔지만, 마음 깊은 곳에는 언제나 거부감이 있었다.

남편의 공부가 끝나면 한국으로 귀국할 마음을 먹었다. 그리고 모든 사교활동을 끊고 직장과 집만을 오가며 일상생활에 몰두했다. 그처럼 재미있었던 포커 모임에도 불참했다. 몸뿐만 아니라 마음도 가라앉고 미국 생활에도 적응해 나갔다. 하지만 여전히 식사는 한국에서 보낸 음식에 의존했다. 우편에는 아버지의 편지와 내가 좋아하는 배추, 오이소박이, 총각김치, 소고기장조림, 멸치볶음, 명태조림, 명란젓, 가마보코, 우엉조림, 무말랭이, 파래무침, 굴비, 김 등의 반찬이 들어있었다. 받을 때마다 엄마와 아버지의 살결을 만지는 것 같아 눈물이 났다. 부모님과 동생들, 식구들이 보고 싶었다. 한편으로는 미안하고 부끄럽기도 했다. 시간이 지나며 차츰 엄마의 음식을 흉내 내며 반찬을 만들게 되었다. 그리고 음식 대신 인삼을 보내달라고 했다. 남편이 여위었고 몸이 약했기 때문이다. 한국에서 정성껏 보낸 인삼을 일 년 동안 먹은 덕분인지 남편은 살이 붙고 건강해졌다.

이제 나는 임신한 몸이 되었다. 남편은 결혼의 확고함을 확인한 기분이 들었는지 좋아했다. 하지만 우리는 아기를 낳을 처지가 아니었다. 경제적으로 그렇고 나 또한 아이를 잘 키울 자신이 없었다. 내가 계속 일을 해야 했기에, 베이비시터에게만 아이를 맡겨야 할 생각을 하니 서글퍼졌다. 그래서 나는 일터에서 무거운 박스를 들어 올리고 계단을 뛰어오르곤 했다. 낙태를 생각한 것이었다. 하지만 끝까지 태아는 자궁벽을 꽉 붙잡고 있었고, 결국 나는 태아의 생명력에 임신을 받아들였다.

출산이 다가오자 우리는 좀 더 안전한 지역으로 이사를 갔으며, 남편 친구의 가족을 통해 아기 침대와 옷들, 여러 집기들을 구했다. 하지만 역시 기쁨이나 기다림, 행복 등의 감정을 못 느꼈다. 한국의 아버지와 엄마는 아기를 낳으면 서울로 보내는 것이 어떠하겠냐고 했다. 부모 입장에서는 자식이 일하면서 아이를 키울 것이 염려되었을 것이다. 우리 부부도 정신적으로나 경제적, 모든 면에서 아기를 키울 준비가 되어있지 않았다. 나도 자신이 없었다. 아기를 이리저리 끌고 다니며 고생시킬 것이 가슴이 아프고 걱정이 되었지만, 엄마와 아버지는 정성을 다해 아이를 키워주실 것임을 의심치 않았다. 결국 아이를 보내기로 결정했다. 그러자 무거운 마음이 조금은 가벼워졌다. 반면에 아이를 생각하니 가여운 생각이 들었고 부모님에게 미안한 마음이 들었다. 그래도 나는 그런 마음들을 나름대로 정당화하며 아픔을 달래보았다. '이제 우리 아기는 잘 크겠지? 할아버지, 할머니, 삼촌, 이모들, 간호원들 수많은 사람들의 사랑과 보호 속에서 무럭무럭 잘 크겠지. 빨리 목표를 성취하고 귀국하자. 그날까지 참자!' 힘주어 다짐하며 축축한 눈시울을 비비며 쓰린 가슴을 달랬다.

1964년 5월 22일, 새벽 1시 11분. 7파운드 11온스(약 3.2kg)의 여아 문형선^{Katharine Moon}이 샌프란시스코의 성프란시스병원^{St. FrancisHospital}에서 출생했다. 형선이의 미국이름 캐서린은 남편이 이민 초기에 하우스보이로 일했던 포모나대학^{Pomona College}의 설립자 중 한 명인 의사 알렌^{Allen}의 부인 이름이었다. 남편은 그분들을 존경했고, 훌륭한 분들이라고 말하곤 했다. 갓 태어난 형선이도 그들처럼 훌륭한 인물이 되라며 'KATHARINE MOON'으로 출생 신고서에 기재했다. 늦은 아침, 간호사가 담요에 쌓인 아기를 안고 와서는 '예쁜 아기예요' 라며 건넸다. 처음 안아보는 간난 아기였다. 너무도 유연해서 부서질 것 같았다. 불안했을 뿐 그다지 예쁘지는 않았다. 얼굴색은 빨갛고 눈은 감고 있었다. 몇 개 안 되는 머리털은 부스스 위로 솟아 있었다. 떨리는 손을 가다듬으며 서서히 담요를 풀었다. 실 같이 가는 손가락과 발가락을 세었다. 하나, 둘, 셋. 모두 완전했다. 얼마 후 눈을 뜬 아기는 눈을 굴리며 여기저기를 쳐다보다 나를 빤히 쳐다보았다. 하지만 기쁨에 앞서 슬픔과 죄책감이 가슴을 짓눌렀다. '이 어린애를 어떻게 길고 긴 비행을 시키나. 내가 너무 이기적이고 잔인하지? 엄마가 너무 성공에만 몰두하고 있지?' 눈물이 아기를 감싼 담요에 떨어졌다.

1964년 8월, 아이가 한국으로 떠나는 날, 인형처럼 단장시키고 고무젖꼭지를 입에 물린 채 필요한 물품들을 담은 짐들을 챙겨 샌프란시스코 공항으로 나갔다. 남편의 친구 정인택 씨 내외가 한국을 방문할 예정이기에 그들 편에 아기를 친정 부모에게 함께 보내기로 했다. 아무것도 모르고 또렷또렷하게 쳐다보는 아기를 넘길 때, 흐르는 눈물로 앞을 볼 수가 없었다. 숨이 막혀오는 아픔이 전신에 퍼졌다. 남편과 함께 허전한 마음으로 돌아오며 스스로를 달랬다. '이제 형선이는 잘 자랄 거야. 식구들의 사랑과 보살핌 속에서. 어쩌면 미국에서 외롭게 고생하는 것보다 큰 사랑을 받을 것이다. 이제부터 열심히 일하고 성공해서 귀국하자. 형선아, 용서해라. 어머니, 아버지 감사합니다. 고맙습니다.' 마음 속으로 다짐하는, 끓어오르는 죄책감과 처절한 심경을 달래는 기도였다.

이제 본격적인 귀국 준비로 들어갔다. 하루속히 남편의 MBA 과정을 졸업시키기 위해 나는 더 열심히 일했다. 한 푼이라도 저축하기 위해 밤낮을 가리지 않았다. 한국에 나가 구질구질하게 살고 싶지는 않았다. 친정에 기대고 싶지도 않았다. 남편이 박사학위는 못받았지만 돈이라도 모아 나가 떳떳하게 집을 장만하고 남부럽지 않게 살고 싶었다. 실망과 아픔을 안겨드렸던 엄마와 아버지, 가족들에게 기쁨과 자랑을 안겨 드리고 싶었다. 스스로에게도 떳떳하고 싶었다. 아이를 보낸 후에는 주거비와 출퇴근 시간을 절약하기 위해 시내의 작은 스튜디오 아파트로 이사 갔다. 남편의 친구들에게도 우리의 연락처를 알리지 않았다. 외부와의 관계를 완전히 두절하고 계획을 세웠다. 남편은 낮에는 학교에 갔고 밤 11시부터 아침 7시까지는 청소부로 일했다. 나는 하루 종일 두참키콜만 사진관[Du CharmeKee Coleman Studio]에서 시간 외 근무를 했다. 사진의 원판 수정 기술을 배우고 남편이 일을 나간 밤에는 나도 밤을 새우며 원판을 교정했다. 아침에는 수정한 원판들을 싸들고 일터로 향했다. 남편이 밤새도록 일하는데 혼자 자기가 미안해서 나를 혹사시켰다. 남편은 그 즈음에 와서 나를 믿기 시작한 것 같았다.

휴무인 어느 날 밤, 잠자리에 누워있던 그는 심각한 이야기를 해야겠다고 했다. 그의 이야기는 1945년 해방 직후로 거슬러간다. 막 탄생한 대한민국은 게릴라를 동원해 남한 정부 붕괴를 꾀하던 공비(빨치산)들의 만행에 시달렸다. 공비들은 부락이나 인가에 침투해 곡식과 개, 돼지, 닭, 소 등의 가축과 생활용품 등을 강탈했고 무고한 주민들을 학살했다. 시골이나 도시를 막론하고 남한 시민들은 공포에 떨며 지냈다. 수사기관은 필사적으로 게릴라 두목 송 씨의 행방을 찾으며 빨치산 소탕작전에 심혈을 기울였다. 신문과 방송 등 언론계도 빨치산의 만행을 폭로하는 기사와 송 씨의 행방을 추적하는 기사들로 채워졌다. 초등학생이던 내가 기억할 정도로 송 씨는 남한 정부가 심혈을 기울여 찾던 인물이었다. 워낙 유명했던 인물인지라 꽤 오랫동안 이름을 기억했지만, 남편이 과거사를 이야기했을 때에는 이름이 생각나지 않았다. 그 송 씨가 바로 내 남편의 큰 자형(큰누나의 남편)이었다는 말을 듣는 순간, 나는 크게 놀랐다.

송 씨는 일본 유학을 다녀온 지식인이었고 투철한 공산주의 신봉자였다. 지하 조직망을 통해 남조선의 붕괴와 공산화를 시도했다. 남편의 가족들은 송 씨의 행방을 찾던 남한의 수사기관에게 모질게 시달렸다고 한다. 경찰들은 수시로 집에 쳐들어와 송 씨의 아내인 큰누나와 가족들에게 비인도적인 만행을 저질렀다. 큰누나를 질질 마당으로 끌어내고 가족들이 보는 앞에서 옷을 벗기고 때려눕히고 발길로 차는 등 차마 눈 뜨고 볼 수 없는 만행을 저질렀다고 했다. 가족들은 두려움과 분노, 수치에 시달렸고 집안은 풍비박산 났다. 훗날 송 씨는 체포되어 고문에 시달리다 옥사했다고 했다. 누나도 옥사했다고 했다. 6.25 당시 고등학생이었던 남편은 누나와 가족들이 당한 아픔과 치욕에 혁명을 위해 집을 뛰쳐나갔다. 산속에서 활동하는 빨치산에 가담하여 공산주의 세상으로 만들고 싶다고 말했다. 그의 말을 들으니 나는 그의 심경을 이해할 수도 있을 것 같았다. 하지만 내가 그 무자비한 빨갱이 두목 송 씨와 인연이 맺어지리라고는 상상도 못했다.

남편은 계속 말을 이어갔다. 빨치산이 된 남편은 산속을 옮겨 다니며 남한의 군기지 침범과 부락을 약탈하곤 했다. 군경 합동 공비 소탕작전이 치열해짐에 따라서 어린 공비였던 남편도 배고 픔과 추위에 떨며 거처를 옮겨 다녔다. 치열하게 국군, 경찰과 공비들의 격전이 벌어진 어느 날이었다. 남편은 살아날 가능성이 없음을 직감하고 자살을 기도했다. 지니고 있던 총으로 머리를 쏘았다. 그러나 총알이 쓰고 있던 헬멧을 스치고 빗나가 떨어졌다. 그 순간 그는 죽을 운명이 아님을 느꼈다고 한다. 아직 살아서 해야 할 일이 더 있다고 했다. 결국 그는 손을 들고 국군에게 항복했다. 감옥을 몇 번 옮긴 끝에 마지막 단계에서 울산 경찰서에 수감되었다가 풀려 나왔다고 했다. 울산 경찰서라는 말을 듣는 순간 나는 머리를 방망이로 얻어맞은 것 같았다.

울산 피난민 시절에 아버지가 치료해 주었던 불쌍한 어린 공비의 이야기가 뇌리를 스쳐 지나갔다. 얻어맞고 고문을 당해 굶주려 빼빼 마르고 병들어 죽어가던 그 불쌍한 공비. '뼈만 앙상하게 남은, 병든 몸에 기침을 하며 두려운 눈으로 아버지를 쳐다보던 그 가엾은 어린 공비가 내 남편이 되었나? 내가 빨치산의 아내야? 어디서 잡혔는지, 어느 곳을 거쳐 울산경찰서까지 왔는지, 울산경찰서에서 치료해준 군의관 대위를 기억하는지, 그분이 바로 나의 아버지라는 것을 아는지.' 더 이상 알기가 겁이 났다. 무심한 마음으로 깜깜한 허공을 쳐다보는 눈앞으로 20여 년 전 눈물을 흘리며 이야기하던 아버지의 모습이 떠올랐다.

몸에 힘이 빠지고 허탈했다. 먹구름같이 번지는 듯한 생각들이 내 착잡한 마음을 뒤덮었다. '이제야 알겠다. 이 사람의 성품이 어딘지 비어있는 것 같다고 느꼈는데, 그래서 그의 언행에 내가 불편했던 것일까? 정규 교육을 제대로 받지 못해서 인격 형성에 문제가 있었던 것일까?' 내 나름대로 앞뒤를 뜯어 맞추며 애쓰다가 생각에 잠겼다. '아마 이 사람은 혁명가로 살아야 할 사람인 것 같아. 나는 혁명가의 아내로는 안 맞아. 내 인생이 왜 이렇게 얽혔을까. 내가 무슨 큰 죄를 지었기에.' 하나님이 누구인지 알고 싶었다. 만나서 따져보고 싶었다.

그는 이야기를 계속 이어갔다. "우리 결혼이 성사되어 참 다행이지. 당신 아버지가 결혼을 위해 나에게 귀국을 하라고 했을 때, 나는 이미 마음의 각오를 했어. 만약 당신 아버지가 결혼을 파기하면 가지고 나갔던 폭탄을 당신 집에 던져 가족을 몰살시키려 했지." 순간적으로 몸이 떨렸다. 사실인지 협박인지 분간할 수 없었다. '이 사람 정말 무서운 사람이구나. 왜 죄 없는 우리 가족을 몰살해? 내가 결혼하기를 잘했다. 나도 우리 식구도 다 죽을 뻔했구나.' 그가 무서워지면서 소름이 돋았다. 어디까지가 진심일까. 지금처럼 탑승객 수색이 철저하지 못한 1961년에는 폭탄을 숨겨 탑승하는 것이 가능했을지도 모르겠다. 그는 미국에 오기 전에 자살한 남동생의 이야기도 했지만, 나는 듣고 싶지 않았다. 충격과 공포를 느끼면서도 한편으로는 가여운 생각이 들기도 했다. 하지만 이 사람은 이미 내 남편. '그래도 나를 끔찍이도 사랑한다는데, 아버지가 말한 대로 불상하게 여기고 잘 받들어 줘야 하는가. 이것이 내 운명인가?'

한국에 있을 때 엄마와 이모와 함께 찾아갔던 서울의 유명 점술가 정 씨의 말이 떠올렸다. 엄마는 내가 지금의 남편과 결혼하면 잘 살겠냐고 물었다. 그러자 나는 누구와 결혼해도 남편을 성공시키는 운을 타고났으니 염려하지 말라고 했다. 그 말을 모두가 좋게 받아들였지만 나는 종종 그의 말을 떠올리며 무슨 뜻일지를 고민해보았다. 묵묵히 남편의 이야기를 들으며 나는 점쟁이의 예언과 내가 처한 참담한 현실을 바라보았다. '이것이 내 운명이라면 그를 잘 받들어 성공시켜야지. 이 사람을 사랑해야지.' 라며 스스로에게 타일렀다. 내가 만족할 수 있는 남편으로 만들기로 다짐했다. 나의 실망과 수치, 힘겨운 현실에서 도약하고 바닥으로 추락한 지위를 다시 상승시키는 길은 오직 남편의 성공에 달려 있음을 스스로에게 재확인시켰다. 그리고 남편의 성공을 위해 헌신할 결심을 했다. 이미 나는 결혼을 통해 남편의 부속물이 되었음을 한국뿐만 아니라 미국에서도 뼈저리게 느꼈기 때문이다.

오늘날에도 남아있는 가부장 제도는 한국뿐만 아니라 미국의 사회구조와 문화에도 깊이 뿌리내려 여자들의 운명을 좌지우지 해왔다. 나는 미국 결혼 관습에 따라 아버지가 물려주신 김 씨 성을 잃었다. 낯설고 어색한 남편의 성씨 '문'이 내 삶을 덮었다. 이제 남편은 나의 주체가 되었고 나는 문애라의 가면을 쓴 그의 부속물이 된 것이다. 한 발 더 나아가 성차별은 인종차별과 더불어 가난하고 보잘것없는 동양인 아내인 나를 미국 사회의 밑바닥까지 추락시켰다. 나는 소위 말하는 '칭키'의 아내가 되어버린 것이었다.

받아들이기 힘들었다. 물론 이렇게 살다 죽을 수도 없었다. 모든 상황을 고려해 보았을 때, 남편의 성공이 무엇보다 급선무였다. 아버지 앞에서 떳떳하기 위해서, 그리고 부모와 형제, 친구들

등 기대를 했던 사람들 앞에 떳떳해지기 위해 나는 남편의 성공을 가장 중요한 과제로 결정했다. 점쟁이 말대로 나는 남편을 성공시킬 운명을 타고났다는 것을 받아들였다. 그리고 그의 성공을 위한 헌신적인 투사가 되기로 마음먹었다. 남편은 두뇌가 명석하고 비상한 꿈을 가진 사람이었다. 무섭도록 대담한 면도 있었다. 좋은 면을 살려 그를 성공시키고 싶은 열망이 불타올랐다. 어려서 즐겨보던 연극인 '평강공주와 바보 온달의 이야기'가 생각났다. 이후 나는 25년간의 결혼생활에 헌신적으로 임하게 되었다.

나는 남편의 대학원 과정이 끝나면 바로 귀국하기로 마음먹었다. 배경이나 뿌리 하나 없는 미국 땅에서 동양인이 성공하기 힘들다는 것을 느꼈기 때문이었다. 소도 언덕이 있어야 비빈다는 한국 속담이 있지 않은가. 기반이 잡힌 내 땅에서 버젓이 사람답게 살고 싶었다. 얼마 전 부산대학교 허종연 상과대학장이 남편에게 대학 강의를 제안해 주었고, 이를 계기로 우리는 귀국 준비에 더 박차를 가하게 되었다. 하지만 남편은 귀국에는 전혀 관심이 없어 보였다. 그 이유를 묻지 않고 나는 귀국 결심을 하고 밀어붙였다. 끊임없이 일하며 돈을 저축했고 그 돈을 계속 아버지에게 보냈다. 모든 대외 활동도 다 끊고 돈을 모아 송금했다. 먹고 일하고 자고 저축하는 단조로운 생활의 연속이었다. 어린 딸 형선이와 함께 살집을 짓기 위해서였다. 목적과 희망이 있었기에 억척같이 일해도 피로한 줄 몰랐다. 몸은 힘들었지만 미래를 꿈꾸며 삶의 보람을 느꼈다. 아버지는 흑석동 야산 아래 대지를 샀고 최신형 이층 양옥의 설계도를 보냈다. 바쁜 병원 진료 시간을 쪼개어 매일 흑석동에 가서 건축 공사를 손수 감독하며 사진을 보내주었다.

드디어 남편은 MBA 과정이 끝났다고 말했다. 박사학위가 아니라 서운한 감이 있었지만 나는 훗날 이룰 꿈을 생각하며 졸업식에 참석하려 했다. 하지만 그가 참석을 말렸다. 정말 공부가 끝이 났는지, 졸업은 한 것인지 약간의 의구심이 들었다. 하지만 남편의 말을 믿기로 하니 홀가분한 기분이 들었다. 게다가 한국에서 형선이와 살 생각을 하니 기분이 좋아졌다. 저녁과 주말에는 쇼핑을 했다. 마치 백 년이나 살 것처럼 살림 도구, 의류를 구입했다. 냉장고, 수세식 변기, 텔레비전, 그릇 등을 샀다. 당시 한국은 근대식 용품을 구하기가 힘들었고 가격도 비쌌다. 우리는 한국으로 화물선을 타고 가기로 결정했는데, 사진관에서 함께 일하던 일본계 미국인 미키의 추천이었다. 화물선을 이용하면 숙식이 제공되고 많은 짐을 무료로 실을 수 있기 때문에 여비를 절약할 수 있었다. 또한 배를 타고 태평양을 건너는 여행이 흥미로울 것 같았다.

제4장
그리던 귀국

그리던 귀국

1966년 5월 9일, 남편 친구들의 부러워하는 눈초리를 뒤로하고 배에 올랐다. 배의 아래층 숙소로 들어가자 우리 내외가 한 달간 묵을 작은방에 두 개의 침대가 나란히 놓여있었다. 우선 짐들을 내려놓았다. 배를 둘러보기 위해 위층으로 올라가니 직원들과 10여 명의 탑승객들이 기다리고 있었다. 승객 중에는 한국으로 돌아가는 젊은 한국인 학생도 있었다. 우리는 안내를 따라 배 전체를 살피고 갑판으로 갔다.

사방이 트인 넓은 테라스에는 일광욕과 휴식을 즐길 수 있는 의자들이 질서정연하게 놓여 있었다. 살아 움직이는 파도의 출렁임에 온몸이 흔들리고 비틀거렸다. 뭉게구름을 올려다보자 한계를 잃은 시퍼런 물이 펼쳐져 있었다. 가슴을 활짝 열어 시원한 공기를 들이마셨다. 정말 오랜만에 느껴보는 시원한 자유를 만끽했다. 첩첩이 쌓였던 외로움과 피로가 씻겨 나가는 것 같았다. 고동 소리를 울리며 드디어 거구의 배가 움직이기 시작했고, 넘실대는 물결을 헤치며 배가 샌프란시스코를 떠났다. '이제 그렇게도 가고 싶던 집으로 가는구나.' 나는 그간 힘들었던 일들을 생각하며 다시는 샌프란시스코에 오지 않겠다고 다짐했다.

태평양은 그 이름이 뜻하는 바와 같이 파도가 잔잔하고 평화로운 대해다. 워낙에 물을 좋아해서 '물무당'으로 불렸던 내가 드넓은 바다를 보니 낭만 그 자체였다. 그런데 갑자기 배가 풍랑에 흔들리기 시작했다. 전후좌우로 기울어져서 서있을 수가 없었다. 침대에 눕자 어지럼과 메스꺼움이 밀려왔다. 방 안의 가방과 가구도 사방으로 흩어졌다. 식사 시간에는 식탁 위의 음식과 용기들이 바닥에 떨어져 깨지곤 했다. 비로소 나는 한 달 동안의 긴 여행에서 감당해야 할 일들을 생각해보았다.

며칠 후 출렁거리던 파도가 진정되었다. 잔잔한 물결을 타고 가볍게 춤을 추듯, 물 위를 걷는 기분이었다. 하늘과 물만이 맞닿는 평화로운 세상이었다. 종종 위층에 올라가면 승객들과 선원들이 함께 노래를 부르기도 했다. 특히 함께 승선한 한국 학생은 부드러운 음성으로 <Beautiful Beautiful Brown Eyes>를 부르곤 했다. 나는 그 노래가 너무 좋아서 학생만 보면 노래를 해달라고 졸랐다. 가슴 깊은 곳까지 씻겨주는 맑은 공기를 마시며 평온함을 느꼈지만 외로움도 함께 몸에 스며들었다.

끝없는 하늘과 물. 인적도 없고 새도 없고 항해하는 선박도 없는 외로운 항해. 무한한 바다 위에 떠있으니 갑갑하고 사람이 그리워졌다. 어려서 보았던 흑백영화의 장면들이 눈앞에 펼쳐지자 나는 항해사들의 고독한 삶을 생각해 보았다. 배가 항구에 도착하고 선원들이 술집으로 소리치며 뛰어 들어가던 장면, 마구 술을 퍼마시고 여자들을 끼고 춤추고 키스를 하며 비틀거리는 장면들을 상상해 보았다. 이전까지 나는 고삐 풀린 망아지처럼 날뛰는 선원들을 비난했다. 하지만 막상 적막했던 항해를 해보니, 항해사와 선원들의 고립된 생활에서 오는 외로움과 심리적 갈등을 이해하고도 남았다.

이제 배는 태평양 한복판에 들어섰다. 물색은 푸르다 못해 짙은 녹색, 먹물 같은 검은색으로 변했다. 두꺼운 장막에 덮여있듯, 물속을 내려다볼 수 없었다. 헤아릴 수 없이 깊고 깜깜한 물속은 세상과는 완전히 차단된 미지의 암흑을 연상케 했다. 물에 빠지면 나의 존재는 작은 먼지에도 비할 수 없게 된다고 생각하니 공포심이 느껴졌다. 자연 속의 인간이 얼마나 작은 존재인지 느낄 수 있었다. 나는 완전히 압도되었다. 태평양은 나의 부풀었던 낭만적 송두리째 삼켜버렸다.

태평양 항해는 내게 값진 교훈을 남겼다. 공포와 지루함은 항해나 바다의 문제가 아니라, 내 스스로의 문제였다. 다시 말해 내가 자신을 통제하지 못했기 때문이다. 삶 자체가 예측을 하기 힘들고 인간의 힘을 초월하는 환경 속에 있다. 따라서 평정을 유지하며 살기 위해서는 스스로를 다스릴 수 있는 지혜와 힘이 있어야 한다는 것을 나는 뒤늦게 깨달았다.

배는 요코스카[Yokosuka] 군항을 거쳐 부산항[3]에 정박했다. 그리운 한국 땅에 다시 발을 내딛는 상상과 가족 모두를 만날 생각에 가슴이 벅차올랐다.

통관 수속을 마치고 나오자 아버지와 엄마가 두 살 된 형선이를 안고 초면인 남편과 나를 부둣가에서 기다리고 있었다. 나는 엄마와 아버지에게 인사할 겨를도 없이 형선이에게 달려갔다. "형선아, 엄마 아빠가 미국에서 왔어요. 너 보고 싶어서." 형선이는 쳐다보지도 않고 옆에 있는 할머니 손을 꼭 붙잡았다. 의아한

---

3 지금까지도 인천항에 도착했던 것으로 기억하고 있으나 한국 여권에는 부산세관의 관인이 찍혀있어 혼란스럽다.

눈으로 빤히 쳐다보던 형선이는 나와 남편이 다가오자 할아버지 품에 더욱 찰싹 붙어 얼굴을 파묻고 우리를 피했다. "낯설어서 그래. 차츰 나아질 거야." 엄마가 미안해했다. 엄마와 아버지는 우리를 운전기사가 기다리고 있는 곳으로 데리고 갔다. 자가용에 운전수라니, 4년 반 전 한국을 떠날 때에는 상상도 하지 못했던 일이다. 차내에서 무슨 얘기를 했는지는 전혀 기억에 없다. 흥분한 탓이었을까, 믿기 힘든 현실에서 오는 이질감 때문이었을까. 한 가지 분명 기억나는 것은 수줍은 감정이다. 어색하고 부끄러웠다. 얼굴을 들고 엄마와 아버지를 쳐다볼 수 없었다. 1962년 초, 날씬한 처녀였던 내가 둘째 아기를 임신한 엄마가 되어 돌아왔다. 게다가 낯선 남편까지 데리고 돌아와서 그런지, 엄마와 아버지 보기가 부끄러웠다. 지금도 그때를 생각하면 어색한 감정을 느낀다.

몇 시간 후 친정에 도착했다. 동생들, 간호원, 약제사, 식모들의 환대를 받았다. 반가움과 안도감에 앞서 왠지 어색함이 느껴졌다. 그런데 그렇게도 오고 싶었던 친정에서 나는 편치가 않았다. 낯선 집에 온 기분이었다. 떠날 때와 비교해서 변한 것도 별로 없는데, 치고받고 허물없이 자란 동생들까지도 어색했다. 내가 동생들의 집에 허락 없이 쳐들어온 불청객같이 느껴졌다. 게

다가 생면부지의 남자까지 데려왔으니. 아마도 그 소외감은 자격지심의 발로였던 것 같다. 변한 것은 나 자신이었다. 5년의 샌프란시스코 생활은 나를 완전히 다른 사람으로 만들었다. 대학시절에 '나이를 먹어도 애라는 언제나 아기 같아' 라던 외삼촌의 말처럼 나는 순진하고 청순했다. 내가 얼마나 원숙해져서 돌아왔는지는 모르겠지만, 결혼을 했고 두 번째 임신을 했다. 그리고 상처투성이의 마음을 이끌고 돌아왔다. 나는 물 위의 기름처럼, 이방인이 되어 있던 것이다. 다시 환경에 적응하고 가족들과 새롭게 관계를 맺어야 했다. 무엇보다 나 자신을 변화된 환경에 맞게 정립해야 할 필요성을 느꼈다.

가장 힘든 것은 형선이와의 관계였다. 형선이는 내게 접근을 허락하지 않았다. 엄마 아빠라고 부르지도 않았다. 남편과 나는 항상 형선이와 간격을 두고 마주 보기만 했다. 사람들이 '엄마 아빠 어디 있어?' 라고 물으면 사진을 가리키며 '미국에 있어. 배 타고 와!' 라고 대답했다. 우리만 보면 할머니 치마폭 속으로 숨어버렸다. 나는 가슴이 쓰려서 울기도 했다.

어느 날 아버지는 우리 내외를 데리고 새로 지은 흑석동 집으로 갔다. 좋은 집이었다. 밤잠을 안 자고 모은 돈을 아버지에게 보내 지은 집이지만 아버지의 도움 없이 내가 보낸 돈만으로 이렇게 그런 훌륭한 집을 지을 수 있었는지는 믿을 수 없었다. 아버지는 단 한 번도 돈 이야기를 한 적이 없었기에 지금까지 의문으로 남아있지만, 분명 아버지가 돈을 보태었을 것 같다. 아버지는 내가 장하기도 하지만 가여운 마음이 컸을 것이다. 감사하는 마음과 서글픈 생각에 마음이 착잡해졌다.

미국에서 짐이 도착하자 우리는 새 집으로 들어갔다. 하지만 형선이는 원효로 친정에 남겨두었다. 할머니를 꽉 붙잡고 떨어지지 않으려고 몸부림쳤기 때문이다. 차츰 정을 붙여 데려오기로 했다. 짐과 가구들을 정비해놓고 집이 완전히 정돈된 후부터 새로운 일과가 시작되었다. 매일 아침 식사가 끝나는 대로 가정부와 남편의 백인 친구 피터의 한국인 양자 김석봉에게 집을 맡기고, 우리 내외는 택시를 잡아타고 원효로로 출근했다. 형선이 옆에 가지는 못하고 쳐다만 보면서 나날을 보냈다. 미친 듯이 일만 하던 미국과는 다르게 무료하게 지내며 해산을 기다렸다. 요즘 한국과 중국 등에서 원정 출산을 하는 것과는 반대였다. 물론 남편은 처음부터 귀국을 반대했고, 미국을 떠날 의사가 전혀 없었다. 하지만 아이들을 기르다 보면 귀국이 지연되어 미국에 정착해버릴 경우가 생길 것 같았다. 힘들고 소외되고 외롭고 무시당하며, 이방인의 틈 속에서 기를 죽이면서까지 왜 미국에서 살아야 하는지 알 수 없었다. 미국 생활이 지긋지긋해졌던 나는 하루가 급했다. 가족들과 주변의 사랑을 받으며 편안하게 아이를 낳아 기르고 싶었다. '미국 시민이 뭐 그리 대단해요? 백인 땅에서는 우리 같은 동양인은 사람답게 살 수 없어요. 호랑이를 잡으려면 산으로 가고 물고기를 잡으려면 바다로 가야 한다는 옛말처럼 빨리 내 땅에 가서 기반을 내려야 해요. 우리 땅에서 성공해서 당신이 하고 싶어 하는 정계 진출을 하세요'라며 나는 남편의 말을 묵살했다. 남편이 아무리 귀국을 거부해도 나의 귀국하고자 하는 의지는 더 강해져만 갔다.

귀국 4개월이 지난 1966년 9월 6일, 둘째 딸 문민선(구슬 민, 착할 선)이 아버지의 모교인 세브란스병원에서 태어났다. 역시 한국 이름은 작명가가 지어 주었지만 영어 이름은 남편과 내가 지었다. 언니 캐서린^{Katharine}과 운을 맞추어 캐롤라인^{Caroline}으로 지었다. 회복실에 있던 내가 입원실로 옮겨가자 이미 가족들이 나를 기다리고 있었다. 형선이는 장난감 자동차를 쥐고 놀고 있었다. 내가 해산하는 동안 할머니가 데리고 간 선물가게에서 놀다가 그대로 들고 올라온 것이었다고 했다. 나중에 다시 그 상점에 돌려주었지만, 무의식적인 첫 도둑질이 된 것이었다. 모두가 웃었다. 간난 민선이를 간호사가 "예쁜 딸이에요"라며 안겨 주었다.

　며칠 후 집으로 데려온 민선이는 형선이보다 키우기 어려웠다. 밤에는 잠을 자지 않고 놀려고만 했다. 방에 있는 아기 침대에 혼자 두고 나오면 밤새도록 크게 울어서 잠을 잘 수 없었다. 들어가서 안고 달래야만 했다. 엄격하고자 했던 나는 그 갓난아이를 훈련시킨다고 울도록 두었다. 참다못한 남편은 벌떡 일어나 아기 방으로 들어가려 했지만, 나는 못 가게 말렸다. 미국식 육아 방법을 따라 어린아이를 훈련시킨다고 고집을 부린 덕에 나는 밤새도록 우는 민선이와 무언의 씨름을 했다. 나도 민선이도 지쳐 쓰러졌다. 지금도 한동안 반복되었던 한 밤의 고역이 눈에 선하다. 게다가 나는 석 달 동안 형선이를 기른 경험을 살려 한국에서 미국식으로 민선이를 기르고자 했다. 융통성 없는 억지였다. 유아용 우유나 식품이 없던 한국 실정을 무시하고 형선이에게 먹였던 씨밀락 우유$^{Similac\ Milk}$를 구하려고 암시장이나 양부인의 집들을 찾아 '우유 사냥'을 해야 했다. 한 번은 씨밀락을 못 구해 카네이션 우유$^{Carnation\ milk}$를 사서 제조법을 따라 만들어 먹였다가 혼비백산했다. 우유병을 입에서 빼는 순간 민선이는 토를 하며 설사를 했다. 설사에 시달린 민선이의 치료가 끝난 후, 한동안 보리차만 먹여야 했던 아픈 기억이 지금도 눈에 선하다.

1960년대 초, 미국에서는 모유 대신 우유를 권장했다. 나도 그것이 좋은 줄 알고 모유는 짜서 버리면서 비싸고 구하기 힘든 미국산 우유를 아이에게 먹였다. 결국 민선이도 몸이 아팠고 나도 고생했다. 나의 내면 깊숙이 있던 미국 숭배의 사대주의가 필요 이상의 고통을 겪게 했다. 반면에 2010년에 엄마가 된 민선이는 좋은 우유를 쉽게 구할 수 있는데도 모유로 아들을 키웠다. 딸을 보며 과거 나의 미숙함에 부끄러워졌다.

한국에서의 삶은 대체로 무료했다. 가정부와 집을 돌보는 사람도 있었기에 하는 일 없이 하루하루를 보냈다. 친구들도 만나지 않았다. 대부분 결혼했고 연락이 끊긴 경우가 많았다. 그러나 무엇보다 만날 의욕이 생기지 않았다. 무엇보다 서울이 좁게 느껴졌다. 물론 돈도 넉넉지 못했다. 친정으로 매일 출근했지만 마음이 편안치 않았다. 아마 떳떳하지 못하게 느껴졌기 때문일 것이다. 한때 큰 꿈을 품었던 내가 미국까지 가서 결혼하고 왔지만, 보통의 애 엄마로 친정을 드나들고 있다니 말이다.

1960년대의 한국은 보수적인 가부장 제도 하에서 여자는 남편의 부속물로 취급되었다. 자연스럽게 남편의 사회적 지위나 능력에 따라 여자를 바라보았다. 나의 경우 남편은 떳떳한 직장도 재력도 없었다. 무엇을 하는지 어디를 나가 다니는지 몰라도 남편은 미국에서 가지고 온 좋은 옷들로 잘 차려입고 아침에 나가 저녁에야 돌아왔다. 게다가 미래도 제시하지도 못했다. 한 마디로 그냥 백수 같아 보였다. 내 위치는 자연 밑바닥으로 추락했고 얼굴을 들고 가족들이나 병원의 종업원들을 보기가 부끄러웠다. 그렇게 그리워하던 한국에 와서 이런 모습을 가족들에게 보이다니. 특히나 아버지를 대할 면목이 없었다. 아버지의 기대를 송두리째 뽑아 버린 것 같았다.

아버지가 염려하던, 그런 결혼의 실상을 들킨 것 같았다. 또한 자본주의사회로 발돋움하는 한국 사회에 정착하기가 생각보다 쉽지 않다는 것을 깨달았다. 학력도 중요하지만 인맥이 중요했던 사회에서 남편은 기반이 없었다. 소도 언덕이 있어야 비빈다는 말의 뜻을 실감했다. 남편에게 조금이나마 걸었던 기대도 모두 사라졌다.

한국의 60년대는 급속도로 변하고 있었다. 자본주의의 영향은 한국인의 사고방식과 문화를 바꾸어 놓았다. 인간의 가치도 '얼마나 돈을 버느냐'로 바뀌었다. 물질만능주의와 권위주의에 우리 가족들도 예외가 아니었다. 엄마나 동생들뿐만 아니라 과거

물질을 경시했던 아버지까지 변했다. 초대 서울시장의 큰 며느리가 된 애령이와 부유한 남편과 결혼한 애란이에 비해 보잘것없던 나를 가족들이 불쌍히 여기는 것 같았다. 자존심도 무너졌지만 현실을 빠져나올 도리도 없었다. 가족들에게서 도망치고 싶은 생각마저 들었다.

심리적으로 불안한 상태에서 나를 절망에 빠트린 사건이 하나 터졌다. 미국에서 모았던 돈을 모두 잃게 된 것이다. 아버지의 병원 단골이자 친구였던 김형태 사장은 원효로 일대에서 가장 큰 철물 공장을 운영했는데, 우리는 김 사장에게 투자해서 수입을 올리고 있었다. 하지만 운영하던 공장이 부진하게 되었고 결국 모든 돈을 날리게 되었다. 나는 더 불안하고 우울해졌다. 희망에 벅차 귀국했던 꿈은 이제 유령이 되어 떠돌고 있었다. 귀국 후에 목적도 없이 멍청하게 지냈지만, 곧 이렇게 살아서는 안 된다는 생각이 날 깨우기 시작했다. 삶을 다시금 정비해야 할 급박함을 느꼈다. 결혼 전과 같이 활달하게 살고 싶은 욕망이 나를 흔들어 깨웠다. 하지만 내가 지금 무엇을 하고 있는지도, 나답게 살려면 어떻게 해야 할지도 갈피를 잡을 수 없었다. 이미 두 딸의 엄마로서, 아이들을 기를 책임을 감당할 수 있을까?

그렇게 하루하루를 보내던 중, 남편이 부산대학교 상경대학에서 교수를 하게 되었다고 했다. 귀국 후의 첫 희소식이었다. 자랑스럽게 아버지와 친정에 알렸다. 마음이 시원해졌다. 이 기회에 형선이를 친정에서 데려오고 부산으로 이사하기로 했다. 우선 집을 처리해야 했다. 비어 놓기도 애매했다. 흑석동 집은 우리에게는 너무 클 뿐만 아니라 경제적으로도 부담이 되었다. 평소에 그 집을 부러워했던 동생 애란이에게 건축에 소모된 비용만 받고 집을 양도했다. 동시에 삼양동과 미아동 언덕 위 주택단지에 건축되는 18.5평의 아담한 새집을 사서 이사하고는, 부산대학으로 떠나기까지 잠시 살다 전세를 놓고 부산으로 내려갔다.

　부산 생활은 마음을 편하게 해주었다. 친정과 동생들 사이에서 받는 스트레스에서 벗어나 작은 전세집이지만 가족끼리 오붓하게 지내니 마음이 편하고 살맛도 났다. 특히 남편의 제자들이 베푸는 배려 속에 학생들과 함께 다정한 시간들을 보내며 귀국 후 처음으로 마음의 평정을 누렸다. 하지만 그것도 잠시의 꿈으로 돌아갔다. 남편이 1년 계약조건이 끝나자 우리는 다시 서울로 돌올 수밖에 없었다.

　귀국을 꺼리는 남편의 의사를 무시해가며 시도한 한국생활은 내 미숙함을 일깨워주었다. 한국은 이제 내가 자란 예전의 한국이 아니었다. 문화도 관습도 가치관도 인간관계도 변했다. 엄마도 아버지도 동생들도 모두가 새 바람을 타고 변하는데, 나 혼자 옛 추억 속에 살고 있었다. 나 혼자 시대의 흐름에 적응을 못하고 뒤처져 있었던 것이다. 나도 변화하는 세상에서 적응하며 살아야 할 긴박성을 느꼈다. 한국에서 생활을 통해 나는 현실을 더 객관적으로 보게 되었고 한국은 내가 살 곳이 아님을 알게 되었다. 미국에서 힘겹게 모았던 돈을 모두 잃었지만, 인생의 귀한 교훈을 얻을 수 있었다.

이제 나는 한국을 떠나고 싶었다. 미국 생활이 너무 힘들고 싫었지만 기반 없는 우리에게는 미국이 그나마 나을 것 같았다. 한국에서는 체면, 가문, 인맥 등 모든 것이 얽혀 있어서 아무 일이나 할 수 없었다. 하지만 미국에는 김애라를 아는 사람도 없고 내가 못 할 일도 없었기 때문이다. 무슨 일이라도 해서 다시 일어나야 한다고 다짐했다. 또한 형선이와 민선이의 교육을 위해서도 현실적인 선택을 해야만 했다. 장학금 제도가 잘 갖춰진 미국에서는 딸들이 장학금으로 공부할 수도 있다는 생각이 들었다. 비교적 성공의 기회가 높을 것 같았다.

결국 또다시 미국에서 새 출발을 해보기로 결정했다. 남편은 서부의 샌프란시스코로 돌아가기를 원했지만 나는 동부를 선호했다. 뉴욕 근처의 뉴저지가 눈에 들어왔다. 나무가 많고 조용한 곳에서 살고 싶었기 때문이다. 이제 미국으로 가기 위한 준비를 시작했다. 형선이는 시민권자라서 문제가 없었고 남편은 상용비자로 미국에 갈 수 있었다. 하지만 나와 민선이는 한국인이라 비자를 받기가 어려웠다. 결국 남편이 먼저 미국에 가서 영주권을 받은 후 가족을 초청하기로 했다. 이제 다시 새로운 희망을 갖게 되었다.

미국 이민을 준비하던 어느 날, 갑자기 남편이 청천벽력 같은 소식을 알려왔다. 1950년 6.25 당시 공비 활동으로 그의 이름이 중앙정보부의 블랙리스트에 올라 출국이 안 된다는 것이었다. 이야기를 듣는 순간 몸이 얼어붙었다. 끝없는 장벽이 우리 가족의 장래를 막고 있는 것 같았다. 6.25 이후 20년의 세월이 흘렀다. 남편은 부산일보 특파원으로 미국에서 10년 이상 살았고, 아무런 범죄 혐의가 없었다. 공부와 일만 했지만 어린 시절의 용공 딱지는 끈질기게 따라다녔다. 누군가 우리를 감시하고 있었던 것이다. 그의 앞길뿐만 아니라 나와 딸들의 앞날도 막혀버렸다. 공비의 아내, 공비의 딸들, 공비의 가족. 어딜 가든지 그 빨간 딱지를 붙이고 살아야 하다니! 대학시절 읽었던 나다니엘 호던의 <주홍글씨>가 떠올랐다. 희망은 무자비하게 산산조각 났다. 온 세상이 깜깜했다.

좌절과 혼동 속에서 나는 과거의 일들을 끼어 맞추며 우리 가족의 어려움을 이해하려 했다. 남편이 1966년에 귀국을 꺼리던 일이 떠올랐다. 이제야 결혼 전인 1961년, 아버지가 남편의 일시 귀국을 만류했던 외무부 직원 미스터 윤의 의도를 알게 되었다. 미스터 윤과 아내 명희는 남편의 과거를 알고 있었던 것이다. 내가 속았던 것이다. 분하고 억울했지만 그 감정에 머물러있기에는 현실이 너무나 각박했다. 내가 받아들이기에는 이 모든 사건들이 너무 힘에 벅찼다. 암담할 뿐이었다. 이게 무슨 운명의 장난인가. 어떻게 해야 이 상황을 벗어날 수 있을까. 밤새 해결책을 찾았으나 방법이 떠오르지 않았다. 그래도 아버지나 그 누구에게도 도움도 청하지 않기로 마음먹었다.

나는 혼자 고민을 거듭하다 기진맥진하여 거의 혼수상태에 빠졌다. 그러던 어느 순간 머릿속에 무엇인가가 스쳐갔다. 언젠가 들었던 수혜누님(막내시누이)의 이야기가 떠올랐다. 그녀의 남편인 김정례 선생은 경기고등학교의 평판 높은 수학교사였다. 당시 권력층과 부유층 자제들의 대입 과외 지도를 하고 있었다. 지도를 받는 학생 중에 중앙정보부 부부장의 아들도 끼어 있다는 얘기를 들은 기억이 떠올랐다. '중앙정보부? 부부장의 아들? 그 학생의 아버지의 힘을 빌려야겠구나.' 한 가닥 희망이 떠올랐다. 지푸라기라도 붙잡는 심정으로 어떤 도움이라도 받고 빠져나오고 싶은 심경이었다. '시누이를 만나 상황을 알리자. 그리고 부부장의 도움을 받자.' 나도 자식을 위해 헌신하는 한국 부모들의 사랑과 열정을 잘 알고 있었다. 날이 새기를 기다렸으나 그 밤이 왜 그리도 길던지, 마치 온 세상이 죽어 버린 것 같았다. 안절부절하며 날이 밝는 대로 일어나 시누이에게 달려갔다.

이야기를 들은 시누이는 나에게 학생의 어머니(부부장의 부인)를 만나도록 해주겠다고 했다. 한숨을 돌렸다. 한국에서의 많은 일들은 아내를 통해 이루어지고 있었다. 집으로 돌아가는 발걸음은 불안 속에도 그나마 가벼워졌다.

수일 후 연락을 받고 시누이와 함께 부부장 댁을 찾아가 부인에게 문제의 전말을 알리고 도움을 부탁했다. 애타게 기다리던 나날이 마치 1년처럼 길어, 참을성이 없는 나에게는 견디어 내기가 힘이 들었다. 또다시 시누이를 앞세워 미국에서 사온 밍크 목도리를 갖고 찾아갔다. 그리고 다시 침묵의 기다림을 감수해야 했다.

드디어 남편의 이름이 블랙리스트에서 삭제되어 비자를 받았다. 나는 예물과 함께 부부장 댁에 감사의 방문을 했다. 지금도 시누이와 부부장 내외에게 감사한다. 또다시 무슨 문제가 생길까 염려되어 출국을 서둘렀다. 남편을 태운 비행기가 한국 하늘을 떠나가니 다소 마음이 놓였다. 뉴저지에 도착했다는 연락을 받고 서야 마음의 평정을 찾을 수 있었다.

이제 구체적으로 계획을 세웠다. 영주권을 받고 미국으로 떠나기까지 2~3년이 걸린다고 하니 그 사이에 미국에서 살아갈 준비를 해야 했다. 영어도 짧고 기반도 없고 아무런 배경이 없는, 미국 사회나 문화, 정치나 법률도 모르는 이민자인 내가 살 길은 오직 기술직 밖에 없다는 것을, 나는 지난 미국 생활을 통해 느꼈다. 사진관의 어두운 구석에서 허드렛일을 했던 경험은 기술의 중요성을 뼛속 깊게 느끼게 해주었다. 또한 항상 기술을 강조하던 아버지의 교훈이 다시 살아났다. '그래, 기술이다. 기술을 가져야 한다. 그런데 2~3년 내에 내가 습득할 수 있는 기술이 무엇일까?' 고민 끝에 의료기술을 배워야겠다는 생각이 들었다. 형선이를 임신했을 때 혈액검사를 받기 위해 드나들던 성프란시스병원의 실험실 직원의 모습이 떠올랐기 때문이다. 병원의 지하 실험실에서는 흰 가운을 입은 직원들이 채취한 혈액을 분석하고 있었다. 외부인, 특히 한국 사람을 만날 기회가 극히 드문 직업이었다. 따라서 눈치를 보거나 자존심이 상할 염려도 없었고, 의료기술자이니 임금도 막노동보다는 훨씬 높을 것 같았다.

하지만 의사들 아래에서 기술자로 일한다는 것이 마음 상했다. 마음 같아서는 의대에 진학해서 미국에 가고 싶었지만, 현실적으로 무리였다. 쓰린 가슴을 달래며 2년제 대학인 서울보건전문학교에 가기로 마음먹었다. 의사가 되어도 신통치 않을 판에 대학 출신 수재가 전문학교로 다시 가다니. 자존심은 울면서 거부하고 있었지만, 부끄러움을 무릅쓰고 뜻을 아버지에게 알렸다. 아버지는 쾌히 승낙하시며 나를 격려했다. 그리고 추천장과 필요한 수속 절차를 도와주었다. 하지만 나는 아버지의 아픈 마음을 느낄 수 있었다. '그처럼 명석하고 장래가 촉망되던 애라가 왜 이렇게 되었을까. 결혼을 잘못했구나. 가여운 것.' 이렇게 생각하시며 아버지는 꽤나 우셨을 것이다. 물론 나도 울었다. 울고 또 울었다. 눈물이 더 이상 나오지 않을 때까지.

학교에 들어가서 나는 2년 동안 열심히 공부했다. 졸업과 함께 임상병리사 고시에 합격하여 자격증을 받았다. 물론 한국자격증은 한 번도 사용해 본 적이 없었다. 아버지의 소개로 영등포의 시립병원에서 실습을 하며 나름대로 현실적인 발판을 다졌다. 그동안 형선이도 사설 미국인 학교에 보내서 영어를 가르치고 2학년으로 삼광초등학교에 편입시켰다. 형선이는 반에서 1등을 해서

의기양양해 했고, 지금도 종종 그 기억을 얘기한다. 그렇게 개봉동에서 6개월을 지내며 차근차근 이민 준비를 했다.

한국생활에서 지울 수 없는 추억도 있다. 바로 '통닭구이 소풍'이다. 남편이 미국으로 떠난 후, 매주 토요일 삼광초등학교의 창문을 바라보며 형선이를 기다렸다. 수업이 끝나면 명동에 위치한 한국 최초의 통닭구이 집으로 달려갔다. 딸들은 그 통닭구이를 정말 좋아했지만 아이들을 바라보는 내 마음은 서글퍼지기도 했다. 다시 미국으로 떠나는 날을 기다리는 내 심경은 불안과 희망이 교차했다.

미국에서 남편이 영주권을 받게 되자 가족을 초청했고, 5년간의 한국 생활도 막을 내리게 되었다. 이제 나도 이미 두 딸을 가진 30대 중반의 엄마였다. 10년 전과는 달리 미국에 대한 환상이나 기대는 없었다. 오히려 앞으로 미국에서 어떻게 살지에 대한 걱정으로 착잡한 심정이었다. '형선이와 민선이를 고생시키지 않고 잘 길러야 할 텐데. 딸들은 나처럼 살아서는 안돼. 미국에서 떳떳하게 살도록 길러야지. 나도 기술자로 머무르지 말고 비약해야 해'라며 막연한 각오를 다짐하고 또 다짐했다. 1971년 7월 2일, 우리 세 모녀는 미국을 향해 하늘을 날고 있었다.

제5장

재기의 미국 이민

재기의 미국 이민

1971년 7월 3일, 형선이와 민선이, 두 딸의 손을 잡고 하와이 호놀룰루 공항에 도착했다. 로스앤젤레스 큰고모의 아들(남편의 외사촌형) 탐 내외가 마중 나왔다. 그들은 친절하게 우리를 반겼다. 하지만 순간 나는 내 눈을 의심했다. 한국인이라는 것을 전혀 알수가 없었다. 그들에겐 한국인의 피가 흐르겠지만 근본적으로 다른 인종처럼 보였다. 한국말도 전혀 못했을 뿐만 아니라 피부는 까맣고 몸가짐이나 행동거지도 분명한 이방인들이었다. 환경이 사람을 만든다는 말을 피부로 느꼈다.

며칠간 그들은 아름다운 호놀룰루 해변 등을 구경시켜 주며 후한 대접을 베풀었다. 말로만 듣고 노래로만 불렀던 와이키키 해변의 아름다움에 감탄했다. 끝없이 펼쳐진 모래사장을 맨발로 뛰어다니는 딸들을 보는 내 마음은 평안과 기쁨으로 가득 찼다. 오랜만에, 정말 오랜만에 느껴보는 시원함이 밀려왔다. 또한 수정보다 맑은 물에 솟아오르는 하얀 물거품을 품어내며 배를 타고 유람하던 기억은 잊을 수 없다. 로스앤젤레스로 떠나는 날 탐 내외로부터 받은 선물들을 작은 가슴에 안은 딸들은 좋아서 어쩔 줄 몰라 했다. 머리를 꾸벅 숙여 감사하는 인사를 전하고 우리는 호놀룰루를 떠났다. 로스앤젤레스에서는 탐의 여동생인 셜리가 우리를 기다리고 있었다. 그녀도 디즈니랜드와 넛츠베리팜 등 여러 곳을 구경시켜주고 선물을 사주며 친절을 베풀었다. 특히 처음 보는 디즈니랜드는 형선이와 민선이를 황홀경에 몰아넣었고 어른인 나까지 사로잡았다. '이곳이 진짜 미국이구나'라는 감탄사가 나왔다. 이제 기쁨에 들뜬 두 딸들과 함께 우리는 아빠가 기다리는 뉴저지를 향해 또다시 비행기에 올랐다.

밤이었다. 하늘 위에서 내려다보는 누왁 비행장Newark Airport 일대는 휘황찬란한 불바다 속에 잠겼다. 물론 내가 찾던 나무들은 어둠 속에 잠겨 볼 수 없었다. 흥분과 걱정이 엇갈리는 심정으로 딸들과 아빠가 기다리는 출구로 나갔다. 3년 만이었다. 반갑게 맞는 아빠를 따라 주차장으로 갔다. '차도 있어? 큰 발전이네. 애들이 있으니 차는 필요하지.' 나는 말없이 혼자 생각했다. 차창 밖의 밤거리를 무심히 바라보는 사이에 현관 불이 밝게 켜진 이층집 앞에 차가 멈추었다. 카터렛Carteret이란 곳이었다.

모두가 함께 살 집을 구해 이사하기까지 그곳이 우리 가족의 임시 숙소였다. 남편이 일하는 무역회사도 그 집에서 가깝다고 했다. 형선이와 민선이에게 소리 내지 말고 조용히 2층으로 올라가라고 했다. 현관문을 열고 경사진 좁은 계단을 조용히 올라갔다. 이층에 작은방 두 개와 간이 부엌이 달린 응접실, 그리고 화장실이 있었다. 집주인인 미망인 그레고리는 조용하고 깔끔하지만 다소 까다로운 노인이었다. 목소리가 크고 자유롭게 살던 나는 숨을 죽이고 사는 것이 힘들었다. 특히 어린 형선이와 민선이가 기를 죽이고 좁은 공간에 있는 것이 마음에 걸렸다. 가족이 오는 줄 알면서도 집을 구하지 않은 남편에게 심기가 불편했으나 내색 없이 다음날부터 집을 구하러 나섰다.

집은 쉽게 구해지지 않았고 결국 그곳에서 한 달을 지내게 되었다. 그동안 일자리를 구하면서 딸들에게 영어 교육에 전념했다. 9월이 되면 민선이는 유치원에 들어가고 형선이는 2학년에 입학한다. 민선이는 시작이라 별 염려가 없었으나 영어가 부족한 형선이가 1학년을 건너뛰어 2학년의 학업을 따라가기 힘들 것 같았다. 그래서 집에서 영어공부를 시켰다. 우선 남편도 나도 영어만을 쓰기로 했다. 걸을 때나 차를 타고 다닐 때, 눈에 보이는 건물이나 상점의 간판을 읽게 했다. 밥을 먹거나 놀 때에도 단어를 떠올리고 외우게 하는 고된 훈련을 했다. 밤에는 자정까지 않혀놓고 영어와 수학을 가르쳤다. 졸거나 집중하지 않으면 나는 연필 끝으로 꼭꼭 찌르고 소리를 지르며 야단쳤다. 형선이는 울고불고 소리치며 공부를 안 한다고 뛰쳐나가곤 했다. 참다못한 남편이 형선이를 달래고 가르쳤다. 겁먹은 민선이는 구석에서 조용히 쳐다보곤 했다. 형선이는 지금도 가끔 그때의 내 미련한 처사를 상기시키며 '엄마가 정말 몰상식 한 짓을 했어' 라며 농담반 진담반으로 나를 꾸짖는다. 형선이에게 미안함을 금할 수 없다. 나는 미숙하며 혈기왕성한 30대 엄마였다. 항상 1등을 하고 자라서 그런지 딸들에게도 같은 기대를 했던 것 같다. 이성에 벗어나는 몰상식하고 우둔한 짓이었다. 아마 지금 같으면 아동 학대죄로 경찰에서에 갔을지도 모르겠다.

게다가 성질이 급한 나는 일을 안 하고 집에만 있는 내 처지가 안타까웠다. 안 하는 것이 아니라 직장이 없어서 못했지만 말이다. 매일 뉴저지 신문인 스타 레져Star Ledger를 사서 일자리를 찾아보았지만, 의료 기술자를 찾는 광고를 볼 수 없었다. 반면에 간호 보조나 간병인을 찾는 광고는 많았다. 급한 나는 무슨 일이라도 할 각오에 전화를 걸었다. 하지만 모두 거절당했다. '이제 김애라가

병원에서 노인들 똥오줌을 닦아주고 송장 씻겨주는 일을 하려고 해도 면접도 보기도 전에 퇴짜를 맞는구나. 어쩌다 이 지경까지 추락한 것일까. 사람이 한 번 추락하기 시작하면 끝이 없구나.'

하루하루 현실과 싸우던 중, 집이 구해졌다. 그것만으로도 다행이란 생각이 들었다. 가까운 가톨릭 교구 신부들이 사는 큰 주택이었다. 운동장같이 넓은 마당에 우뚝 솟은 3층 건물이었다. 10여 명 이상의 신부들이 묵는 수도원이었는데, 마침 비어 있었다. 큰 지하실에는 신부들이 쓰던 용품들이 남아 있었다. 또한 1층부터 3층까지 방과 가구, 살림살이도 그대로 있었다. 우리가 장만해야 할 것은 거의 없었다. 게다가 수도원 옆에는 유치원과 초등학교가 있었다. 건너 집에는 신부와 늙은 가정부 베티가 살고 있어 안심이 되었다. 신부를 만나 즉시 계약하고 이사에 들어갔다. 한국에서 가지고 온 몇 개의 가방을 제외하고는 가지고 갈 짐도 없었다.

이후 그레고리와 베티는 필요한 경우 베이비시터로 딸들을 잘 돌보아 주었다. 수도원에서의 삶은 우리에게 심리적 안정감을 갖게 해주었다. 그곳에서 성장하는 딸들의 모습은 힘든 이민 생활 속에서도 희망을 품게 해주었고, 부모로서 책임감을 갖게 해주었다.

나는 일자리를 열심히 찾으며 운전을 배우기 시작했다. 처음에는 남편에게 배웠으나 싸우기가 다반사여서 운전학원에 등록했다. 첫 번째 시험에서는 떨어지고 두 번째에 합격하여 운전면허증을 받았다. 그리고 매일같이 직장을 찾아 나섰고, 결국 임상병리사를 할 수 있는 직장을 구했다. 인근의 메타첸Metachen에 새로설립된 중앙의료연구소Center for Laboratory Medicine (CLM)에서 풀타임 직원으로 일하게 된 것이다. 그 때는 '일이 풀리기 시작하니 모든 것이 술술 풀려나간다'는 말이 실감 났다. 출퇴근용으로 중고차를사서 일을 시작했다. 그런데 차가 브레이크를 밟아도 잘 서지를않았다. 그래도 나는 운전을 했고 떨리는 마음으로 얼마 동안을다녔다. 미련하고 위험한 행동이었다. 차 고치는 비용이 아까워서 고치질 않았다. 아니나 다를까 눈보라 치는 새벽, 밤새도록 쌓인 눈길을 헤치며 일터로 달려가다 차가 길 한복판에 멈췄다. 남편이 올 때까지 떨면서 울며 기다리던 기억이 지금도 나를 오싹하게 한다.

시간외수당이 붙는 일은 도맡아 하며 월급이 한 푼이라도 늘어나는 즐거움에 힘든 줄도 모르고 일을 했다. 이제 우리 이민생활은 안정궤도에 올랐다. 매일 아침 출근 전에 20개의 새로운 영어 단어를 쓴 종이를 냉장고 문에 붙여놓고 딸들이 암기하도록했다. 저녁에는 시험을 보았다. 또한 하교 후 숙제를 끝내기 전에는 놀지 못하게 하는 규율을 지키게 했다. 그들은 잘 따랐다. 학년 말, 형선이는 최고점을 받았다. 점차 영어도 잘 하고 미국 생활에도 익숙해 갔다. 또한 형선이는 무슨 음식이나 잘 먹어 살이 찌기 시작했다. 반면 민선이는 입이 짧고 특히 고기를 싫어했고 말랐다. 점심을 쌀 때 민선이는 로스트비프 샌드위치나 버지니아 햄 샌드위치를 만들어 점심 가방에 넣었다. 하지만 민선이 것은 싼 양념 햄이나 발로나^bologna 샌드위치를 만들어 넣었다. 형선이는 버지니아 햄 샌드위치는 지금도 먹고 싶었다고 말하며, 일 센트라도 아끼기 위해 손을 바들바들 떨던 나의 편협하고 어리석은 처사를 꼬집는다.

나는 그저 웃어넘기지만 딸을 똑바로 볼 수가 없었다. 미안함과 죄의식이 지금도 가슴을 메운다. 돈을 지나치게 아꼈던 지난날을 돌아보며 스스로에게 묻는다. 얼마나 아낀다고 정크푸드 같은 싸구려 소고기를 사서 아이의 샌드위치를 만들었지? 그때 아꼈던 돈이 지금 어디로 갔을까. 혼자 쓴웃음을 삼키지만 마음만 아려 올 뿐이다.

딸들의 옷을 사기 위해 쇼핑센터에 가면 우리 모녀는 울고불고 한바탕 전쟁을 치르곤 했다. 형선이는 자기 사이즈의 옷은 작아서 입을 수 없었다. 살이 쪄 들어가지가 않았다. 큰 사이즈는 품은 맞지만 기장이나 소매가 길어 질질 끌렸다. 값싼 발로니와 스파이시 햄의 탓이라면 내 잘못이었다. 반면에 소고기와 버지니아 햄만을 먹은 민선이는 말라서 자기 사이즈의 옷을 입히면 기장이 맞지가 않았다. 품이 커서 허수아비에 옷을 걸친 것 같았다. 나도 화가 났고 아이들도 자기들이 원하는 옷을 입을 수가 없어 시무룩해지거나 울곤 했다. 쇼핑은 우리에게 허탈감만 안겨 주었다. 울어서 부은 눈을 비비며 뒤따라오는 딸들을 보는 내 마음이 편할 리가 없었다. 그래도 다행인 것은 놀이공원을 가면 모든 가족이 즐거워했다. 한국에서 이름만 듣던 나이아가라 폭포를 보러 간 경험 등은 이민생활의 즐거움이었다.

하지만 미국 생활은 외로웠다. 우리 주변에는 백인들뿐이었다. 피부색이나 생김새, 음식과 풍습도 달랐다. 나같이 생긴 사람, 나와 스스럼없이 말할 수 있는 사람, 함께 밥이나 설렁탕을 먹을 수 있는 사람이 그리웠다. 우리는 한인 교회를 찾아 맨해튼의 뉴욕 한인 연합감리교회에 나가기 시작했다. 일요일에 교회를 가는 것은 위로와 기쁨이었다. 평일에는 뼈가 닳도록 일하고 일요일에는 교회에서 한국 음식을 먹으며 향수를 달랬다. 교회를 통해 삶의 원동력을 회복할 수 있었고, 아무도 알아주지 않는 미국에서의 소외감과 고독에서 잠시라도 해방될 수 있었다.

일반적으로 한인교회는 미국 내의 거의 유일한 한인공동체로서 이민자들의 삶을 지탱해주는 활력소 역할을 해왔다. 일주일에 6일간 막노동을 하며 미국 사회에서 아무도 알아주지 않는 보잘것없는 사람들이 교회에서는 내로라는 사람으로 둔갑해 어깨에 힘을 줄 수 있었다. 장로나 권사로, 집사나 간부들로 교회 행정에 참여할 수 있었다. 보통의 여자들도 부엌에서 음식을 만들며 자랑이나 하소연, 잡담을 하며 외로움을 달랠 수 있는 곳이 바로 교회였다. 또한 정보교환으로 자극과 의욕을 솟구치게 해주는 곳도 교회였다. 반면에 예상치 못했던 소외감과 상처를 받을 수 있는 곳도 교회였다. 왜냐하면 교회는 교포들의 유일한 생존의 터전이자 그들만의 세상이었기에, 교인들의 사회적 성공이나 재력, 힘을 과시하는 전시장의 역할도 해왔기 때문이다. 높은 지위와 재력을 가진 자는 교회와 교포사회에서도 존경받았다. 반면에 딱히 드러낼 것 없는 사람들은 변두리로 밀려나곤 했다. 교회는 생의 각축장이기도 했다.

1965년 린든 비. 존슨Lyndon B. Johnson 대통령의 이민과 국적 법령Immigrationand Nationality Act을 시행했고, 이민의 문이 넓어졌다. 다수의 한국인 의사와 간호사, 기술자들이 미국으로 이민을 왔다. 의사들은 비교적 높은 임금을 받아서 잘 살았고 교회에서도 힘을 과시하며 교포사회의 지도자급에 올랐다.

교육을 중요하게 생각하는 한국인들은 비록 재력은 없을지라도 박사학위 소지자들을 존경했다. 의사나 박사들은 교포사회의 상위 계층에 속했다. 나는 한인사회와 교회에서 또다시 자존심이 상하거나 굴욕적인 느낌을 받았다. 교포사회와 교회에서 나는 그저 평범한 아내일 뿐이었다. 심적 평안을 위해 갔던 교회에서 오히려 나는 갈등을 느끼기 시작했다. 견줄만한 지위나 직업도, 재력도 없으니 좋은 집에서라도 살며 교포사회나 교회에서 지도층에 속하고 싶다는 마음에 사로잡혔다.

한국에서 가져간 돈을 모아 영화에서 보던 멋진 집을 사기로 했다. 미국의 경제 상황을 모르던 나는 매달 내야할 모기지와 주택보험, 세금 등 부수적인 경비는 생각도 못 하고 주말마다 한적한 교외로 집을 보러 다녔다. 뉴저지 남단의 펄강$^{Pearl\ River}$, 더 나아가 펜실베이니아의 포코노산까지 신축하는 주택단지를 찾아다니며 집장만의 희망에 들떠있던 중, 남편이 실직 사실을 알려왔다. 근무하던 무역회사가 문을 닫게 되었다고 했다. 하지만 나는 크게 놀라지 않았다. 이미 남편에게는 큰 기대를 하고 있지 않았기 때문인 것 같았다.

그래도 매일 일자리를 찾아 뉴욕 시내로 나가던 남편이 반가운 소식을 전해왔다. 피렐리 타이어$^{Pirelli\ Tire\ Company}$의 뉴욕지사에서 매니저로 일하게 되었다고 했다. 남편도 점차 교포사회에서 위치를 굳혀갔다. 그러면서 뉴욕지구 한인회의 이사장이 되었다. 그 이후로는 귀가시간이 자주 늦어졌다. 나는 저녁을 안 먹고 몇 번씩 음식을 데워놓고 딸들과 기다리다 지치곤 했다. 그리고 딸들만 재워 놓고는 남편이 들어올 때까지 기다렸다. '혹시 자동차 사고가 났나?' 걱정이 되기도 하고 화가치미는 엇갈리는 심경으로 매일 밤 혼자 씨름했다. 남편은 자정이 넘어 들어왔다. 한인회 회의 관계로 늦었다고는 하나 나는 이해하기 힘들었다. 주말에도 한인회에 간다며 뉴욕으로 가곤 했다. 자연스럽게 부부 싸움도 잦아졌다.

반면 나는 딸들을 데리고 밤이나 주말에나 내 일터로 갔다. 직장에서 나는 '스피디 곤잘레스Speedy Gonzales'로 통했다. 남들이 따라올 수 없는 빠른 속도로, 정확하고 정밀하게 일했기 때문이다. 결국 CLM 매니저와 연구실 간부들은 나를 신뢰하게 되었다. 언제든지 내가 일할 수 있도록 나에게 회사의 열쇠를 맡겼다. 나는 종종 딸들을 데리고 공부할 책들과 작은 TV를 들고 연구실로 가서 일했다. 딸들은 나와 사무실에 가는 것을 좋아했다. 아이들은 호기Hogie 샌드위치 먹는 것을 무척 좋아했다. 직장 근처에 이탈리안 샌드위치 집에서 기다란 빵 속에 얇게 썬 햄과 채친 아이스벅 상추, 양파, 토마토 등을 넣어 만든 샌드위치는 별미였다. 나도 먹고 싶었지만 돈을 아끼느라 꾹 참았다. 아이들이 먹는 것을 쳐다보며 군침만 흘리곤 했다. 그래도 마음은 그저 뿌듯했다. 숙제와 독서가 끝나면 딸들은 작은 텔레비전을 보며 좋아했다. 그러면 나도 편한 마음으로 일할 수 있었다. 덕분에 딸들은 공부도 잘하고 미국 생활에도 잘 적응하며 자랐다.

우리 모녀들은 지금도 가끔 그 시절을 이야기하며 지난날을 회상한다. 또한 그처럼 맛있던 서브마린 호기 샌드위치를 지금은 그 어디에서도 먹어볼 수 없다. 아마도 내 입맛이 변했든지, 음식의 질이 떨어졌는지는 모르겠다. 혹은 둘 모두에 해당될 수도 있겠다. 지금도 종종 그 샌드위치가 먹고 싶다.

드디어 집을 장만하게 되었다. 안정을 찾고자 하던 소망이 이루어진 것이다. 뉴저지의 메간코트Meagan Court지역에서 꿈에서 그리던 멋진 주택을 발견했다. 나무들이 울창한 지역에 건축된 주택단지의 예쁜 2층 집이었다. 딸들이 다닐 에디슨 초등학교와 중고등학교가 가깝고, 특히 교육 환경이 좋았다. 직장도 가까워 나는 걸어서 출퇴근이 가능했다. 형선이는 3학년, 민선이는 1학년이었고 봄 학기 하반기에 새 학교로 전입했다. 민선이는 1학년으로 입학해서 적응을 잘 했으나, 형선이에게는 문제가 생겼다. 에디슨 학교에서는 이미 곱셈과 나눗셈 학습이 끝난 상태였다. 하지만 먼저 다니던 학교에서는 시작도 안한 상황이었다.

어느 날 오후, 형선이가 직장으로 전화해 자기가 수학시험에서 최고 점수를 받았다고 말했다. 몇 점을 받았냐고 물었더니 60점이라고 했다. '60점? 60점이 1등일 리가. 선생이 학생들을 잘못 가르쳤던지 형선이가 시험을 잘못 쳤겠지.' 뭔가 이상했다. 일단 "잘했어요"라고 말하며 수화기를 놓았지만 걱정이 앞섰다. '혹시 아이가 거짓말을 했나?' 낙제점을 받은 것도 문제지만 거짓말을 한 것 같았다. 나는 담임 선생에게 바로 전화했다. 그녀는 친절하게 설명해 주었다. "우리 학교에서는 이미 곱셈과 나눗셈이 끝났지만, 형선이가 다니던 학교에서는 진도가 안 나갔지요. 하지만 형선이는 아주 영리하니 곧 따라잡을 겁니다. 염려하지 마세요." 고맙다는 인사를 하고 전화를 끊었으나 나는 일이 손에 잡히지 않고 속이 부글부글 끓어 올랐다. 점수가 문제가 아니라 거짓말이 문제다. 이제 9살 밖에 안 된 어린애가 거짓말을 그렇게 하면 커서 뭐가 될까. 몸이 떨리고 무서웠다.

퇴근하고 집에 온 나는 형선이를 불렀다. "엄마가 담임 선생님과 이야기했는데, 너 낙제 점수를 받았어. 선생님 말씀이 네가 이전 학교에서 곱셈과 나눗셈을 못 배웠는데, 지금 학교에서는 벌써 다 배웠대. 선생님에게는 네가 낙제 점수를 받았지만 금방 따라잡을 수 있다며 염려할 것 없다고 했어. 너는 똑똑하니깐. 그런데 낙제 점수를 받은 것이 문제가 아니거든. 거짓말이 문제야. 이제 9살 밖에 안 된 네가 그렇게 거짓말을 잘 하면 커서 뭐가 되니? 거짓말하지 말고 도둑질하지 말라고 항상 가르쳤지? 바늘 도둑이 소도둑 된다고 말했지!"라며 소리 소리를 지르며 야단쳤다. 온몸이 떨렸다. 그리고 삼일 동안 형선이를 쳐다보지도 않고 말도 안 했다. 결국 형선이는 아빠가 시키는 데로 내게 다시 거짓말을 안 하겠다고 맹세를 했고, 나는 아이를 용서했다. 이후 집에서는 곱셈과 나눗셈을 배웠다. 다음 시험에서 형선이는 100점 만점으로 최고 점수를 획득했다. 그 이후부터 오늘까지 형선이는 거짓말을 하지 않았다. 나중에는 너무 바른말을 하는 것이 문제가될 때도 있다. 겁에 질린 채로 언니가 혼나는 장면을 지켜본 민선이에게도 간접적으로 교훈이 된 것 같다. 지금까지 딸들이 정직하게 살고, 자녀에게도 무섭도록 정직을 가르치니 감사할 따름이다.

새 집에서도 안정을 찾아갔다. 넓은 마당에 잔디를 깔고 나무를 심으며 가구들을 사들이고 집치장을 했다. 차도 새 차와 중고차, 두 대를 가지고 있었다. 소위 말하는 미국 중산층의 위치를 과시했다. 빠른 성장이었다. 하지만 실상은 모두 허울뿐이었다. 마치 크리스마스에 속이 빈 상자들을 화려한 종이로 포장하여 오

색찬란하게 장식한 백화점의 전시장 같았다. 겉으로 보기에 좋아
보이는 삶을 흉내 내기는 쉽지만, 속을 견고히 다지는 것은 시간
과 희생, 헌신이 필요하다는 것을 무시한 삶이었다.

더 나아가 지난날 산산조각으로 깨어진 꿈 조각들을 모아, 내
가 원했던 가상의 세계를 현실에서 만들어보려는 시도였다. 나는
삶의 모조품을 제작하고 있었다. 쉽게 부서지는, 알맹이가 빠진
과장된 집치장을 전시하고 흥청망청 진귀한 음식들을 장만했다.
남편의 한인회 간부들과 친구들, 학교 동창과 가족들, 교회 성가
대원과 교인들을 초대하여 주말 향연을 벌리곤 했다. 모두가 우
리 가족을, 특히 남편을 알아달라는 쇼였다.

그즈음 한국에서 찾아오신 동생 애란이와 애훈이가 엄마와 아
버지를 모시고 찾아왔다. 그러나 단 5분을 같이 앉아 이야기를
나눌 여유도 없이 밤낮으로 일을 하며 살고 있었다. 효도는커녕
대접도 제대로 못해드렸다. 그때가 두고두고 후회스럽다. 언젠가
저세상에서라도 다시 만날 수만 있다면 무릎 꿇고 엄마와 아버지
에게 용서를 빌고 싶다. 물론 엄마와 아버지는 나를 가엾게 여기
고 다 용서하셨음을 나는 믿어 의심치 않지만 말이다.

그때에는 무슨 배짱으로, 어디서 돈이 나와 그렇게 떠벌리며 허세를 부렸는지 모르겠다. 수입과 지출에 신경을 쓰지 않고 무책임하게 일을 벌였다. 결국 우리는 경제적 어려움에 처하게 되었다. 물론 나는 월급을 받으면 남편에게 맡겼고, 그가 돈 관리를 했기에 나는 우리의 경제상황을 전혀 모르고 지냈다. 하지만 그것만으로는 변명할 수 없는, 미련하고 무책임한 행위였다. 그 대가를 피할 수는 없었다. 설상가상으로 남편은 피렐리 타이어회사에서 해고당했다. 이번 기회에 나는 삶의 방향을 전환하고 위기를 극복하고 싶었다. 생활과 삶의 방향을 바꾸고 허황되고 과장된, 실속 없는 생활을 청산하기로 마음먹었다. 그리고는 남편에게 박사과정을 공부하라고 설득했다. 내 인생의 꿈이었던 박사학위였지만 나는 공부할 형편이 아니었다. 가족의 생계를 내가 짊어지고 있었기 때문이다. 게다가 여자는 남자에게 종속될 수밖에 없다고 배워온 한국의 가부장적 사고도 남편을 공부하라고 설득하는 데 한몫을 했다. 남편이 학위를 받을 때까지 내가 투잡을 뛰면서 가족을 부양하겠다고 했다.

남편은 뉴욕 시내에 있는 뉴스쿨New School에서 박사 코스를 하게 되었다고 했다. 나는 박사과정의 입학 허가를 그처럼 쉽게 받는 것이 의아했지만, 미국의 고등교육 제도를 모르기에 그저 즐거울

따름이었다. 그리고 다시 나는 밤낮으로 열심히 일했다. 근처 메타첸[Metachen]에 있는 루스벨트병원[Roosevelt Hospital]에서 아침 7시부터 오후 3시까지 일했다. 그리고 4시부터 자정까지는 CLM에 나가 일했다. 따라서 빨래며 잔잔한 집안일들은 딸들, 특히 형선이가 했다. 딸들에게 미안했다. 손끝에 물 한 방울 묻히지 않고 곱게 자랐던 내 과거를 회상하며 어린 딸들에게 일을 시키는 아픔을 견뎌야 했다.

얼마 후 CLM이 문을 닫게 되었고 나는 주 수입원을 잃었다. 하는 수 없이 힘들게 유지해오던 집을 팔고 버건 카운티[Bergen County]의 엘우드파크[ElmwoodPark]에 두 개의 집이 붙은 2층 집 듀플렉스[duplex house]를 사서 한 집은 세를 놓고 한 집에는 우리가 살기로 결정했다. 딸들을 사립학교에 전입시키고 싶었지만 경제적 형편이 안 됐다. 그래도 나는 사립이나 공립이나 교과과정의 기본은 공통으로 학생들에게 가르친다는 믿음이 있었다. 나는 교육의 성공은 학교의 선정보다 학생 자신의 노력과 부모의 지도에 달려있다고 생각했다. 결국 공립학교인 엘우드파크고등학교[ElmwoodPark High School]로 결정했다. 학기 중에 전학하여 형선이가 겪은 고초를 고려해, 에디슨 학교에서 학기를 마치고 가을 학기에 전학을 갔다. 형선이는 고등학생이 되었고 민선이는 중학교 2학년이 되었다.

나는 투잡을 뛰며 주말에도 일했다. 아침 8시부터 오후 4시까지는 버건카운티병원Bergen County Hospital에서, 밤 11시부터 아침 7시까지는 티터보로 비행장Teterboro Airport 근처의 임상 병리 실험실인 멧패쓰MetPath(현재의 Quest Diagnostics Inc.)에서 일했다. 내가 밤눈이 어두울 뿐 아니라 수면 부족으로 인한 사고를 우려해 남편이 출퇴근길에 운전을 해 주었다. 주말에는 퍼세익병원Passaic General Hospital의 임상병리 실험실에서 파트타임으로 일했다. 1주일에 100시간을 일했다. 딸들도 주말에는 내가 일하는 병원의 커피숍에서 일하며 가족의 생계를 도왔다. 나와 딸들의 수입은 남편이 관리했다. 남편은 나보다 미국 생활을 훨씬 오래 했고 미국에서 경영학 석사를 했기에 믿고 맡겼다.

하루는 중고차를 몰고 딸들과 일하러 가다 차가 눈길 위에서 움직이지를 않아 얼은 손을 불어가며 남편이 올 때까지 기다렸다. 화가 머리끝까지 치밀어 오르고 딸들이 불쌍했다. 하지만 주말 일은 기다려졌다. 차 안에서나 병원에서 딸들과 함께 지낼 수 있는 시간이 있었기 때문이다. 주말 일이 힘들지 않고 오히려 즐거웠다. 아침 커피 타임에 카페에 올라가면 딸들이 버터를 바른 하드롤에 커피를 한 잔 주는 것이 얼마나 고맙고 맛있던지. 커피와 하드 롤을 먹으면 피로가 풀리고 힘이 생겼다. 딸들이 바쁘거나 없을 때에는 함께 일하던 필리핀 소녀 카리나Carina가 커피와 하드롤을 웃으며 가져다 주곤 했다. 그때는 정말 일 이외에는 신경을 쓸 여유가 없었다.

남편의 박사학위에 희망을 걸고 일을 시작했지만, 시간이 흐르자 몸과 마음이 지쳐버렸다. 진전 과정도 몰랐을 뿐 아니라 관심도 흥미도 잃어버렸다. 남편도 박사 과정을 더 이상 하는 것 같지 않았다. 책을 보거나 공부하는 모습을 볼 수 없었고, 학교를 가는 것 같지도 않았다. 나도 더 이상 묻지도 않았다. 실망할 여력도 없었지만 사실을 알기가 두려웠다. '흥미가 없는 사람을 억지로 박사 공부를 하게 하는 것이 너무 힘들구나. 차라리 내가 하는 것이 훨씬 쉬웠겠다. 나는 정말로 하고 싶은데. 아무리 힘들어도 말이야.' 이미 나도 지친 상태에서 힘도 없었을 뿐만 아니라, 가족의 생계를 짊어진 나에게 공부는 허황된 꿈임을 나는 잘 알고 있었다.

어느 날인지 기억엔 없지만 밤일을 다녀와 쓰러져 자다 오후에 깨었다. 집은 적막에 잠겨있었다. 딸들은 학교에 가고 남편도 없었다. 피로에 젖은 몸에 가운을 걸치고 나는 서서히 아래층으로 내려가 응접실 소파에 앉았다. 오랜만에 가져보는 나 혼자만의 조용하고 느긋한 시간이었다. 서서히 주위를 둘러보았다. 화려하게 둘러쳐진 커튼, 위세를 뽐내며 내려다보는 다이닝 룸, 천장의 샹들리에, 온갖 가구들과 장식품들. 모든 것이 낯설어 보였다. 눈을 더 크게 뜨고 천천히 주위를 둘러보았다. 나와는 맞지 않는 곳에 있는 것처럼 어색하고 불편했다. 서글픈 생각까지 들었다. '이런 것 들을 사기 위해 이처럼 뼈가 달도록 일을 해왔나? 나는 이것들을 제대로 누리지도 못 하면서 말이다. 무언가 잘못되었다. 우리가 잘못 가고 있구나. 바로 살아야 하는데.' 얼마 동안 멍청히 앉아 중얼거리다 무의식중에 손거울을 가져와 얼굴을 비추어 보았다. 나는 깜짝 놀랐다. 믿을 수 없었다. 내 순간 눈을 의심했다.

그 곱던 얼굴은 어디로 갔을까. 더럽고 궁상맞은, 흉측한 낯선 얼굴이 눈앞에 있었다. 검버섯과 기미가 얼굴에 피어 있었다. 가슴이 철렁 내려앉았다. 울 겨를도 없이 형용할 수 없는 비애가 전신을 파고 들었다.

다음날부터 기미를 없애주는 크림을 사서 발랐다. 하지만 이미 퍼져버린 기미는 얼굴을 뒤덮고 있었다. 몸이 과로에 저항하며 휴식을 요구하고 있었다. 생활을 바꾸어야 할 필요성을 느꼈다. 하지만 방법이 없었다. 나에게는 가족의 생계가 달려있었다. 크림만을 열심히 바르며 힘겨운 일상을 허우적거리는 와중에 남편은 사업을 한다며 1979년부터 한국에 드나들기 시작했다. 무슨 사업인지는 모르겠으나 주로 한국에 나가있었다. 그리고 뉴욕 한인회 간부들, 사업가들과 함께 백악관 초대에도 참석하는 등 분주하게 지냈다.

당시 지미 카터 대통령은 백악관에 소수 인종 지도자들을 초청했다. 정계에 관심이 많던 남편은 정계 진출과 사업을 위해 미국 정계 인사와의 연결이 필요하여 백악관 파티에 참석하겠다고 했다. 하지만 나는 반대했다. 나에게는 그 모든 것이 허황된 도박 같았다. 그 일로 수차례 싸우기도 했다. 또한 일 인당 1,000달러의 기부금을 내야 했는데, 나에게는 큰돈이었다. 그래도 나는 그의 야망을 꺾어버리지 않았다. 오히려 후원했다. 귀국할 때마다 사업용 선물을 사서 짐 속에 넣어주며 뜬구름 같은 그의 꿈이 이루어지기를 바랐다.

딸들과 함께 열심히 하루하루를 지내던 중, 서울에 사는 동생 철이의 전화를 받았다. 아버지의 서거를 알리는 비보였다. 딸들과 저녁을 먹던 나는 온몸이 굳어져 마비된 듯했다. 말도 못 하고 울지도 못했다. 머리가 텅 빈 것 같이 멍청해졌다. 놀랜 딸들이 무어라 말해도 들리지 않았다. 딸들이 아무리 몸을 흔들어대도 무감각했다.

1979년 12월 14일, 세상에서 둘도 없이 나를 아끼고 사랑한 아버지가 세상을 떠났다. 내 삶의 든든한 반석이자 꿈과 희망을 안겨주고 격려하던 아버지를 나는 다시는 만날 수도 볼 수도 없게 되었다. 내가 성공해서 잘 사는 것을 보시지 못하고 한에 묻혀 돌아가셨다. 아버지 살아생전 효도 한번 못 해본 나는 영원히 돌이킬 수 없는 불효막심한 죄인이 되었다. 나는 삶의 의욕을 잃었다. 날이 갈수록 깊어가는 허전함 속에 얼빠진 사람처럼 멍청해지고 걷잡을 수 없는 눈물만이 쏟아졌다. 자나 깨나 집에서나 직장에서, 운전을 할 때에도 눈물이 마를 틈이 없었다. 아마도 한 달 이상을 소리 없는 눈물이 몸과 마음을 적신 것 같았다. 하지만 딸들을 잘 길러야 하기에, 다시 정신을 가다듬고 현실로 돌아 오기 위해 노력했다.

어느 날, 형님처럼 남편을 따르던 서병환에게 전화가 왔다. 남편이 그에게 빌린 5,000달러를 갚아 달라는 것이었다. 우선 남편에게 그런 일이 있었는지를 확인을 해보고 갚겠다고 말했다. 부끄러웠고 물벼락을 맞은 기분이었다. 나는 빚을 지고 산 적이 한번도 없었다. 엄마와 아버지는 늘 빚지면 안 된다고 가르쳤기에 나는 채무에 대한 거부 반응이 있다. 게다가 남편이 나에게 말을 안 하고 돈을 빌렸다는 것에 실망했다. 전화를 끊고 나니 속이 부글부글 끓어올랐다. 남편이 돌아올 때까지 기다리기가 너무나 힘들었다. 남편이 돌아오자 나는 그에게 사실을 물었다. 그는 순순히 시인했다. 당시 5,000달러는 우리에게는 큰돈이었다. 나는 남편에게 집을 팔아 빚 청산을 하자고 제의했고 그도 동의했다. 곧 집을 내놓았고 쉽게 집이 팔렸다. 5,000달러를 갚고 나니 홀가분하고 시원했다. 다시 부담 없이 눈을 들어 푸른 하늘을 올려 볼 수 있었다.

1982년 6월, 엘름우드파크Elmwood Park고등학교의 학생회장이었던 형선이는 수석으로 송별사를 낭독하였고 수시모집으로 스미스 대학에 합격했다. 고등학교 2학년에 올라가는 민선이도 엘름우드파크 고등학교에 입학했다. 형선이가 전학을 간 학교에서 치렀던 곤욕을 되풀이할 수는 없었다. 나는 집주인과 협의를 하고 지하 차고 옆 공간을 개조하여 거처를 신축했다. 욕실과 간이 부엌, 침실을 만들었다. 민선이와 내가 2년간 머물 공간이었다. 딸들은 그곳을 '쥐구멍'이라고 불렀다. 공간이 협소했을 뿐 만 아니라 낮에도 전등을 켜야 하는 어두운 곳이었다. 눈이 부시도록 밝은 빛을 좋아하는 내게는 어울리지 않는 곳이었으나 어쩔 수 없었다. 하지만 그곳은 우리 세 모녀에게 심리적 안정을 제공해 주었으며 넓은 세계로 도약할 수 있는 디딤돌 역할을 해주었다.

나 또한 이번 기회를 활용해 삶에 변화를 주기로 마음먹었다.

그토록 하고 싶던 대학원 박사과정을 하기로 결심했다. 기회는 항상 오는 것이 아니라는 것을 잘 알고 있었기 때문이다. 남편은 주로 한국에 있었고 형선이는 가을에 대학교에 입학하며 민선이도 2년 후에 대학에 간다. 그러면 나 혼자 남게 된다. 이 기회는 공부할 수 있는 절호의 기회였다. 나는 이미 40대 중반이니 이번 기회를 놓치면 다시는 공부하지 못한다는 절박한 마음이 들었다.

결혼 후 20여 년 동안 나는 나를 남편보다 낮추기 위해 안간힘을 썼다. 내 꿈을 죽여가며 스스로를 작게 만들고 남편을 추켜세우기 위해 사력을 다했다. 마치 좁은 상자에 갇힌 아이가 온몸을 뒤틀며 우는 것처럼 자기학대의 비애 속에서 몸부림쳤다. 나는 잘 알고 있었다. 스스로의 비하나 축소가 나를 난쟁이 나무로 만들고 있음도 인정했다. 아픈 경험 때문인지는 몰라도 나는 관상용 난쟁이 나무를 싫어한다. 정원사의 손길에 따라서 자라나는 것을 멈추고 그 형상이 축소된, 인간의 손에 의해 조작된 그 나무의 아픔을 나도 느꼈다. 가끔 나는 본연의 삶을 살지 못하는 관상용 난쟁이 나무가 가엾고 측은해서 눈을 감아본다.

생각해보면 지금까지 나는 진정한 내 삶이 아닌 가식적인 삶을 살았다. 열심히 살고 싶은 마음은 나를 충동질했지만 스스로의 삶을 살아갈 방법도 몰랐고, 용기도 패기도 없었다. 게다가 나의 일상은 딸들과 남편, 그리고 잡다한 인연의 줄에 매여 있었다. 그처럼 하고 싶던 박사과정도 남편이 먼저 학위를 받기 전에는 내가 해서는 안 된다는 신념이 나를 작고 컴컴한 상자 속에 가두었다. 울며 발버둥 치고 일어서려는 욕구도 꾹꾹 눌러 버렸다. 아픔을 애써 외면하며 그저 주어진 현실 속에서 살기 위해 힘을 짜내었다.

하지만 나만 홀로 남게 되자, 내면의 나는 나를 끈질기게 부추겼다. '애라야, 일어나 이 기회를 잡아라. 기회는 항상 오는 것이 아니다. 기회를 놓치면 너는 평생 공부할 수 없을지도 모른다. 일어나 스스로 계발해라. 살고 싶은 삶을 살아라. 용기를 내 결단해라.' 계속 들려오는 절규는 움츠려 든 내 몸을 마구 흔들었다. 나는 생각하고 또 생각했다. '내가 살고 싶은 삶을 살지 못하면 한이 맺혀 죽어도 눈을 감지 못한다. 그렇게 할 수는 없다. 나답게 나 자신에게 떳떳하게 살고, 언제든지 죽음 앞에서 부끄러움 없이 편안한 마음으로 다이루었다라고 하며 미련 없이 이 세상을 떠나야해. 다 이루는 삶을 살아야 해. 내가 하고 싶고 할 능력이 있으니 후회하지 않도록 공부하자. 삶에 내가 책임을 져야 한다. 삶을 스스로 개척하며 살자. 이제도 늦지 않았다. 아직도 나는 40대 중반이니 새 삶을 개척할 수 있다. 이 절호의 기회를 잡아 새 삶을 시작하자.'

나는 신학교에 가기로 결정했다. 하지만 목사가 될 생각은 없었다. 신학을 택한 것은 하나님을 만나고 싶었기 때문이다. 하나님과 대판 싸움을 하고 싶었다. 내가 샌프란시스코에서 시작해 외롭고 지치고 힘든 미국 이민 생활 속에서 몸부림치며 늘 해답을 찾던 의문이 있었다. '하나님이 도대체 누구인가? 하나님은 무엇을 하는 존재인가? 교회에서 가르쳐준 하나님은 자비롭고 인자한 사랑의 하나님, 전지전능하며 불쌍한 사람을 도와주는 하나님이자 기도에 응답해 주는 좋은 하나님이었다. 넘어지면 일으켜주고 울면 눈물을 씻어 준다는 그 하나님이 왜 내 눈물은 안 씻어주나? 기도에 응답해 준다는 하나님이 왜 내 처절한 기도는 안 들어주나? 내가 무슨 큰 죄를 지었기에 이처럼 힘들게 살게 할까?' 하나님을 만나 따지며 싸우고 싶었다. 이런 뼈 속에 사무친 갈구가 결국 나를 신학교로 이끌었다.

나는 드류신학대학원^{Drew University Theological School}과 뉴욕신학교^{New York Theological Seminary}에 입학원서를 제출했고 인터뷰도 마쳤다. 두 학교에서 모두 입학허가가 났다. 드류는 미국연합감리교회^{United Methodist Church} 교단 소속의 신학대학원 중의 하나였고 익숙한 뉴저지에 있었다. 하지만 나는 드류에 갈 자신이 없고 두려웠다. 1961년 대학 졸업 후 20여 년 이상 한 번도 책을 만져본 적이 없었다. 영어도 딸리고 딸들 같은 젊은 백인들 틈에 끼어 공부할 자신이 없었다. 내 마음은 오히려 뉴욕 신학교 쪽으로 쏠렸다. 뉴욕신학교의 학생들은 대부분 직장이 있는 유색인종과 흑인들이었다. 야간에 공부하는 나이 든 학생들이 대다수였기에 경쟁이 덜 할 것 같았다. 왠지 뉴욕 신학교가 공부하기에 수월할 것 같이 느껴졌다. 학교 선정의 기로에서 고민하다 남편과 김해종 목사와 상의했다. 대학원 진학을 부정적으로 생각했던 남편도 두류대학을 추천했고, 결국 두류 신학교로 결정하게 되었다.

1982년 9월. 우리의 쥐구멍 같던 집에도 이제 밝은 햇살이 비치는 것 같았다. 고등학교 2학년 민선이와 나는 계속 좁은 공간에서 생활했지만 우리 삶은 전과는 완전히 달랐다. 나도 44세의 노장으로 대학원생이 되었다. 계속 밤일과 주말의 낮일을 하며 주 60시간을 근무했다. 첫 학기를 시작했다. 하루 3~4시간 밖에 잠을 못 잤지만 피로한 줄 모르고 일과 학업을 병행했다. 똥차를 몰고 고속도로를 달리며 입에 침이 마르도록 '감사합니다. 감사합니다'를 연발하며 대학을 오갔다. 첫 일년은 무엇을 배웠는지 모르겠다. 물론 영어 실력이 부족해서 강의를 완벽히 이해할 수는 없었다. 그러나 무엇보다 내가 일류 신학대학원에서 공부를 한다는 믿어지지 않는 현실이 집중력을 떨어트렸다. 몸은 강의실에 있었으나 마음은 창문 밖 교정을 거닐고 있었다.

나무들이 버티고 선 아름다운 교정을 둘러보았다. 새들이 나무 사이를 이리저리 날아다니며 소리를 냈다. 눈에서는 눈물이 마구 흘러내렸다. 남이 볼 새라 손등으로 눈물을 닦았다. 가슴은 감사와 기쁨으로 터질 것만 같았다. '여기가 어디라고 감히 내가 여기에 앉아있나?' 내가 지금 꿈을 꾸고 있는지 현실 속에 있는지 분간할 수 없었다. 눈물 젖은 눈을 돌려 주위를 둘러보았다. 현실이었다. 학생들로 채워진 강의실 안에는 나도 앉아 있었다. 거의 모든 학생들은 나보다 나이가 훨씬 어린 젊은이들이었다. 물론 대다수가 백인들이었고 간혹 유색인들도 섞여 있었다. 가장 나이가 많은 내가 젊은이들 틈에 앉아 있었다. 교수들도 대부분 나보다 어렸지만 나는 개의치 않았다.

새로운 학문을 배운다는 사실 자체가 감동적이었다. 눈물은 계속 흘러내려 뺨을 적셔 펼쳐놓은 책과 노트, 옷에 떨어지곤 했다. 터질 것 같은 희열에 숨이 막힌 듯 부풀어 올랐다. 미친 사람처럼 중얼중얼 '감사합니다, 감사합니다'를 연발하다 보면 수업이 끝이 나곤 했다. 등교와 하굣길에는 찬송가를 부르며 눈물을 흘렸다. '태산을 넘어 험곡에 가도 빛 가운데로 걸어가면', '내주여 뜻대로 행하시옵소서', '큰 근심 중에도 낙심케 마옵소서' 등의 찬송을 힘차게 부르며 눈물과 함께 가속 페달을 밟았다. 같은 찬송이었지만 답답하고 힘겨운 절망 속에서 몸부림치며 하소연하던 찬송과는 달랐다. 기쁨과 감사로 터져 나오는 찬송으로 내 기분은 하늘을 나는 것 같았다.

이후 나는 어린 시절의 공부 습관처럼 밤잠을 안 자고 공부했다. 밤일을 마치고 돌아와 새벽 3~4시까지 책을 읽었다. 새로운 지식을 받아들이고 깨닫는 재미가 말로 표현할 수 없이 달고 시원했다. 마치 말라비틀어졌던 식물들이 단비를 맞으며 싱싱하게 다시 일어서듯, 지식은 내 몸과 마음에 생기를 불어넣었다.

굶주렸던 사람처럼 나는 새 지식을 흡수했다. 허겁지겁 지식들을 머리에 쑤셔 넣었지만 오히려 머리가 상쾌하고 가벼워졌다. 머리에서는 오히려 더 달라고 요구했다. 막혔던 숨통이 터지고 시원한 공기를 뱃속 끝까지 들이마시는 것 같은 흥분 속에서 지냈다. 이름도 못 들어본 신학자들과 세계적인 철학자들인 헤겔, 키르케고르, 니체, 그리고 사회학, 심리학, 인류학 등을 배우는 기쁨에 살맛이 났다. 수치와 근심, 불안에 찌들었던 나는 책장을 넘기며 미친 사람처럼 '그래, 바로 이거야. 내가 이걸 지금까지 몰랐구나'라고 하며 1분 1초를 아껴가며 공부했다. 이제 어둡던 세상이 밝은 빛에 드러나는 느낌이었다. 모든 것이 달라 보였다. 마음은 감격과 감탄으로 벅차올랐다. 그제야 계몽enlightenment의 뜻을 알 것 같았다. 대학 졸업 후 20년이 넘도록 먹고살기에만 바빠 책한 권 읽지 못하고 살았던 날들이 떠올랐다. 지적 영양실조 상태에서 살던 우매함을 깨닫게 되었다.

책을 펼치면 책장을 덮기가 싫었다. 읽고 또 읽고, 먼동이 트는 것도 모르고 밤새도록 공부했다. 수면 부족으로 눈은 핏발이 섰지만 몸은 피로하지 않았다. 매일 일찍 일어나 아침과 점심을 준비해 민선이를 등교시키고, 나도 드류 대학으로 달려갔다. 3년 과정의 신학 석사를 4년에 마치기로 했다. 그리고 20년간 굶주렸던 배움의 갈증을 풀어 나갔다. 공부하는 것은 정말 재미가 있었다. 젊은 학생들 틈에 끼어 토의하고 배우는 것도 나를 젊게 만들어 주었다. 한편으로는 위화감을 느끼기도 했다. 내 나이답지 않게 되는 것 같았다. 생각도 행동도 중심을 잃은 종이처럼 가볍게 떠돌아다니는 느낌이었다. 아이들처럼 아무것도 개의치 않고 내 멋대로 하는 것 같은 기분이었다. 하지만 즐겁기만 한 날들이었다.

그러나 힘든 점도 있었다. 영어논문 쓰는 것은 쉽지 않았다. 나는 대학시절은 물론 평생 논문 한 번 써 본 적이 없던 늙은 학생이었다. 내 나름대로 잘 썼다고 생각하고 최종 교정을 형선이에게 맡기곤 했다. 논문을 돌려받은 가슴은 철커덩 내려앉았다. 온 페이퍼가 빨갛게 변해있었다. 형선이는 빨간 펜으로 문장들에 좍 좍 밑줄을 긋고 고쳐 썼다. 잔인한 코멘트로 원고지가 빈틈없이 꽉 찼다. 원고를 돌려받을 때마다 자존심이 상하고 몹시 아팠다. 두렵기도 하고 울고 싶고 화가 나기도 했다. 공부에 자신을 잃어가고 있었다. '이 정도의 실력으로 내가 공부를 해낼 수 있을까? 수재 소리 듣고 자란 내가 이 정도밖에 안된다니.' 부끄러움으로 맥이 풀렸다. 때로는 민선이에게 교정을 맡기기도 했다. 민선이는 언니와는 달리 빨간 펜 대신에 청색으로 문법 수정을 했고, 잔인한 비평도 없었다. 대신 내 표현이 석연치 않은 것은 나에게 물어 본 후에 말없이 고쳐 주었다. 원고 교정을 받으며 나는 두 딸들의 성격 차이를 알 수 있었다. 외적이고 과감하며 직설적인 형선이와 조용하고 행동으로 실천하는 민선이의 성격이 교정지에 드러나 있었다. 내가 낳아 기르고 가르쳤던 두 딸들이 이제는 엄마를 가르치는 선생들이 된 상황에서 나는 감격과 감사, 부끄러움을 동시에 느꼈다.

4년의 신학교 과정과 5년 동안의 박사과정에서 그들은 계속 나의 선생이자 에디터, 토론자로서 아이디어를 주며 도전하도록 격려하며 도와주었다. 나는 열심히 공부했다. 그리고 20년 이상 잊고 살았던 춤을 다시 추기 시작했다. 학교와 교단의 특별행사에서 예식과 해석무용Liturgical/Interpretive Dance을 했다. 어려서부터 나를 매료했던 춤은 다시금 나를 심오한 세계로 인도해 주었다. 이제 잠을 못 자고 공부하거나 일을 해도 피로하지 않았다. 시원한 기분에 들떠 지냈다.

나는 신학을 통해 하나님을 찾았으나 그 하나님은 내가 믿고 의지했던 하나님이 아니었다. 인도인 칼리안 데이[Kalyan Dey] 교수의 신약 해설 시간에 일어난 일이 있었다. 그의 강의는 나로 하여금 신의 존재와 역할을 의심케 했다. 토론을 하던 중 나는 데이 교수에게 '하나님이 어디 있나요?' 라고 물었다. 그는 웃으며 '아마 플로리다에 있겠지' 라고 대답했다. 나는 눈을 크게 뜨고 왜냐고 반문했다. '하나님은 휴가중이지요[1]' 라고 말하며 껄껄 웃었다. 나는 너무 놀랐다. 하나님이 휴가를 가다니? 믿을 수가 없었다. 하나님은 졸지도 않고 자지도 않고 항상 그의 자녀들을 지켜주고 돌본다고 교회에서 배웠다. 하지만 데이 교수의 답변은 하나님은 신중하지도 않고 책임을 이행치 않는 무책임한 존재로 느끼게 했다. 어리둥절해진 나는 "이 세상에 문제가 이렇게 많은데 하나님이 문제해결은 안하고 플로리다에서 무엇을 하나? 하나님은 우리를 돌보지도 않나요?"라며 또 다시 물었다. 데이 교수는 껄껄 웃으며 말했다. "우리는 모두 성인들이기에, 하나님은 우리 문제를 우리가 해결하도록 놓아두었습니다.[2]" 그 말을 듣자 하늘이 무

---

1 God must be taking a vacation there.
2 God lets us to take care of the problems. We are all grown-ups.

너지는 것 같았다. 지금까지 꼭 붙잡고 있던 지팡이가 양팔과 다리에서 떨어져 나간 것 같은 실망과 공포를 느꼈다. '아, 속았구나. 하나님은 없구나. 그래서 예수는 사랑을 강조했구나. 우리 인간들이 서로 사랑하며 하나님 역할을 서로에게 해야 하는구나. 울면 눈물 닦아주고 넘어지면 일으켜주는 하나님은 교회가 만들었구나. 우리가 서로 사랑하며 흐르는 눈물도 닦아주고, 어려운 자들도 도와주며 서로에게 힘이 되어 살아야 하는구나.' 쏟아지는 눈물을 닦으며 집으로 차를 몰았다.

민선이가 책상에 앉아 공부하며 나를 기다리고 있었다. 저녁 준비를 하며 계속 우는 내게 근심스러운 얼굴로 "엄마 왜 울어요? 무슨 일 있어요?"라며 다가왔고, 나는 민선이에게 울먹이며 말했다. "캐롤라인, 우리가 속았어요. 우리를 돌보는 하나님은 없어요. 우리를 돌보는 하나님은 교회가 만든 거짓말이에요. 우리는 모두 고아처럼 내 버려졌어요. 우리 스스로가 서로를 돌보아야 해요. 그래서 예수는 서로 사랑하라고 가르쳤어요."

말이 끝나기도 전에 또다시 울음보따리가 터졌다. 영문을 모르는 민선이는 "엄마 괜찮아요?"라며 등을 쓰다듬었다. 나는 콧물과 눈물로 범벅된 눈과 뺨을 손등으로 닦아 내렸다. 아마 일주일 이상을 울었던 것 같다. 밥을 하면서도 울고 운전을 하면서도 울고 그저 눈물이 줄줄 흘러내렸다. 오랫동안 의지했던 지팡이를 잃은 허탈감과 불안 때문이었을까, 아니면 놀라움과 허전함 때문이었을까. 혹은 배신감 때문이었을까. 결국 칼리안 데이^{Kalyan Dey} 교수는 나의 신앙생활에 획기적인 전환점을 만들어 주었다. 이후 나는 하나님에 대한 어린아이 같았던 맹신을 잃었다. 두렵기도 하고 홀가분하기도 했다. 한편으로는 냉소적이 되었지만 더욱 철저히 책임감과 자기 유지에 신경을 쓰며, 타인을 배려하는 일에 힘쓰기로 했다.

쥐구멍 생활 2년 만에 민선이도 엠우드팍 고등학교를 수석으로 졸업했다. 졸업생 대표로 졸업사를 낭독하고, 언니가 다니는 스미스대학에 입학했다. 사실 민선이는 육군사관학교^{West Point Military Academy}에 진학하기를 희망했지만, 남편과 내가 적극 반대했다. 여자가 무슨 육군사관학교를 가느냐며 언니가 다니는 스미스대학으로 가라고 했다. 우리 내외의 근시안적이고 보수적인 사고를 엿볼 수 있는 실수였다. 나는 지금도 민선이에게 미안한 마음을 금할 수 없다. 지금 같았으면 나는 적극적으로 후원했을 것이다. 하지만 지금 의사가 되어 보건위생에 이바지하니 그것으로 민선이에게 감사한다. 성인이 된 두 딸들이 모두 내 품을 떠나자 나도 짐을 꾸려 쥐구멍 같은 작은 집을 나왔다. 그리고 드루 교정에 있는 학생 숙소인 웬델 빌딩^{Wendel building} 3층의 작은 아파트로 들어가 학업에 전념했다. 주중에는 근처의 모리스타운병원^{Morristown Hospital}에서 오후 3시부터 11까지 일했다. 그리고 주말과 휴일에도 일하며 공부했다. 다행히 두 딸들은 장학금과 정부의 학생 융자를 받아 공부했기에 부담이 없었다.

마지막 학년에 나는 안수 여부를 결정해야 했다. 목사 안수를 받으려면 연합감리교단^{United Methodist Church}에 안수 신청서를 마감일자 전에 제출해야 했다. 나와 함께 졸업하는 학생들은 대부분 준비를 하고 있었다. 하지만 나는 목사가 되고 싶다는 생각이 들지 않았다. 모두들 '부름^{calling}'을 받았다고 했으나, 나는 목사가 되라는 하나님이 목소리를 못 들었다.

한참을 고심한 끝에 마음에도 없던 안수를 받기로 결정했다. 이유는 극히 현실적이었다. '신학교 정규과정을 다 마쳤는데, 왜 남들이 다 받는 안수를 내가 안 받을 이유가 뭘까. 똑같이 공부하고 남자들은 안수 받고 목사가 되어 어깨에 힘주며 존경을 받는데, 왜 나는 평신도로 남자 목사 아래서 일을 해야 하지? 나도 목사 안수를 받고 여자도 목사가 될 수 있다는 것을 보여 주어야겠다.' 그렇게 결정을 내리고 안수 신청을 했고, 박사과정을 입학허가도 받아 놓았다.

하루는 졸업준비를 위해 신학교에 들렀다가 휴게실에서 칼리안 데이 교수를 만났다. 그는 나보다 나이가 조금 아래였고 나와는 좋은 친구로 지내고 있었다. "어떻게 지내요?"라는 물음에 "잘 지내지요. 이제 나는 졸업하고 신학교를 떠나요. 당신은 하나님을 나에게서 떼어 버렸어요. 내가 믿고 의지하던 하나님을 잃어 버렸어요. 나를 보호하고 이끌어주던 하나님을 잃고, 내가 어디로 가는지, 무엇을 하는지도 모르고 세상으로 나가요. 스스로를 잃고 나는 학교를 떠나요"라며 허전한 심경을 토로했다. 칼리안은 "당신은 더 좋고 든든한 믿음을 갖게 될 것입니다"라며 웃으며 나를 위로했다. 그때는 그 말의 뜻을 이해하지 못했다. 하지만 세월이 흐른 지금에서야 알 것 같다.

1986년 5월 17일, 나는 48세에 드류신학교를 졸업하고 석사학위Master of Divinity를 받았고, 9월 학기부터 두류대학의 캐스펄스 대학원Drew University Caspers Gradiate School에서 박사과정을 시작하게 되었다. 6월 1일에는 연합감리교단의 북 뉴저지 연회Northern New Jersey Annual Conference[3]에서 뉴저지 연회 역사상 최초의 동양인 여자목사인 'Rev. Ai Ra Kim'이 되었다. 닐 아이온스 감독Bishop Neal R. Irons이 안수를 해주었다. 물론 내 원래 성씨인 'Kim'은 미국 교계에서만 적용되었으나, 나에게는 큰 의미가 있었다. 감개무량하고 가슴이 뻐근했다. 마치

---

3   이후, 남북이 통합되어 현재 대뉴저지연회Greater New Jersey Annual Conference로 개칭되었다.

죽었다 되살아난 듯 모든 게 새롭게 보였고, 해방감과 자유를 느꼈지만 동시에 미래가 불안하기도 했다.

나는 서울의 동국대학에서 교편을 잡은 남편에게는 내 본연의 성씨인 '김'으로 안수를 받고 '김애라 목사'로 사역할 것임을 알렸다. 그는 맹렬히 반대했다. 한동안 우리는 그 문제로 논쟁했으나 내 뜻을 꺾진 못했다.

나는 덴빌 연합감리교회Denville United Methodist Church의 청소년과 청년담당 부목사로 부임을 받게 되었다. 1986년 7월 1일, 부임 첫날 덴빌교회의 원로목사인 밥 멀로니Rev. Robert Maloney를 만나 인사를 나눴다. 덴빌교회는 내가 좋아하는 거목들이 우뚝 버티고 선 아름다운 백인 교회였다. 대부분의 교인들은 동양인과의 교제가 없었을 뿐만 아니라, 동양인 여자 목사를 보지 못했을 것이다. 그런 상황에서 내가 그 교회 역사상 최초의 여성 유색인 목사로 부임한 것이었다. 연합감리교단의 헌장에 따라 감독이 임명했기에 교인들은 나를 받아들였겠지만, 아마 착잡했을 것 같다. 어느 정도는 그들의 심정을 이해 할 것 같았다. 그래도 나는 성공적인 목회에 대한 책임감을 느꼈다. 특히 코리안아메리칸 여자 목사로서 실망시키지 않는 목회를 위해 최선을 다해보기로 했다. 멀로니 목사가 사무실로 돌아간 후, 나는 새로 단장한 아담한 사무실에 홀로 남겨졌다. 다시 마음이 분주해지기 시작했다.

이제껏 많은 목사들을 만났지만 막상 내가 목사가 되고 보니 목회를 어떻게 해야 할지 전혀 가늠할 수 없었다. 어디서부터 무엇을 시작해야 할지 막막했는데, 그렇다고 아무것도 하지 않을 수도 없었다. 청소년, 청년들을 담당하는 부목사로 임명을 받고 왔으니, 그들을 위해 일해야 하는 것은 분명했지만 무슨 일을 어떻게 해야 할지 막막했다.

마음이 점점 다급해졌다. 하는 일 없이 가만히 앉아 있는 것은 시간 낭비로 느껴졌다. 게다가 일도 하지 않고 교회가 주는 봉급을 받을 수는 없었다. 그것은 도둑질처럼 느껴졌다. 안절부절하며 책상 서랍 등을 열어보았지만 질서정연하게 비치된 학용품뿐이었다. 다급한 마음으로 일거리를 찾아 사무실을 드나들며 첫날을 보냈다. 기진맥진해진 나는 지는 해와 함께 아파트로 발걸음을 옮겼다. 교회를 빠져나오니 부담스럽던 마음이 조금은 가벼워졌다.

집에서도 계속 생각했다. 밤이 지새도록 곰곰이 생각하며 나름대로 계획을 세웠다. 교인 가정과 병원, 양로원 방문? 물론 내임무가 아니었다. 원목사의 분야였지만, 심방과 방문에는 자신이 있었고 흥미도 있었다. 하고 싶었다. 하지만 그 분야는 내 담당이 아니었을 뿐 만 아니라, 나는 청년 담당 목사로 임명되었기에 그들을 위한 목회를 해야 했다. 그러나 문화와 배경이 다른 백인 젊은이들, 특히 청소년들에 대한 문외한이었기 때문에 겁이 났다. 그들의 언어나 관습, 기호와 관심사를 전혀 몰랐고 그들을 만난다는 것 자체가 부담이었다. 일단 발령을 받고 부임했으니 프로그램을 위해 아이디어를 짜보았다. 견학, 생일파티, 낙엽 치우기, 차 청소, 기금 모금, 슈퍼볼에서의 핫도그 판매, 성경공부 등. 두서없이 떠오르는 생각들로 밤을 지새웠다.

다음날부터 작업에 들어갔다. 청년 목회의 시작으로 '우정 클럽'을 조직하기로 했다. 대부분이 젊은 신혼부부들이었다. 매월 친교와 토의 시간을 갖고, 때로는 단거리 여행을 하거나 문화행사를 개최했다. 또한 외식, 영화 감상 등의 사교 프로그램을 만들어 친목을 도모했다. 노동으로 교회를 돕는 일도 하기로 했다.

물론 나이 차이가 있었지만, 성인들이었기에 표면적인 거부반응이나 어색함은 생각보다 없었다. 반면에 청소년 프로그램은 큰 도전이었다. 동양인과의 접촉이 없었던 청소년들, 그리고 언어와 풍습, 세대의 간극을 극복하려는 시도는 상상을 초월한 고역이었다. 우선 서로를 알고 이해하는 것이 급선무였다. 불편함을 감수하고 나는 가정방문을 시작했다. 부모들과는 쉽게 친해질 수 있었으나 청소년들과는 생각보다 어려웠다. 하지만 놀이공원, 볼링장, 스케이트장 등으로 함께 다녔다. 생전 처음으로 볼링도 했다. 스케이트를 타다 넘어져 엉덩방아를 찧고 한동안 발을 절기도 했다. 손자 뻘인 미국인 청소년들과 게임을 하며 시간을 보내는 것은 피곤한 일이었다. 관심이 없는 일을 억지로 하다 보니 힘들었고 지루해서 시계만을 쳐다보며 빨리 끝나기를 고대했다. 가끔은 내가 목사가 아니라 청소년들과 놀아주는 베이비시터가 된 느낌이었다.

반면에 성인을 위한 대예배 인도는 좋았다. 가슴이 후련해지도록 설교를 토해내면 활력이 솟아났다. 교인들과 밀접한 접촉 없이 거리를 두고 청중들을 감동시키는 것은 나와 잘 맞았다. 그리고 교인들과 직접으로 인간적인 관계를 맺는 것도 좋았다. 목사와 평신도의 관계를 넘어, 인간적으로 신뢰와 우정을 증진시키는 가정방문과 병원, 양로원 심방도 내 체질에 잘 맞았다. 핵가족 문화권의 백인 교인들은 나의 방문과 기도에 감격했다. 작은 선물을 들고 병원이나 양로원을 방문해 환자들과 이야기하고 기도를 해주었다. 심방은 나에게도 퍽이나 위로가 되었고 평안을 선사해 주었다. 스스로를 되돌아보는 기회도 되었다. 하지만 교인들 사이에서 내가 인기가 높아지면 원목사의 감정을 상하게 할 수 있기에, 나는 조심하고 절제해야 했다. 설교와 예배 인도 그리고 심방이 원목사의 주된 사역이기에, 나는 항상 신경을 써야 했다. 심방을 통해 나는 미국인의 생활양식, 의식구조를 이해하게 되었다.

시간이 흐르면서 나는 적성에 맞는 설교와 예배 인도, 특히 심방을 제하고는 목회 전반에 흥미나 관심을 잃어가고 있었다. 오히려 시간과 정성을 학업에 더 쏟았다. 목회를 하면서 나는 심각하게 직업에 대해 다시 생각해 보았다. 교회 목회가 내 적성에 맞는 것인지, 내가 목회를 통해 남은 생을 보람 있게 살 수 있을지 신중한 결정을 내려야 할 순간이었다. 늦게나마 커리어를 개척한 나는 시간을 낭비할 여유가 없었다. '무엇을 해야 할까? 어떻게 해야 열정을 다해 생을 살 수 있을까?'

사실 나는 외톨이었다. 사람들 속에서는 쉽게 피로를 느끼고 혼자 있기를 좋아한다. 조용히 듣고 분석하며 묻기 전에는 의사표시를 하지 않는다. 대가족 속에서 자랐지만 항상 혼자 있기를 원했다. 어릴 때 엄마와 절에 가기를 좋아했듯, 나무가 우거지고 새들이 지저귀는 고요한 산속에 앉아 기도하고 명상하는 분위기를 좋아했다. 사람과의 관계 속에서 이루어질 수밖에 없는 목회는 어쩌면 나와는 맞지 않는 일이었을 것이다.

어떻게 보면 덴빌 목회는 그 전까지의 내 생활을 정리할 수 있는 기회였다. 목회를 계기로 나는 심각하게 삶과 결혼생활을 점검하기 시작했다. 오랜 세월 덮어 둔 휘장을 벗기고 결혼의 실체를 분석해 보았다. 아무리 고민해도 희망이 안 보였다. 나와 남편은 서로 공유할 수 있는 것이 없었다. 남편도 나도 무섭도록 강인한 의지와 투지를 갖고 있다는 것 이외에는. 하지만 그 의지나 힘을 쓰는 방식이 달랐다. 나는 현실에서의 가능성과 능력의 한도 내에서 노력하고 모험은 피한다. 하지만 남편은 자신의 결단과 뚝심으로 밀고 나간다. 그는 자주 나를 사랑한다고 말했고 나도 정성을 다해 그를 받들고 섬겼지만, 내가 남편을 정말로 사랑했는지 의문이었다. 나는 내가 배웠던 윤리와 도덕을 따라 헌신하며 살았다. 하지만 마음에서 솟구치는 애정은 못 느꼈다. 남들 보기에는 행복한 가정이었으나, 외로웠다. 삶의 보람을 전혀 느끼지 못했다. 겉으로 보기에는 이상적인 가정이었지만, 속이 빈 허수아비 같은 결혼생활이었다. '허울뿐인 이 결혼을 유지해야 하나? 아니면 이혼을 하고 새 삶을 시작해야 하나?' 내 삶을 결정짓는 실존적인 문제인 결혼과 목회를 껴안고 나는 심각하게 고민하기 시작했다.

남편과 함께 사는 장래를 열심히 그려보았지만, 여전히 희망이 보이지 않았다. 그동안은 살아가기에 정신이 없었지만 이제 딸들도 부모 곁을 떠났다. 더 늙어서 남편과 단둘이 남게 되면 어떻게 살까. 서로 나눌 수 있는 것이 없고, 기호나 관심, 흥미도 다른데 말이다. 딸들이 떠난 빈집에 남편과 둘이 남게 되면 나는 더 외롭고 허전할 것이 분명했다. 늙어서도 뼈가 빠지게 일하며 뒤치다꺼리만 하다 죽고 싶지는 않았다. 나도 떳떳하게 살고 싶은 삶을 미련 없이 살다 세상을 떠나고 싶었다. 하지만 나는 다시 스스로에게 물었다. '내가 너무 이기적인 걸까? 그는 선량한 사람이다. 그리고 딸들을 무척 사랑하는 좋은 아버지인데. 그리고 나를 사랑한다고 항상 말했는데.' 남편은 종종 어머니의 날에는 상을 받는 여자들의 기사를 보며 "당신은 열녀 상을 받아야 할 사람이야"라고 내게 말해주곤 했는데. 하지만 나는 정말 미련 없는 삶을 살고 싶었다. 그 순간이 언제든 간에 "다 이루었다"라며 평안히 갈 수 있는 삶을 살고 싶었다.

예수의 마지막 말인 '다 이루었다'는 내 삶을 뒤집어 놓았다. 신 옥스포드 주석 성경The New Oxford Annotated Bible의 'It is finished'가 내가 읽던 한글 성경에는 '다 이루었다'로 번역되어 있었다. 나는 이 짧은 한 구절에 막혀 한바탕 큰 씨름을 했다.

신학교 시절의 일이었다. 성경을 통독하기로 하고 매일 한글 성경을 한 장씩 읽던 중, 요한복음 19장 30절의 '다 이루었다' 라는 구절을 읽고 깜짝 놀랐다. 다 이루었다니? 무엇을 다 이루었다는 것일까. 나는 예수에게 반문했다. '내가 보기에 당신은 아무것도 못 이루었다. 집도 없이 떠돌아다녔지. 장가도 못 갔고 아내도 자식도 없고 고관대작도 아니었다. 아무것도 내어 놓을 것도 없는 떠돌이 목수의 아들. 거리를 떠돌아다니며 연설을 하며 사람들을 몰고 다녔는데 무엇을 다 이루었나?' 라며 소리를 지르며 덤벼들었다. 그러다 나는 스스로에게 물었다. '나는 죽을 때 무엇이라고 말할까? 나도 예수처럼 말하며 미련 없이 세상을 떠날 수 있을까?' 그렇게 묻는 순간 몸부림치며 울고 애걸하는 처절한 내 모습이 보였다. '하나님, 나는 아직 삶을 다 못 살았어요. 하루만 더 주세요. 한 달만 더. 일 년만 더 살게 해 주세요. 오늘까지 못다 산 삶, 이제부터 다 살고 미련 없이 이 세상을 떠나고 싶어요. 그날이 언제이든지 남들이 무엇이라 하든 비방이나 칭찬에 구애치 않고 떳떳하고 부끄러움 없이 스스로를 대할 수 있게.'

그 순간 나는 다짐했다. 나도 다 이루는 삶을 살고 떳떳하게 생을 마치기로. 성경이 말하는 다 이루는 삶의 정확한 의미는 알 수 없지만, 나는 '후회나 미련 없이 스스로의 삶을 자신이 뜻하는 대로 열심히 사는 삶' 으로 받아들였다. 남들이 뭐라 하든 스스로에게 떳떳한, 부끄러움 없이 얼굴을 바로 들고 자신 앞에 설 수 있는 삶. 후회나 원망이 없는 삶. 한이나 미련에서 해방된 삶. 스스로 책임을 지고 심혈을 바쳐 사는 삶. 예수의 '다 이루었다'는 한 마디는 이후 내 삶의 이정표가 되었다.

나는 이혼을 더 심각하게 고민했다. 내 결혼생활이 처음부터 만족스럽지 않았다는 것을 스스로 잘 알고 있었다. 나는 원하지 않는 결혼생활을 25년 이상 유지해 왔다. 시작부터 나는 혼사에 무책임하고 소극적이었다. 삶의 가장 중요한 결정을 회피하고 엄마와 아버지, 남편과 명희 등 주변 사람들에게 결정을 맡겼다. 그들의 각본에 따라 끌려다녔다. 엄마가 좋다고 하니 그대로 따랐고, 아버지는 반대하다 결국 묵인했다. 나는 친구인 김명희를 믿었다. 그리고 결국 내 결혼의 결정권을 포기해 버렸다. 내 결정권을 주변 사람들에게 양도했던 것이다. 나는 자신의 책임을 회피한 비겁한 인간이었다. 분명히 나는 미숙했을 뿐만 아니라 생의 가장 중대한 결정을 거부한 비열한 인간이었다. 솔직히 나는 결혼의 중요성을 깨닫고 있지도 못했지만, 결혼을 하면 엄마와 아버지처럼 나도 남편과 다정하고 행복하게 잘 살 것으로 믿었다. 하지만 결혼생활은 내게 행복을 안겨주지 않았다. 나는 실망했고 능력을 펼치지도 못한 채 꿈을 접어야만 했다. 나는 오직 살기 위해 안간힘을 쓰며 밑바닥에서 허덕였다. 아버지는 '애라야, 너는 결혼하지 말고 독신으로 훌륭하게 살아라. 여자는 결혼하면 남편 아래서 아이를 기르고 살림에 파묻혀 자기 재능을 펼치지 못한다. 네 삶을 살지 못한다' 라고 했지만, 결혼을 한 나는 아버지의 말처럼 나는 결혼과 함께 왜소해졌다.

꿈을 포기해버려 스스로를 초라한 패배자로 만든 내가 밉고 보기 싫었다. 아버지를 바로 볼 수 없었다. 항상 나를 격려하고 큰 꿈과 자신감을 심어준 아버지의 기대를 저버린 죄인이 되었기 때문이다. 이제 딸들도 다 컸으니 나를 묶어 두었던 허울뿐인 결혼의 사슬을 벗어던지고 자유롭고 싶었다. 나 자신의 삶에 갱생의 기회를 주고 싶었다. 나는 낭만적이고 정열적인 여인이었다. 내가 진정으로 사랑하는 사람과 함께 내 정열을 불태우며 살고 싶었다.

이제 또다른 기회를 내게 주고 싶었다. 나를 사랑하고 편안케 하고 삶을 풍성하게 해줄 수 있는 사람, 내가 열과 혼을 다 바쳐 죽도록 사랑하고 존경할 수 있는 사람을 만나서 후회 없이 삶을 살아보고 싶었다. 하지만 윤리적인 면에서나 도덕적인 관념에서 이혼을 생각해 본 적도 없었다. 남편과 딸들에게 수치와 아픔을 주어서는 안 된다고만 생각했다. 특히 목사가 되었으니 내가 이혼하면 보수적인 한인 교포 사회, 특히 교계에 격렬한 파문을 만들 것이 분명했다. 나는 심한 비난을 면치 못할 것이고 삶의 터전인 한인 교계에서 소외될 것이다. 그 모든 어려움을 감수할 용기가 내게 있는 걸까.

고민 속에서 나 자신과 싸우며 생각에 생각을 거듭하다 드디어 마음을 결정했다. 이혼을 결심하고는 변호사를 찾아가 상황을 이야기 하고 이혼수속을 시작했다. 나는 단 한 가지만을 요구했다. 내 본래 성씨인 'Kim'의 법적 회복이었다. 변호사는 보상금을 청구하라고 했지만 나는 성을 되찾는 것 이외에는 아무것도 원치 않는다고 했다. 변호사는 나를 빤히 쳐다보며 이혼 보상금 청구의 중요성을 강조했다. "당신은 보상금을 받을 권리가 있습니다. 당신은 남편과 25년 이상 살았기 때문에 이혼 보상금을 받을 권한이 있어요. 보상금을 청구하세요"라며 나를 종용했다. 하지만 나는 강경하게 말했다. "아니요, 나는 보상금을 요구하지 않아요. 남편은 돈이 없어요. 나에게 보상금을 지불할 수 없어요." 하지만 변호사는 계속 나를 설득시키려 했다. "법적으로 당신은 보상금을 받을 권리가 있으니 요구하세요. 남편은 당신에게 보상금을 지불해야 합니다." 나는 변호사가 너무 답답했고 울화통이 터져 벌떡 일어나 소리쳤다. "아니요! 나는 보상금청구를 안 합니다. 나는 그 사람의 경제적 상황을 잘 알아요. 그 사람은 돈이 없어요. 나에게 보상금을 지불할 수 없다고요! 그 사람의 사정을 뻔히 알면서 과중한 부담을 주어야 하나요? 왜 필요 이상으로 괴롭혀야 하지요? 이제 그 사람도 나도 자유롭고 홀가분하게 각자 새 출발을 해야 합니다. 나는 보상금 청구를 안 합니다. 다만 공정하고 깨끗한 이혼만을 원해요."

변호사는 납득할 수 없다는 표정으로 어깨를 으쓱하며 문서를 작성했다. 내 경우 이혼은 간단하다며 8개월의 별거 후 자동적으로 이혼이 된다고 했다. 이미 6~7년간 남편이 한국에 주로 거주하며 우리 부부는 사실상의 별거를 해왔지만, 8개월을 더 기다리기로 했다. 변호사는 한국의 남편에게 문서를 발송한다고 했다. 사무실을 나오는 내 마음은 착잡했다. 이혼이 이처럼 쉽게 이루어지는 것이 납득이 잘 안 갔다. 서글프기도 했고 한편으로는 남편이 불쌍하다는 생각도 들었다. 딸들에게 미안했다.

허전한 마음을 안고 집에 돌아와 딸들에게 전화했다. 이혼에 대해 이야기했다. 형선이는 담담히 받아들였으나 민선이는 충격을 받은 것 같았다. "나는 엄마와 아빠가 이혼을 하리라고는 상상도 못했어요. 나는 항상 우리 집이 세상에서 가장 행복한 가정이라고 생각했어요." 나는 딸들에게 강경하게 말했다. "엄마는 아빠하고 못 살지만 너희는 계속 아빠와 밀접한 관계를 맺어야 해. 아빠는 너희들에게 영원히 아빠다. 아빠가 너희들을 얼마나 사랑하는지 잘 알지? 너희 아빠는 참 좋은 아빠야. 항상 아빠를 잘 섬겨요. 아빠는 너희들의 사랑과 지원이 필요해. 만약에 아빠를 너희들이 소홀하게 대한다면 나는 너희들을 다시는 보지 않을 거야"라고 거듭 강조하며 딸들에게 남편을 부탁했다. 두 딸들은 "엄마, 염려마세요. 몸 잘 간수하세요"라며 오히려 나를 위로했다. 눈에서는 눈물이 고여 넘쳤다.

남편에게도 편지로 이혼을 진행할 것임을 알렸다. 남편은 편지로 나를 달래기도 하고 위협도 했지만 나는 요지부동했다. 그는 다시 소송을 하겠다고 했으나 결국 포기했다. 대신 아이온스 감독과 교단의 지도자급 목사들에게 나를 비난하는 편지를 보냈다. 하지만 교계는 오히려 나를 감싸주었다.

덴빌교회의 목회도 2년째로 접어들었다. 1987년 8월, 4년에 한 번씩 열리는 연합감리교 여성목사집회United Methodist Clergy Women's Convocation가 뉴저지에서 열렸다. 미국 각지와 외국에서 수 천 명의 연합감리교단 여자목사들이 참석했다. 처음 참석하는 대 집회였다. 회의장에 머물던 나는 8월 9일 아침, 말없이 차를 몰아 모리스타운 법정으로 달렸다. 변호사와 함께 법정으로 들어갔다. 2~3명의 사람이 의자에 앉아 있었다. 변호사의 도움을 받아 법관의 질문에 대답했다. 무슨 질문이었는지 뭐라고 대답했는지는 전혀 기억에 없다. 그렇게 이혼이 판결되었다. 너무 쉽고 신속하게 모든 것이 끝이 나버려 어리둥절했다. 변호사에게 고맙다는 인사를 하고 다시 차를 대회장으로 몰았다.

연합감리교단 최초의 여성 감독인 리온틴 켈리 감독^{Bishop Leontyne Kelley}이 수많은 여성 목사들에게 연설하고 있었다. 맨 뒷좌석에 조용히 앉아 연설을 듣자 가슴이 벅차올랐다. '나도 할 말이 있어!' 내 안에서 절규하는 소리를 억제하기가 힘들었다. 감독의 연설이 끝나자 나는 손을 들고 "저도 할 말이 있습니다!"라고 말하며 앞으로 나갔다. 감독은 나를 강단으로 인도했고, 나는 식순에도 없는 즉흥 연설을 열띠게 했다. 환호를 받으며 몸이 하늘에 붕 떠있는 것 같은 현기증을 느꼈다. 하지만 무슨 말을 했는지 전혀 기억에 없다. 아침에 있었던 이혼 판결이 나를 흥분시켜 자제력을 잃었던 것 같다. 감독이나 청중들은 이혼 사실을 알지 못했을 것이다. 시간이 지나고 다시 이성을 되찾자 내 행동이 부끄럽게 느껴졌다.

3박 4일의 대회가 끝나고 집으로 돌아왔다. 수화기를 들어 로스앤젤레스에 사는 엄마에게 이혼 소식을 알렸다. "엄마, 애라에요. 나 이혼했어요." 조용했다. "엄마! 나 이혼했어요." 잠시 후 엄마가 입을 열었다. "잘 했다, 애라야. 네가 말은 안 해도 행복하지 않다는 것을 알고 있었다. 내가 결혼을 억지로 성사시켜서 오늘날까지 너를 볼 면목이 없었다. 네게 빚진 죄인이었어. 발을 뻗고 잠을 잘 수 없었단다. 애라야, 잘 했다. 이제야 나도 발 뻗고 잘 수 있겠다." 엄마는 우는 것 같았다.

딸들에게도 이혼 소식을 알렸다. 마음이 상했겠지만 딸들은 묵묵히 받아들이고 나를 격려했다. 이혼은 쉽게 끝났다. 하지만 모두가 후유증에 시달렸다. 아빠는 자주 딸들을 방문해 재결합을 하고 싶다고 이야기했다. 딸들은 학업에 대한 집중력이 흐려졌다. 형선이는 박사과정 1년을 끝내고 고통으로부터의 도피를 위해 해외로 떠났다. 시바가이기$^{Ciba\ Giggy}$사의 장학금을 받고는 2년간 스위스 바젤의 본사 연구원으로 일하러 간 것이다. 나는 두려움과 죄책감이 들기 시작했다. "한 번 학교를 떠나면 다시는 돌아갈 수 없다. 공부는 중단해서는 안 된다. 반드시 끝마쳐야 한다"라는 말을 아버지로부터 귀가 닳도록 들어왔기 때문이다. 형선이가 학업을 중단할지 모른다는 우려에 학교로 돌아가라고 독촉했다. 그럴 때면 형선이는 발끈 화를 내며 소리를 질렀다. 형선이가 학위를 포기하고 내 기대를 꺾으려는 것만 같았다. 수화기를 놓는 순간 울며 기도했다. 내 죄를 용서하고 형선이가 박사과정을 마치게 해달라고. 말이 없는 민선이도 헤매는 것 같았다. 어려서부터 의사가 되어 백혈병에 걸린 어린이들을 치료하겠다던 꿈은 사라져 버렸다. 민선이는 전공을 의학에서 인류학으로 바꿨다. 게다가 공부에 집중하지 않아 성적이 떨어졌다. 스미스 칼리지 졸업후에도 임시직으로 일하며 방황했다. 그런 행동이 부모의 이혼에서 받은 충격과 혼동, 분노와 아픔에 대한 반항으로 보였다. 내 가슴은 찢어질 듯 아팠다. 설상가상으로 나는 학계와 교계의 중견지도자인 A. J. D. A.와 연정을 나누는 관계가 되었다. 나의 연인은 세 딸의 아버지로 가정을 가진 기혼자였다. 그로 인해 양심에가책을 많이 느꼈고 괴로웠다. 하지만 생전에 처음으로 삶의 충만감과 기쁨을 느꼈음을 부인할 수 없다. 간혹 새로운 희망이 솟구치고도 했으깐.

하지만 그로 인해 점점 딸들을 대하기가 부끄럽고 미안해졌다. 민선이의 방황은 내 죄책감을 더욱 무자비하게 내리쳤다. 잠시지만 딸들을 소홀히 했던 내 실책이 딸들의 생을 망치는 것 같았다. 고뇌와 죄책감에 쌓여 울며 기도했다. 뜬눈으로 매일 밤을 지새웠다. 떨리는 가슴으로 민선이에게 전화를 걸었다. 그리고 차를 몰고 보스턴으로 달려갔다. '뭐라고 말해야 할까? 내 말을 듣지도 않고 멋대로 나가면 어떻게 하지?' 두렵고 미안한 심정으로 민선이를 만났다.

나는 함께 짧은 여행을 하며 쉬다 오자고 제안했다. 민선이는 이상하리만큼 쾌히 승낙했다. 메인Main 주의 케네벙크 해변Kennebunkport 에 가기로 했다. 설레고 긴장되기도 했다. 민선이가 다시 돌아와 야 할 텐데. 두서없이 이 생각 저 생각을 하며 운전하는 딸의 옆 좌석에 앉아 조용하고 아름다운 케네벙크 해변을 돌았다. 넘실거 리는 물결을 타고 풍겨오는 바다의 비린내, 꽥꽥거리며 흰 구름 위를 기러기가 날고 있었다. 맑은 공기를 마시며 자연의 품에서 드라이브를 하니 마음이 편안해졌다. 하룻밤을 함께 호텔에 묵으 며 많은 이야기를 나누었다. 걱정과는 달리 민선이는 괜찮아 보 였다. 불안하던 마음이 조금은 가라앉았다. 방황하는 것 같았던 민선이도 미래를 나름대로 준비하고 있었다. 감사하고 안심이 되 었으나 안쓰러웠다. 우리는 서로를 위로하고 격려했다. 그간의 얽혔던 혼동이 다소 풀어지는 것 같았다. 딸들을 하나님께 맡기 고 감사와 축복의 기도를 되풀이하며 집으로 향했다. 안도, 서글 픔, 감사 등의 엇갈린 감정과 함께 눈에는 안개가 서렸다.

이혼을 하자 매사에 불안했다. 항상 혼자 일처리를 하며 살아 왔음에도 자신이 없었다. 이혼을 한 것이 옳은지 그른지 분간할 수 없었다. 갑작스레 고독이 스며들었고 죄의식은 끈질기게 뼈를 파고들었다. 아픔과 외로움을 혼자 견디기가 힘에 벅찼다. 어떻 게 살아야 할지 갈피를 잡을 수 없었다. 혼돈 속에서 나는 형선이에게 전화를 걸어 아빠와 재결합하고 싶다고 했다. 그러자 형선이가 말했다. "엄마, 엄마가 약할 때에는 어떤 결정도 하지 마세요. 지금의 엄마는 너무도 약해요. 시간을 가지세요. 엄마가 건강해진 다음에 무슨 결정이든 하세요." 그렇게 우리 세 모녀는 서로를 격려하며 이혼의 아픔과 좌절, 방황의 어려움을 헤쳐 나갔다.

이미 50을 넘긴 나는 박사학위를 하루빨리 마치기로 결심했다. 더 이상 전임 목회와 파트타임 공부로 학위과정을 지연시킬 수 없었다. 나에게는 학위과정을 질질 끌고 갈 시간의 여유가 없었다. 학위를 끝내기 위해 아이온스 감독의 허락을 받아 2년간의 덴빌목회를 마치고 다시 드류대학으로 돌아갔다.

나는 나무가 우거진 숲속에 있는 아담한 타운하우스의 학생 감독student super-intendent이라는 직책을 얻게 되었다. 덕분에 집세 면제 혜택을 받았고 학비보조 장학금을 받아 공부에 몰두할 수 있었다. 주말과 휴일에는 근처의 모리스타운 병원Morristown Hospital에서 일했다. 그리고 처음으로 뉴욕타임스를 구독 신청을 했다. 신문을 받은 첫날 아침, 호기심에 들떠 신문을 펼치는 순간 전신은 환희와 경악에 떨고 있었다. 큼직한 기사의 제목들과 사진들에 매료되었다. 눈이 활짝 열리고 깜깜했던 세상이 밝게 드러났다. 눈에서는 감격의 눈물이 말없이 줄줄 흘러내렸다. 단숨에 기사들을 읽어 내려갔다. 그런데 이상하게 들뜨고 흥분된 마음과는 달리 머리에서는 아무런 반응 없었다. 기사의 내용을 이해할 수 없었다. 답답했다. 읽고 또 읽어도 왜 이해가 안 되었다.

　나는 지난 50여 년 동안 나는 신문이나 뉴스, 방송을 보지 않았다. 시사상식은 물론 세계정세에도 문외한이었다. 과거를 모르기에 과거와 현재의 연관 속에서 이루어지는 신문 기사의 흐름이 파악이 안 되었던 것이다. 엄마가 주부생활이나 오락 위주의 잡지 등을 뒤적였던 것처럼, 나도 간혹 엄마가 보던 잡지를 읽었던 것이 전부였다. 반면에 아버지는 신문과 방송에 민감했고 오락이나 흥미 위주의 잡지는 쳐다보지도 않았다. 따라서 나는 신문이나 방송, 뉴스는 남자들만을 위한 것이라고 생각하며 자랐다. 이민 생활을 하며 고된 일에 시달리며 살아왔기에 신문 구독은 시간 낭비라고 생각했다. 새장에 갇힌 다람쥐가 쳇바퀴 돌듯, 세상을 등지고 생계에만 몰두하며 열심히 살아왔다. 그 결과 나는 우물 안 개구리가 되어 버렸다. 바깥세상이 어떻게 돌아가는지 전혀 모른 채 나만의 좁은 공간에서 미친 듯이 일만 하며 살아왔던 것이다. 나의 살아온 과거를 되돌아보며 한심스럽기도 하고 내가 가엾기도 했지만, 더 늦기 전에 좁고 어둡던 동굴에서 나온 기쁨도 느꼈다.

이후 대학원 수업을 통해 얻는 학문과 신문, 방송 등 매체를 통해 흡수한 상식들은 삶의 폭을 넓혀주었다. 뉴욕타임스를 읽으며 당황했던 경험은 내게 중요한 습관을 가져다주었다. 그날 이후 나는 뉴욕타임스와 아침 TV 뉴스로 하루를 시작하고, 저녁 6시 뉴스 시청으로 하루를 마감한다. 이 새로운 일과는 30여 년이 지난 지금까지도 이어지고 있다.

또한 염려와는 반대로 형선이는 스위스에서 돌아와 프린스턴 대학에서 중단했던 박사과정을 계속했다. 민선이도 장학금을 받아 하버드 대학 신학대학원에서 신학 석사과정을 시작했다. 오랜만에 우리 모녀는 모두가 정상궤도에 올라 힘차게 삶을 꾸려갔다. 늦은 학생인 엄마와 젊은 학생인 두 딸들이 함께 새로운 지식을 교환했다. 토의하고 논쟁하며 서로를 도와주었다. 엄마도 딸들도 모두 희망에 가득 찼고 삶에 서광이 비쳤다. 열심히 각자의 삶에 정진했다.

물론 딸들은 계속 내 논문들을 교정해 주었다. 우리의 모녀의 관계는 어느새 엄마와 딸의 관계를 넘어 학구적 동료가 되어가고 있었다. 각자 삶과 공부에 충실하다 보니 삶에 다시 활기가 돌았다. 1991년 10월 25일, 나도 53세의 장년으로 드류 대학에서 그처럼 갈망하던 철학박사 학위를 종교사회학Sociology of Religion 으로 받았다. 딸들의 격려와 지원이 컸다. 특히 형선이는 학위논문을 수정했고, 논문 심사와 방어 현장에서는 두 딸들이 열정적으로 엄마를 방어해 주었다. 또한 민선이는 얼어붙은 나를 대신해 교수들에게 반박을 해가며 나의 논리를 방어했다. 딸들의 도움 덕에 무난히 논문이 통과되었다.

언젠가 집회에서 누군가의 질문이 생각난다. "이미 목사님이 되셨는데 왜 그렇게 어렵다는 박사과정을 하세요?" 나는 서슴없이 대답했다. "항상 하고 싶었어요. 박사학위를 받지 못하면 한이 맺혀 죽을 때 내가 눈을 감을 수가 없어요. 눈 감고 편안히 죽기 위해 나는 반듯이 박사학위를 받아야 해요."

졸업식장의 졸업생 대표로 축도를 하는 내 마음은 슬펐다. 나의 박사학위를 세상에서 가장 기뻐할 사람, 맨 앞좌석에 앉아 말없이 웃으며 흐뭇해할 사람, 나를 가장 사랑하고 오늘의 나를 만들어 준 아버지가 자리에 없었다. 고등학교 졸업식에서 말없이 웃음 짓던 아버지가 떠올랐다. 나는 눈물을 삼키며 마음으로 속삭였다. '아버지 기쁘시지요? 마음껏 기뻐하세요. 아버지 자랑스럽지요? 마음껏 자랑하세요. 아버지를 실망시키고 아버지를 마음 아프게 한 죄를 용서해주시지요? 아버지 고맙습니다. 아버지의 사랑이 오늘의 나를 만들었어요. 영원한 안식과 평안을 누리세요.' 눈물로 얼룩진 눈앞에 말없이 웃는 아버지의 얼굴이 마주 섰다.

이미 오래전, 1979년 12월 14일에 아버지는 돌아올 수 없는 하늘로 떠나셨다. 하늘에서 내려다보시며 기뻐하시리라 믿으며 스스로를 위로했지만, 그리움이 온몸을 휘감았다. 너무 보고 싶었다. 엄마는 졸업식에는 참석을 못 했지만, 논문 통과 과정에 참석하여 교수들과 첨석자들을 식당에 초대하고 대접했다.

9년 동안 정들었던 드류 대학을 떠날 생각을 하자 서운함과 아쉬움, 허전함과 고마움이 교차했다. 드류는 나의 눈과 귀를 열어 주어 넓고 큰 세상을 보여 주었다. 이제 나의 삶은 풍성했던 한국에서의 어린 시절, 실망과 수치심 속에서의 미국과 한국을 넘나들며 허우적거렸던 혼란기, 고달프고 힘들었지만 나름의 성공을 거둔 이민생활을 지나 새로운 인생 항로로 향해가고 있었다.

아이온스 감독의 임명으로 또다시 나는 스토니포인트 제일연합감리교회StonyPoint First United Methodist Church의 단임 목사로 취임했다. 스토니 포인트 교회는 나무들이 울창하고 맑은 물이 흐르는, 뉴욕시의 북쪽 조용한 산간지역에 자리 잡고 있다. 첫인상은 어린 시절의 강계를 연상케 했다. 마음이 가라앉고 편안해졌다. 하지만 시간이 지나자 약간 갑갑한 느낌이 들었고 나중에는 무섭기까지 했다. 나무를 제외하고는 교회와 목사관 주위에 아무것도 없었기 때문이다. 하루 종일 있어도 사람 구경하기가 힘들었다. 인가도 떨어져 있었을뿐더러 갈 곳도 없었다. 교인들도 교회에서 떨어져 살고 있었다. 물론 가정방문을 하고 교회 일로 간혹 만나지만 나와는 통하는 것이 거의 없는, 소박하고 강직한 보수적인 사람들이었다. 교회 업무를 제외하고는 공통된 관심이나 취미, 기호나 문화가 없었다. 갑갑하고 외로웠다. 날이 갈수록 나와 함께 대화를 나눌 수 있는 사람이 더욱 그리워졌다. 더 나아가 내가 좋아하는 나무들마저 외톨이로 사는 나를 압박하기 시작했다. 처음으로 나는 나무로부터 위압감을 느꼈다. 답답함과 외로움은 날이 갈수록 커져 나를 괴롭혔다. 밤에는 무서워 잠을 잘 수가 없었다. 때로는 한 시간 이상 운전해 친구 집에 가서 자고 아침에 돌아오기도 했다. 하루하루 지내기가 힘들었고 우울증에 걸릴까 걱정이 되기도 했다. 무엇보다 그처럼 힘들게 공부해서 얻은 지식을 활용할 수 없었다. 가르치고 싶은 욕망을 채울 수가 없었다.

나는 여성들에게 자신감을 불러 넣어 주고 스스로의 삶을 살도록 일깨워주고 싶었다. 특히 신학교에서 가르치면서 교회의 앵무새가 아닌, 사리판단이 분명하고 건실한 목회자들을 길러내어 건전한 평신도 육성에 종사하고 싶었다. 나는 예전부터 목회를 인재개발에 중점을 둔 교육사업의 하나로 생각해왔다. 올바른 지도자 육성으로 인재를 길러내면 바른 가정과 사회를 이룰 수 있다는 굳은 신념을 갖고 살아왔다. 그래서 나는 신학교 교수직을 찾기 시작했다.

　미국의 교육계, 신학교육계를 모르는 내가 교수직을 찾는 것은 큰 도전이었다. 나는 교육기관에서 가르친 경험이나 인맥도 없었기 때문이다. 가르치고 싶다는 마음을 제외하고는 어디서부터, 어떻게 시작을 해야 하는지 알 수 없었다. 은퇴에 가까운 나이에 교수직을 찾아 새 출발을 하려는 현실에 대한 역행과 동양 여자라는 점이 약점으로 작용할 것 같았다. 가진 것은 없었지만 용기를 내어 찾아보았다. 우선 내가 속한 연합감리교단의 13개 신학교들을 찾아 내 소개와 함께 종교사회학분야의 교수직을 찾는 편지를 보냈다. 또한 고등 교육부 신문The Chronicleof the Higher Education의 교수직 광고란을 찾아 지원서를 보냈다. 수없이 많은 지원서를 보냈지만 아무런 반응이 없었다. 실망으로 의기소침해졌다. 목회에 대한 흥미나 관심도 줄어들게 되었다. 우울한 마음으로 앞날을 구상하던 어느 날, 상상도 못한 일이 일어났다. 캘리포니아의 버클리에 위치한 퍼시픽 스쿨 오브 릴리젼Pacific School of Religion(PSR)의 사라 리틀Sarah Little 학장이 2년 계약의 종교사회학 교수직을 제시한 것이었다. 어떻게 사라 학장이 나를 알았는지는 알 수 없었다. 그때까지 나는 그 학교의 존재를 몰랐다. 기쁨과 놀라움에 PSR이란 학교에 대해 알아보았다. PSR은 진보적이고 좋은 학교로 알려져 있었다. 감사하는 마음으로 제안을 받아들였다.

목사로 부임한지 1년 만에 교회를 떠나 미안했다. 하지만 평생 염원했던 교수직의 기회를 단념할 수 없었다. 이제 50대 중반이니 이 기회를 놓치면 영영 대학에서 가르칠 수 없을지도 모르는 일이었다. 교수로 임명을 받고 준비를 하던 중, 로스앤젤레스에 사는 동생 애란이로부터 엄마의 사망(1992년 4월 13일) 소식을 알리는 전화를 받았다. 일주일 전 병원에서 엄마를 보고 돌아와 받은 비보였다. 임종을 못 지킨 아쉬움은 있었으나 세상을 떠나기 전 뵙고 온 것으로 달래며 장례예배 준비에 들어갔다. 엄마의 유언에 따라 장례식을 내가 집도하게 되었다. 엄마의 담대한 결정이었다. '여자 목사가 장례식을 집도해? 어떻게 여자가 목사가 될 수 있어?' 라고 수군거리던 보수적인 한인교회 풍토에서 여자인 나를 택한 엄마의 대담함에 가슴이 뭉클해졌다.

1990년대 한인 교인들에게는 여자 목사에 대한 거부반응이 강했다. 내 형제들도 예외가 아니었다. 여자 목사를 경시하는 분위기에서 엄마가 당신의 장례를 나에게 맡긴 대담한 결정에 존경과 감사의 마음뿐이다. 장례예배에는 엄마가 다니던 나성영락교회의 교인들과 문상객이 많이 참여했다. 여자 목사의 집전을 신기하게 지켜보는 가운데 나는 정중히 장례식을 인도했다. 엄마는 글렌데일에 있는 포레스트 론 할리우드Forest Lawn Holywood에 안장되었다.

장례가 끝나고 나는 다시 스토니포인트 교회로 돌아왔다. 목회를 마무리 지으며 교수 생활을 하기 위한 준비에 들어갔다. 하지만 내가 다시 샌프란시스코로 돌아가리라고는 상상도 못했다. 샌프란시스코는 내게 실망과 견딜 수 없는 아픔을 안겨 준 곳이었기 때문이다. 샌프란시스코는 내 생에서 영원히 지우고 싶던 지옥이었다. 온몸을 갉아먹던 아픔, 헤어 날 수 없는 음산함을 겪게 해준 곳이 바로 샌프란시스코였다. 1966년 5월에 한국으로 귀국할 때 나는 다시는 샌프란시스코에 오지 않겠다고 맹세했었다. 하지만 30년 후, 나는 그 지긋지긋했던 그곳으로 다시 돌아가고 있었다. 은은한 서광 속에 착잡한 심경이 나를 감쌌다.

샌프란시스코의 골든게이트 다리Golden Gate Bridge가 내려다보이는 버클리 언덕Berkeley Hills 위에 세워진 PSR은 아름다운 학교였다. 가지고 온 책들로 나는 교수실을 단장했다. 창밖의 나무들을 쳐다보니 마음도 차분해졌다. 친절한 동료 교수들, 생기발랄한 학생들 등 대다수가 여성들이었다. 말로만 듣고 책을 통해 배웠던 레즈

비언 학생들과 교수들, 직원들과의 접촉은 시야를 넓혀 주었다. 모두가 새롭고 신기했다.

그 옛날 내가 실망과 고독, 살과 뼈를 깎는 아픔 속에서 인간 이하의 비굴하고 힘겨운 삶을 살며 발버둥 치던 샌프란시스코가 이제는 기쁨을 안겨 주고 있었다. 지난날의 아픔과 수치가 씻겨 내려가는 것 같았다. 오랫동안 잃었던 나를 다시 찾은 안도감이 들었다. 내가 그처럼 사랑하던 김애라가 다시 소생한 만족감을 느꼈다.

어느 화창한 날, 학교의 직원이 내 연구실 문을 두들기며 닥터 문의 면회를 알렸다. 닥터 문? 나는 이름을 다시 물었다. 닥터 더 글라스 문^Dr. Doglas Moor^이라고 했다. 교수실로 안내하도록 말하자 곧 문이 열렸고 전 남편이 내 앞에 서 있었다. 나는 담담하게 자리에 앉을 것을 권했다. 오랜만의 만남이었다. 많은 시간이 지났다. 아마 헤어진 후 7년 만의 만남이었던 것 같다. 그는 커피를 청했다. 나는 휴게실에 커피를 가지러 갔지만 없어서 빈손으로 돌아왔다. 그는 입을 열었다. 나보고 다시는 한국에 들어오지 말라고 당부했다. 얼마 전 내가 한국을 방문했을 때, 교계 신문 기자와의 인터뷰를 한 기사를 읽었다고 했다. 그리고 그는 일어섰다. 나는 점심을 대접하겠다고 청했으나 그는 거부하고 떠났다. 뜻밖의 짧은 만남이었다. 멍청이 앉아 그가 나간 문을 쳐다보자 눈물이 흘러내렸다. 슬프고 가슴이 아팠다. 그분이 가여웠다. 죄의식에 사로잡혀 많이 울었다. 커피를 대접하지 못한 것이 끝내 마음에 걸렸다. 그날 밤 나는 형선이에게 전화하여 아빠의 방문을 알렸다. 그후 1994년 5월, 프린스턴 대학에서 형선이가 박사학위 논문 방어를 할 때 만난 것이 그와의 마지막 대면이 되었다. 형선이도 프린스턴 대학에서 정치학 박사학위를 받았고 코네티컷 주의 트리니티 대학Trinity College에서 교수로 임용 되었다. 나도 2년 간의 교수생활을 끝내고 다시 뉴저지 목회지로 돌아왔다.

이제 나는 훌랜더스 연합감리교회Flanders United Methodist Church의 단임 목사로 임명을 받았다. 처음 목회를 시작했던 덴벨에서 얼마 멀지 않은 곳이었다. 하지만 훌랜더즈는 여전히 시골 냄새가 풍기는 농경 지역이었다. 그곳에서 나는 미국 중산층의 문화, 신앙관과 사고방식을 배우며 미국을 더 깊이 알게 되었다. 또한 목회와 더불어 뉴욕신학교New York Theological Seminary 와 모리스타운대학Morris County College에서 가르치며 목회와 강의에 전념했다. 그리고 1996년에는 박사 논문을 <새 삶을 찾아 투쟁하는 여인들Women Struggling for A New Life>라는 표제로 뉴욕주립대학 출판사에서 출간했다.

내가 하고 싶은 것, 해야 할 것을 하며 살다 보니 어느덧 60의

문턱에 다가섰다. 이제 인생을 정리할 단계가 다가오고 있었다. 나는 생의 마지막 챕터를 후학들을 가르치며 살기로 결정했다. 가르치는 일은 내게 언제나 열정과 에너지가 솟구치기 하기 때문이었다. 그러던 어느 날 뜻밖의 기쁜 편지를 받았다.

United Theological Seminary[4]라는 신학교에서 테뉴어에 응모하라는 소식이었다. 기적 같은 통보였다. 가슴은 마냥 희망으로 부풀었다. 은퇴할 나이에 정교수가 된 것이었다. 교수직 제안을 받은 후, 형선이가 보태어준 돈으로 학교 근처에 집도 샀다. 취향에 맞는 가구를 사들이며 집을 꾸몄다. 사실 목사 시절에 교회에서 주는 목사관과 가구들이 고맙기는 했으나, 내 취미나 기호에는 맞지 않았다.

1998년 8월 1일, 형선이와 캐롤라인이 베풀어준 60세 환갑에 전 교직원들을 초대하여 성대한 잔치를 했다. 나무들이 울창하게 둘러싼 넓은 뒷마당, 예쁘게 단장한 소담한 나의 집. 사랑하는 딸들과 축하객들, 그리고 새 가족이 된 연합신학대학원의 교직원들과 함께 오하이오 데이튼에서의 생활이 시작되었다.

---

4 United Theological Seminary는 오하이오의 데이튼에 위치해 있다. 미국 연합감리교단의 13개 신학교중의 하나이다. 학장인 뉴월 월트박사Dr. Newell Wart가 종교사회학분야 자리를 제안해주었다.

데이튼은 낯설지가 않았다. 주로 뉴저지 교외에서 살았던 나는 기후도 환경도 비슷하게 느껴졌다. 조용하고 나무들이 많았고, 끝없는 들판에 콩과 옥수수나무가 있었다. 평생 살아왔던 지역들과는 달리 만만한 평지였다. 소박하고 평평한 평지에 익숙해지기까지는 시간이 걸렸다. 처음 얼마간은 눈에 이상이 있는 줄 알았다. 눈이 불편하고 이상하게만 느껴졌기에 자꾸 눈을 비비곤 했다. 데이튼의 광활한 평지에 눈이 익숙하지 않았던 탓이었다. 눈이 적응한 후로는 그 넓은 들판을 혼자 차를 몰고 다녔다. 틈만 나면 나가 거침없는 자유를 즐기곤 했다. 나는 그곳 주민들을 좋아했다. 심지가 있는 것 같이 느껴졌고 믿을 수 있었다. 교직원들도 학생들도 나를 편하게 해주었다. 1년 후 조교수에서 부교수로 승진하고 테뉴어도 받았다. 오랜만에 느껴보는 삶의 안정감이었다.

트리니티 대학을 거쳐 웰슬리 대학 교수로 있는 형선이는 나보다 앞서 테뉴어를 받았고 학자로의 길을 닦아 나갔다. 민선이도 하버드대학 신학대학원 신학 석사를 마치고 의대 진학을 결정했다. 그 첫 단계로 의과대학 입학시험을 치르기 위해 하바드 대학의 의과대학 준비 프로그램에 등록했다. 정말로 오랜만에 희열과 감사가 밀려왔다. 아팠던 과거는 깨끗이 씻겨 내려가고 있었다. 평온함이 몸을 감싸는 듯했다. 그동안 얼마나 몸부림치며 울고 기도했던가? 얼마나 큰 사랑과 보살핌으로 언니 형선이도 동생 민선이를 보살폈던가? 모두가 헛되지 않았다.

지난 수년 동안 나는 민선이의 눈치를 보아가며 틈틈이 의대 진학을 권유하다 야단도 많이 맞았다. 답답해서 울기도 많이 울었다. 하지만 나는 포기하지 않았다. 나는 딸 민선이를 잘 안다. 말없이 실천하는 스타일이고 강직하다. 투지도 인내력도 강하고 능력도 뛰어나다. 고집도 세고 끈기도 강하다. 집념과 인내력, 연민을 갖고 있다. 좋은 의사로 환자들을 정성껏 돌보아 줄 것을 믿어 의심치 않았다. 다만 민선이게는 재기할 수 있는 자극이 필요했다. 어머니로의 책임이 느껴졌다. 나는 민선이가 꿈을 이뤄야 할 자격이 있다고 생각했기에, 틈만 나면 의과대학 진학을 이야기했다. 엄마로서 딸의 어릴 적 꿈을 찾게 해 줄 책임이 있다고 생각했다. 어려서 민선이는 의사가 되어 백혈병에 걸린 아이들을 돌봐주고 싶다고 말하곤 했다. 민선이가 의사가 되어 떳떳이 사는 것을 보고 싶었다. 그뿐만 아니라 형제간의 우애를 위해서도 언니와 대등한 직업이 필요하다고 생각했다. 아무리 우애가 좋은 형제라도 직업이나 사회적 지위 등에 격차가 생기면 자연스럽게 사이가 소원해질 수 있기 때문이다.

나는 필라델피아 의대의 혈액학^{Hematology}교수로 있던 현봉학 박사를 찾아갔다. 현 박사에게 의대 입학에 관한 정보 등을 받아서 민선이에게 알려주었다. 민선이는 나이가 많고 돈이 없어 의대에 갈 수 없다고 했다. 특히 의대에서는 대학을 갓 졸업한 젊은 학생들을 선호하기 때문에 나이 든 학생은 입학 허가를 받기가 어렵다고 했다. 이미 40문턱인 민선이는 여러 이유로 나를 단념시키려 했다. 4년간의 비싼 학비, 3년간의 거의 무보수인 인턴과 레지던트 생활을 경제적으로 감당할 수 없다는 이유였다. 나는 속이 탔다. "엄마도 늦게 공부하고 50대 중반에 박사학위를 받았잖아? 뜻이 있는 곳에 길이 있단다"라며 어려서 들었던 말로 민선이를 설득시키려 했다. 사실 돈도 문제가 아니었다. 안타까운 나는 현 박사가 말했던 "의대에 제 돈 내고 공부하는 학생이 몇이나 되나요? 모두 대출받아 공부하고 의사가 되어 벌어서 갚지"라는 말을 그대로 전달하며 설득했지만, 민선이는 나이가 많아 갚을 시간이 없다며 단칼에 잘라버렸다. 일리는 있었지만 핑계이자 비겁한 구실로 들렸다.

하지만 끈질긴 노력은 결코 헛되지 않았다. 결국 민선이는 자기 길을 찾아갔다. 2년간의 의과대학 예비과정을 마치고 포괄적 의학기능 적성시험(MCAT)을 통과했다. 그리고 의대에 원서를 제출하였다.

나는 여름방학 휴가차 버클리 여행길에 올랐다. 친구들과 함께 영화 <대부>의 주제가를 들으며 하프문베이^{Half Moon Bay}를 드라이브 하고 있었다. 민선이가 터프츠 의과대학^{Tufts University School of Medicine}에 합격했다는 통보를 받은 것은 그때였다. 시원한 눈물 줄기가 말없이 흘러내렸다. 울어도 그칠 줄 모르는 물줄기가 쏟아졌다. 슬프지도 않은데 울고 또 울었다. 어리둥절해진 두 친구는 내가 음악에 취해 우는 줄로 생각했던 것 같다. 친구들은 숨을 죽이며 계속 음악을 틀었다. 시원하도록 울고 나니 벅찼던 가슴이 가라앉고 후련해졌다. 마음의 안정을 찾고 기쁜 소식을 친구들에게 전했다. 몸이 나른해져 왔다.

무엇보다 감격스러운 것은 터프스 의대의 입학식[5]이었다. 의과대학장이 신입생 모두에게 흰 가운을 입혀주는 전통예식이었다. 대부분의 신입생들은 대학을 갓 졸업한 젊은 학생들이었는데, 그 틈에 두 번째로 나이가 많은 민선이가 있었다. 가슴이 뿌듯하고 떨렸다. 자랑스러웠다. 앤드류와 언니 형선이 등 우리 모두의 수고가 헛되지 않았다.

---

5 보스턴에 위치한 트리몬트 하우스 호텔 Tremont House Hotel 무도회장에서 2001년 9월 15일에 열렸다.

2001년 9월 18일, 민선이의 의과대학 입학식의 기쁨이 가시기도 전에 우리 가족은 아픔을 겪게 되었다. 전 남편의 사망을 알리는 비보였다. 형선이가 안양에 사는 큰아버지의 전화를 받았다. 사인은 심장마비였다. 딸들은 다음날 서울로 떠나기로 했다. 나도 참석하고 싶었으나 딸들의 권유로 남아 있었다. 딸들이 도착하기 전에 이미 장례와 화장은 끝나 있었다. 딸들은 절망과 아픔에 빠졌다. 딸들과 아빠와의 애정을 잘 아는 나도 아픔이 느껴졌다. 한국에서 딸들은 한 번 더 충격에 빠졌다. 미망인으로 젊은 여인이 등장한 것이었다. 딸들은 경악을 넘어서 어안이 마비되어 버렸다. 아픔 속에 몸 둘 바를 몰라 했다. 그래도 벽제의 납골당에서 사랑을 담아 하직을 고하고 미국으로 돌아왔다. 들리는 소식에 의하면 딸들의 아빠는 20세 연하의 여인 민미순과 일본에서 재혼했다고 하여, 이미 10여 년 이상을 서울에서 살았다고 한다. 결혼 사실은 딸들에게 비밀로 한 채로.

결혼 사실을 숨긴 이유는 딸들을 실망시키지 않으려는 배려라고 생각했다. 때가 되면 딸들에게 알리려 했겠지. 나는 딸들의 혼돈과 분노, 실망과 아픔을 이해할 수 있었다. 그러나 오히려 나는 재혼 소식을 듣고 안도했다. 나이 든 홀아비들의 어려움을 어려서부터 들어왔기 때문에, 딸들의 아버지가 처량하게 살기를 원치 않았다. 건강하고 활기차게, 행복하게 살기를 원했다. 나는 그의 재혼을 원했다. 딸들이 잘 살아가는 것을 보지 못한 것이 퍽이나 안타까웠지만, 재혼하여 편히 살다 운명했다는 사실은 이혼으로 인한 내 죄책감을 조금은 덜어주었다.

훗날 미망인 민미순을 만나서 나는 그녀에게 감사를 전했다. 그녀는 남편을 무척 사랑했을 뿐만 아니라 존경했다. 정성껏 남편을 섬겼음을 믿어 의심치 않았다. 내가 못다 한 것들을 그녀가 대신했을 것이 분명했다. 그녀는 성품이 착하고 강직하며 성실한 여인이었다. 또한 생활능력도 강해서 교육 사업체를 운영하는 등 활동적으로 생계를 이어나갔다. 딸들의 아버지가 처복은 있었다고 생각하니 빙그레 안도의 미소가 닫혔던 입술을 열었다. 마음에도 평온함이 퍼졌다. 웃기는 말 같지만 나는 지금도 그녀를 동생같이 생각한다.

그녀는 공부를 더 해서 박사학위를 받고 싶었지만 남편의 반대로 못했다. 남편의 서거 후 그녀는 내게 박사학위와 관련된 상담을 해왔다. 나는 적극적으로 격려했다. 그녀의 공부를 막았던 남편도 떠났다. 이제 그녀의 꿈을 눌러야 할 하등의 이유가 없었다. 그녀는 일과 공부를 병행하며 박사 학위를 받았고, 사업과 시간 강사의 1인 2역을 감당하며 열심히 살고 있다. 우리 두 여인은 전처와 후처의 관계를 넘어 자매처럼 다정히 지내며 지금까지 각자 삶에 충실하고 있다.

사실 전 남편의 사망은 내게도 충격이었다. 내 삶도 뿌리째 흔들리고 거의 정지 상태에 빠졌다. 한 달 이상을 슬픔과 이혼의 죄책감으로 울며 지냈다. 시간이 지나자 마치 중병을 앓고 일어난 사람처럼 기운을 되찾았다. 그리고 가르치는 일에 전념했지만 모든 것이 전과는 달라졌다. 내가 그렇게 정열을 쏟던 강의도 지루해졌다.

나는 삶의 의의를 상실했고 일상이 무료해졌다. 안정과 평안을 주었던 조용한 데이튼도 답답하고 갑갑해졌다. 데이톤을 떠나고 싶었다. 생기가 넘치는 번잡하고 인파로 붐비는 대 도시로 나가 정열을 불태우며 활기차게 살고 싶었다. 마침 안식년이 다가와 고민하던 중, 한국 방문에 대해 생각을 해보게 되었다.

한국을 떠난 지 무척 오래되었다. 박사과정 공부할 때 엄마와 잠시 나갔던 것을 제외하고 보니, 1971년을 제외하고 30여 년 동안 한국에 나가지 않았다. 아버지 산소도 방문하고 싶었다. 한국은 내가 자란 곳이기에 마음의 치유를 얻을 수 있을 것 같았다. 무엇보다 완전히 꿈을 이루었고, 나름의 성공을 거두었기에 자랑스럽게 한국 땅을 밟을 수 있다는 자신감도 솟구쳤다. 이미 전 남편도 세상을 떠났으니 한국에 나가도 그에게 누를 끼칠 염려도 없었다. 이제 하고 싶은 일을 할 수 있는 여건도 무르 익은 것 같았다.

한국 방문을 고민하던 중 수년 전 형선이가 박사학위 논문을 쓰기 위해 연구차 1년간 풀브라이트 학자Fulbright Scholar로서 한국에 나갔던 일이 떠올랐다. 그래서 나도 가르침과 연구를 병행하며 삶에 활력을 불어넣기 위해 미국 국무성이 주관하는 풀브라이트 프로그램Fulbright Scholars Program에 응모했다. 2003년 Fulbright Scholar로 선정되어 9월 학기부터 1년간 모교인 이화여자대학교 신학대학원과 국제대학에서 영어로 학생들을 가르치게 되었다. 또한 서울로타리 클럽Seoul Rotary Club에 관한 연구를 하기로 했다. 전 남편의 서거로 인해 내가 치렀던 아픔과 고민들이 데이톤을 떠나는 계기를 마련해 주었다. 이 기회에 은퇴를 준비하기 위해 집도 팔았다.

2003년 7월, 40여 년의 고된 이민 생활 후 고국 방문길에 올랐다. 서울로 향하는 비행기에 몸을 맡기고 창공을 나는 심정은 기쁨에 앞서 착잡했다. 흥분이나 들뜬 기대보다는 은은히 파고드는 아픔과 서글픔이 느껴졌다. 성공하기 전에는 결코 한국 땅을 밟지 않기로 결심하고 1971년 어린 두 딸들과 대책 없이 미국으로 건너가 30년의 피나는 노력 끝에 교수가 되었다. 두 딸들도 교수와 의사로 나름의 성공을 거두었다. 꿈과 소망을 다 이루고 이제 나는 60대 중반의 한국계 미국인이 되어 모국을 찾아가고 있다. 과거와 현재를 품고 모국을 향하는 마음에는 형용할 수 없는 파도가 일고 있었다.

높은 상공에서 내려다보는 한반도에는 새파란 나무들이 울창했다. '아, 한국도 이제 살만 하구나. 나무들이 울창하니.' 내가 한국을 떠날 때만 해도 산들이 붉었다. 나무들이 없어 산들은 헐벗었고 흙만이 노출되었었다. 나라가 가난했기에 산과 숲을 보살필 여력이 없었다. 사람들이 산에서 나무를 패다 팔거나 나무껍질을 벗겨다 먹어 산들도 헐벗고 흙만이 알몸을 드러냈었다. 여름 장마철에는 홍수가 연례행사였다. 말로만 들었던 한국의 발전을 하늘에서도 감지할 수 있었다. 옛말에 '10년이면 강산도 변한다'라고 했는데, 그 네 배가 넘는 세월이 지났으니 변화는 당연하겠지. 감개무량했고 한국이 마냥 장하게만 느껴졌다.

인천공항에 내리자 한국의 눈부신 발전과 국력이 느껴졌다. 입국 수속을 마치고 풀브라이트에서 마중 나온 기사를 따라 차에 올랐다. 나는 눈을 크게 뜨고 두리번거리며 열심히 창밖을 내다보았다. 변화한 시가지를 보고 싶었다. 현대식 공항과 잘 포장된 고속도로 주변에는 판자 집 같은 작은 집들, 노상 점포들이 어색하게 버티고 있었다. 빠르게 변해가는 한국을 실감하며 숙소에 짐을 내렸다.

어려서 싫어했던 장마철이 막바지에 접어들고 있었다. 에어컨의 덕분으로 빌딩은 시원했으나 열과 습기, 폭우로 전신이 마비될 지경이었다. 쏟아지는 비는 예나 다름없이 곳곳에 홍수를 일으켰다. 그래도 나는 매일 외출했다. 미국에서는 감히 타지도 못했던 택시를 타면서 40여 년간 보지 못했던 서울을 몸으로 직접 느끼고 싶었다. 남대문시장, 동대문시장, 양키시장 등 엄마를 따라다니며 바닥에 앉아 아낙네들이 베어주는 순대를 고춧가루 소금에 찍어 먹던 맛을 떠올렸다. 다시 맛본 서울의 순대는 예전 맛에는 비할 수는 없지만 그래도 맛있었다. 시장도 친근감이 느껴져서 애수를 달래주었다.

또한 1950년대에 유행의 첨단을 달렸던 명동거리를 누비기도 했다. 간이식당에서 우동과 만두를 먹으며 옛 추억을 떠올렸다. 되도록이면 고급 식당이나 최신 호텔의 화려한 식당은 피했다. 흥미가 없었다. 하지만 초대를 받으면 웨스틴 조선호텔이나 하이야트, 인터콘티넨탈, 서라벌, 롯데호텔 등 비싼 식당으로 끌려갔다. 메뉴를 보면 먹기도 전에 입맛이 뚝 떨어졌다. 음식값이 너무 비쌌다. 미국에서는 그보다 싼 가격에 푸짐하게 먹을 수 있어서 선뜻 먹기가 꺼려졌다. 나는 가능한 작은 재래식 식당에서 만두나 순대, 김밥 등을 사 먹으며 지나간 옛 추억을 되살리려 했다. 하지만 모양은 그럴듯했으나 인공조미료로 범벅이 된 음식은 나를 실망시켰다. 어려서 먹던 엄마의 깔끔하고 감칠맛 나는 정갈한 음식이 간절히 생각났다.

물론 고급 식당에 가면 궁중음식이나 깔끔하고 맛 좋은 음식을 먹을 수 있었다. 하지만 양이 적고 가격도 비쌌다. 1원을 가지고 벌벌 떠는 나와는 달리 서울 사람들은 돈을 물 쓰듯 쓰는 것 같았다. 이름난 식당을 찾아다니며 잘들 사 먹고 흥청거리며 사는 것 같았다. 신기해서 한국 사람들이 어디서 돈이 나서 이렇게 풍성히 쓰는가 물으면 "잘들 써요"라며 웃음으로 받아넘겼다. 한국을 떠날 때까지도 나의 의구심은 풀리지 않았고 식사 초대받기가 두려웠다. 식사 대접하는 사람들에게 부담이 될까 봐 사양하기가 일쑤였다.

서울은 빈민과 신흥 부자들, 시골과 동남아에서 일거리를 찾아 몰려 들어온 이방인들이 함께 어우러져 인간 전시장을 이루고 있었다. 거리는 승용차들로 가득 차 있었고, 나는 인파에 밀려 끌려다니는 것 같았다. 정신을 차리기가 힘들었다. 귀가 멍해졌다. 어릴 적의 조용하고 느긋한 서울이 그리워 40여 년 만에 다시 찾은 서울은 생각했던 것과는 달랐다. 안정을 잃고 피로로 지치곤 했다. 단기간에 성장을 이룬 한국이 대견했지만, 조용하고 단조로운 미국 생활이 주는 안정감이 그립기도 했다.

9월의 어느 날, 나는 강의를 위해 이화여대로 향하고 있었다. 1961년 졸업 후 42년이 지난 방문이었다. 20대였던 나는 이제 65세의 미국인 교수가 되어 돌아왔다. 옛 추억을 더듬으며 버스에 올랐다. 예전처럼 사람에게 밀리고 부딪혀 답답하고 불편했지만, 지난날의 기억을 더듬으며 모교로 향했다. 학교로 가는 길은 여전했지만 주변이 많이 변했다. 서로 경쟁하듯 솟은 수많은 상점들, 커피숍, 빵, 떡집, 간이식당. 미장원, 네일숍 등이 보였다. 하지만 서점은 보이지 않았다. 팝 음악과 유행가 소리만이 귀를 울렸다.

학교 안으로 들어가자 대강당이 눈에 들어왔다. 거구를 자랑하며 언덕 위의 웅장하던 대강당이 작고 초라해 보였다. 순간 내 눈을 의심했다. 믿을 수 없었다. 급히 눈을 비비며 다시 올려다보았지만 거대했던 대강당은 부끄러운 듯, 말없이 서 있었다. '변했구나. 대강당이 아니라 내 눈이 변했구나. 너무도 많은 세월이 흘렀으니.' 입속이 텁텁해져 왔다. 언덕길을 지나 본 교정으로 들어갔다. 못 보던 새 건물들이 눈앞을 막았다. 내가 익숙했던 옛 모습은 사라지고 새로운 건물들이 들어서 있었다.

하지만 가르치는 일은 내 속에 숨어있던 활력을 다시 이끌어 냈다. 신나게 가르쳤다. 신학대학원에는 동남아 유학생들도 있었다. '한국 대학이 장학금을 주어 외국인학생을 유치하다니.' 나는 놀라지 않을 수 없었다. 한국 학생들이 장학금을 받아 미국으로 유학 가는 경우는 있었지만, 한국 대학이 장학금을 주고 외국인 학생들을 공부시키는 것은 내 상상을 뛰어넘는 희소식이었다. 이화여자대학교와 한국 사람들, 대한민국이 고맙게 느껴졌다. 그 가난했던 한국이 대견하고 가슴이 뭉클해졌다. 자랑스러웠다. 내 수업은 영어로 진행되었는데, 학교 당국의 요청으로 한국어를 섞어가며 진행했다. 몇몇 학생들은 힘들어 보였지만 대부분 신실했고 열심히 공부했다. 이화여대 국제대학의 강의는 재미있고 보람되었다. 대부분의 학생들이 외국 생활과 영어에 익숙했다. 외교관이나 정부 공무원의 자녀들이거나 사업체의 간부나 직원들의 자제들이었는데, 적극적으로 프레젠테이션이나 토론에 참여했다. 나이 든 학생만 가르쳤던 나에게는 신선함을 느끼게 해 준 즐거운 경험이었다.

대학 재학 시절 나는 하루걸러 시행하는 문과대학 채플에 참석을 위해 대강당에 드나들었다. 조교가 출석을 체크했고 결석이 많으면 졸업에 지장이 있었기에 울며 겨자 먹기로 참석했던 기억이 있다. 학창시절 나는 강단에 올라가 연설하고 싶었다. 그 열망이 졸업 후 40여 년 만에 이루어졌다. 대예배에서 설교를 하게 된 것이다. 강단에 오르는 순간 나는 깜짝 놀랐다. 눈을 의심하며 청중과 사방을 둘러보았다. 그처럼 웅장하고 거대하던 그 대강당이 초라한 시골의 소극장같이 보였다. 마음이 허전하고 가슴이 쓰렸다. 맥이 풀리는 나른한 느낌이었다. 하지만 변한 것은 대강당이 아니라 나 자신이었다는 현실을 곧 받아들였다.

강의와 서울 로터리 클럽에 관한 연구를 제외하면 한국에서의 생활은 단조롭고 여유가 있었다. 바쁘고 한적하게 살았던 미국 생활에서 맛볼 수 없던 한국인의 인정을 느끼며 생활에 곧 적응해갔다. 수십 년간 못 만났던 고등학교, 대학 동창들, 그리고 친지와 친척들을 만나 옛이야기를 나누기도 했다. 먹고 싶던 한국 음식을 배가 터지도록 먹기도 했다. 비록 그 옛날 엄마가 만든 푸짐하면서 한없이 맛있던 음식에는 비할 수 없었지만. 나와 피부색이 같고, 같은 음식을 먹으며 같은 말을 하는 데서 오는 친근감과 편안함은 미국 생활에서 쌓인 피로와 긴장감을 풀어 주었다.

반면에 그들과 나 사이에 놓인 넘을 수 없는 벽을 느끼기도 했다. 옛이야기나 가족 관계 등을 제외하고는 함께 나눌 수 있는 공통의 관심사를 찾기 힘들었다. 나와 그들은 상대방의 상황에 어두웠다. 그들과 나의 생활영역, 환경이나 관심사가 다르기에 공통되는 주제나 흥미를 찾기가 어려워 대화의 영역이 무척 좁았다. 지루하고 긴장이 되기도 하고 피로하기도 했다. 우선 새로운 용어나 관심사들을 나는 이해하지 못했다. 말이 변하고 한글이 변했다. 간판의 한글을 이해할 수 없었다. 한글로 된 영어 표기가 섞여 있었기 때문이다. 모두들 새 물결을 타고 잘 적응해 나가는데 나만 적응을 못하는 것 같았다. 나는 미국에서는 한국을 그리워하는 이방인이었고, 한국에서도 소외감을 면치 못하는 이방인이 되어버렸다.

1977년 9월 30일, 뉴저지의 뉴브런스윅 법정New Bruswick Court에서 선서함으로 나는 미국 시민이 되었다. 반세기가 넘는 세월을 나는 미국에서 살아왔다. 사랑하는 딸들과 두 유태계 미국인 사위들, 손자들 모두 미국 땅에서 나와 가까이 산다. 가까운 지인들도 피부색이 다른 미국인들이다. 그들은 밥 대신 빵을 먹고 한글 대신 영어를 쓴다. 나도 언제부터인지 미국에서 평안함과 자유를 느낀다. 다른 나라에 나갔다가도 다시 미국 땅에 발을 디디면 안심이 된다. 그러나 어린 시절 한국에서 배운 예의범절이나 가치관, 도덕관념 등은 뼛속 깊숙이 박혀있다. 특히 정서나 행동, 관습 등은 한국식이 많다. 나와 타인과의 구분, 상하의 구분, 질서, 책임감과 의무, 몸가짐 등 나의 내적 바탕은 아직도 한국의 유교적 가치관과 윤리를 중시한다. 어떤 면에서는 요즘의 한국인, 특히 젊은 세대보다 훨씬 더 한국적일 수도 있을 것이다. 아마도 나는 1938년에서 1960년을 반영하는 옛 한국 여인일 수는 있다. 하지만 법적으로는 미국인, 미국 태생이 아닌 내가 선택한 미국 시민이다.

말하자면 나는 한국과 미국의 양 팔을 붙잡고, 경계에 사는 코리안 아메리칸이다. 한국과 미국에 모두 속하지만 아무 곳에도 속하지 못하는 기이한 인간. 나를 낳아주고 길러 준 한국에 대해서 친근감을 느끼지만, 한국에 완전히 속하지도 못하는 무례한 이방인이 되었다. 동시에 꿈을 이룰 수 있었던 미국에서는 안정을 느끼지만 소외감도 함께 느끼며 살아간다.

1년간의 프로그램이 끝났다. 65세에 유나이티드 신학교^{United Theological Seminary}의 교수직에서 은퇴하여 명예교수^{Professor Emerita}로 위치를 전환했다. 동시에 목사직에서도 은퇴하여 연합감리교단의 은퇴 목사로 남게 되었다. 이제 한국 땅을 밟는 마지막 기회가 될지도 모르는 이 기회를 연장하고 싶었다. 시골에서 조용히 쉬며 은퇴를 설계하고 싶어 호서대학 신학대학원에서 1년간 영어로 종교사회학을 가르치기로 했다.

호서대학은 충청남도 천안 근교인 아산에 건립된 신흥대학이었다. 산을 깎아 만든 넓은 대지에 들어선 현대식 건물들이 인상적이었다. 무엇보다 조용하고 차분한 분위기가 마음에 들었다. 대학이 마련하여 준 외국인 전용 숙소는 최근에 건축된 아담한 3층 건물이었다. 숙소는 3층 꼭대기에 홀로 있었다. 하늘과 닿을 듯, 탁 트인 넓은 옥외공간에서는 끝없이 펼쳐진 자연을 만끽할 수 있었다. 안내자의 설명에 의하면 내 방은 지미 카터 미국 대통령이 한국 방문 당시 머물렀던 귀빈용 처소라고 한다. 작은 간이식 부엌과 식당이 있고 사무실 겸 침실인 큰 방이 있었다. 벽들은 카터 대통령의 사진들로 단장되어 있었다. 장식을 싫어하고 소박하고 단순한 것을 좋아하는 나는 모든 사진을 떼어내어 잘 보관해 두었다. 미안한 생각은 들었으나 사진들이 그렇게 많이 붙은 벽에 둘러싸여 살 수는 없었다. 온돌방은 마음을 따뜻하고 평안하게 해주었다. 큰 유리 문을 열고 베란다에 나가면 하늘과 교정, 나무들과 바위를 볼 수 있었다.

내 수업에는 과반수가 동남아 유학생들이었다. 그중에는 여학생도 있었지만 대부분이 중년의 한국인 남자 목사들이었다. 한국 여자는 한 명도 없었다. 이번에는 유학생들을 대하는 놀라움은 없었으나 지방 대학에서도 외국 학생들을 유치하는 한국의 저력을 재차 확인했다. 또한 영어의 교육 열풍을 한적한 시골에서도 느낄 수 있었다. 유학생들에게는 영어가 큰 문제가 아니었으나 한국인들에게는 또 문제였다. 의사소통이 불가능하여 이화대학 신학대학원에서 했던 것처럼 한국어와 영어를 함께 사용했다. 유학생들도 기본적인 한국어는 이해했고 모두 열심히 공부하는 것이 대견스러웠다. 하지만 언어의 문제보다 신학이 더 큰 문제였다. 대부분의 학생들이 보수적인 신학관을 고수하고 있었기 때문이다. 특히 한인 목사들의 성경 직역과 보수적인 신학관 때문에 스트레스를 받았다. 나는 강의 뿐만아니라 단어 사용에도 신경을 써야했다. 하지만 그들은 성실한 사람들이었다. 목회를 하나님이 주신 사명으로 여기고 충실히 교회를 섬기는 순진함과 인간적인 면에서 신뢰감을 느껴졌다.

강의를 제외하고는 친교의 기회나 활동이 전혀 없었다. 나는 그곳에 아는 사람이 아무도 없었다. 친척이나 친구도 없고 수업 시간 외에는 말할 사람이 전혀 없었다. 물론 내가 거주하는 외국인 빌딩에는 외국인 강사들과 가족들도 있었지만 모두가 대학을 갓 졸업한 젊은이들이라 공통된 관심사나 취미가 없었다. 어쩌다 마주치면 "헬로"에서 대화가 끝났고 나는 매일 꿀 먹은 병어리처럼 혼자 있었다. 더욱이 학교 주변에는 산과 밭들뿐이어서 나가서 소일할 곳도 전혀 없었다. 혼자 있기를 좋아하고 조용히 자연 속에 파묻히기를 좋아했지만, 무료함과 외로움이 밀려왔다. 우울증이 생길까 걱정이 되기도 했다. 천안 분교로 운행하는 학생들로 가득 찬 스쿨버스를 타고 천안 시가지를 누비며 채소나 과일 등 장을 보았다. 그리고 숙소에 돌아오는 것이 고작이었다. 무료함과 불편함이 커졌다. 빨리 1년의 시간이 지나가기를 기다렸다. 어려운 이민생활을 이기고 오늘의 활기찬 나를 만들어 준 곳으로 가고 싶었고, 딸들과 가족들도 보고 싶었다.

드디어 기다리고 기다리던 민선이의 의과대학 졸업식이 가까워지고 있었다. 기린처럼 늘어난 목이 빠지기 전에 어서 보고 싶었다. 돈이 없어 의과대학 학비를 감당할 수 없고, 나이가 많아서 의사의 꿈을 버렸던 민선이가 이제 졸업을 하게 되었다. 흰 가운에 청진기를 걸고 어린아이들을 치료하는 모습을 상상하며 나는 찬송가를 부르며 짐을 쌌다. "태산을 넘어 험곡에 가도 빛 가운데로 걸어가면 주께서 아니 버리시기로 약속한 말씀 변치 않네." 고달프고 답답할 때 몸부림치고 울며 불렀던 패전가가 승전가로 변했다. 쏟아지는 눈물과 콧물이 얼굴을 적셨다.

2005년 5월 19일, 수양딸 같은 강소영과 함께 미국으로 향했다. 마중 나온 형선이와 웰슬리대학 교수 아파트로 향했다. 민선이의 졸업식까지 형선이의 집에 있기로 했기 때문이다. 나무와 꽃들로 다듬어진 푸른 대지 위에 솟은 아담한 적색 벽돌 건물이 있었다. 3층으로 올라 가자 고양이가 반겼다. 서재에 짐을 내려 놓고 휴식을 취하며 민선이의 졸업식을 상상해보았다. 그러나 딸의 졸업을 못 보고 세상을 떠난 딸들의 아버지 때문에 마음이 아팠다.

졸업일인 5월 22일, 아침 햇살이 쏟아졌다. 그날은 형선이의 생일이기도 했으나 민선이의 졸업으로 더 들떠있었다. 일찍이 민선이는 10여 년을 동고동락해 온 앤드류와 터프츠대학으로 갔다. 나도 소영이와 함께 형선이가 인도하는 곳으로 따라갔다. 왜 그렇게 가슴이 떨려오는지 알 수 없었다. 참아도 참아도 눈물이 시야를 가려 아무것도 보이지 않았다. 안갯속에 민선이가 보였다. 흰 코트 위에 청진기를 목에 걸고 민선이는 졸업장을 받았다. 이제 어려서부터 꿈꿔온 소아과 의사가 되었다. 정말 장해 보였다. '이날을 못 보고 갔으니, 가엾은 사람.' 이미 세상을 떠난 딸들의 아버지가 마음에 걸렸다. 또한 아버지를 그리워하는 딸들의 마음을 느끼며 이슬 맺힌 눈으로 딸들에게 말했다. "장하다, 딸들. 고마워요. 동생을 성심으로 지원해 주어서." 또한 꾸준한 인내와 사랑으로 힘들고 긴 세월 동안 민선이를 격려하고 지원한 앤드류에게도 고마움을 금할 수 없었다. 울며 또 울었다. 특히 손녀 민선이가 할아버지의 뒤를 이어 의사가 되었으니, 이미 세상을 떠난 내 아버지가 퍽이나 기뻐하실 것 같았다.

미국에 온 지 34년이 지났고, 미국 시민이 되었지만 주류 사회에 편입되지 못한 채 이방인 취급당하며 외롭게 살아온 우리 가족이다. 고달프고 힘들었던 지난 일들이 눈앞을 스쳐갔다. 특히 휴일이나 졸업식 같은 축제에 보잘것없는 소수자의 외로움과 설움을 토로하던 딸들의 하소연이 떠올랐다. "왜 우리는 집에는 오는 사람도 없고, 우리는 어디에 가지도 않아? 친구들은 할머니 집이나 삼촌이나 이모집도 가고 생일이나 휴일도 함께 지내는데. 너무 외로워. 축제나 휴일이 싫어!"

어느 날 형선이는 내게 학교에서 일어난 일을 이야기했다. 남자아이들이 "네 나라로 돌아가라, 칭키야!"라는 야유와 함께 형선이를 밀쳤다고 했다. 형선이도 그 아이들을 밀며 "이곳이 내 나라다! 나는 이곳에서 태어났어! 나는 미국 시민이다!"라고 소리 지르며 발로 차며 덤벼들었다고 했다. 나는 잘했다고 말했다. "힘을 길러요. 그 애들을 불상하게 여겨야 해. 그 아이들은 바보거든. 자기들이 하는 짓을 몰라. 열등감 속에서 너를 공격한 거야. 비겁한 방법으로 도전했어. 무시해 버리고 스스로를 개발해요. 열심히 공부하고 그 누구도 도전할 수 없는 힘을 길러요."라고 말했지만, 내 가슴은 분노로 떨리고 있었다.

15년 후, 프린스턴 대학에서도 인종차별이 있었다. 어려서 뉴저지에서 함께 자란 10여 명의 한국인 친구들과 주말에 맨해튼의 한 식당으로 갔다. 밀려드는 손님들로 많은 사람들이 대합실에서 기다리고 있었다. 물론 형선이의 그룹도 인파에 묻혀 기다리고 있었는데, 한 젊은 백인 여자가 형선이와 친구들을 쳐다보며 "참, 중국 애들 보기도 싫어. 왜 차이나타운으로 가지 않고 여기에 있지?"라며 옆에 있는 남자친구에게 경멸 조로 말했다. 그 백인 여자는 분명 형선이와 친구들이 영어를 못 알아듣는 중국인들이라 생각했던 것 같다. 형선이는 화를 꾹 참으며 친구들의 반응을 살폈다. 남자 친구들도 못 들은척하고 아무 반응이 없었다. 참다못한 형선이가 나섰다. "헤이, 이 친구야! 우리는 중국인이 아니거든. 그런데 너 지금 어디 있는지 알고 있니? 여기는 미국이야. 미국은 자유의 나라이지. 미국에서는 어디든지 가고 싶은 곳에 갈 수 있고 살고 싶은 곳에서 살 수 있다. 그것도 모르니?" 뜻밖의 반응에 백인 여자는 부들부들 떨었다. 그러자 옆에 서있던 남자친구가 여자의 팔을 잡아끌고 밖으로 나갔다. 형선이는 친구들, 특히 남자애들이 비겁하게 보였다고 말했다. 그 말을 들으며 내 마음도 후련하고 통쾌했다. 형선이가 많이 성숙했구나. 장하다. 싸우지 않고 지혜롭게 일을 처리한 형선이가 대견스럽고 고마웠다.

인종차별은 미국 사회와 문화, 미국인들의 의식 속에 뿌리 깊게 박혀 있다. 그럼에도 불구하고 나는 우리 모녀가 성공할 수 있었던 바탕에는 미국이 가진 강점이 작용했다고 생각한다. 인종차별 등 개선되어야 할 문제점들에도 불구하고 내가 체험한 미국은 젊고 생기가 넘친다. 진취적이고 모험을 두려워하지 않는다. 시민들의 잠재력을 개발하기 위해 적극적이다. 미국이 꿈을 이루기 위해 노력하는 사람에게는 다양한 기회를 열어주는 인도적인 나라라는 것도 체험했다.

제6장

은퇴

은퇴

2005년 여름, 형선이의 배려로 뉴저지에 은퇴 주택을 장만했다. 나무가 많고 조용하며 깔끔하게 단장된 넓은 단지에 세워진 아름다운 이층집이었다.

1971년 이후, 뉴저지에서 딸들을 키우며 30여 년을 살았다. 뉴저지는 강계와 더불어 또 다른 마음의 고향이다. 미운 정 고운 정이 쌓인 곳이기에 뉴저지에 오면 마음이 가라앉고 편안해진다. 그래서 나는 은퇴의 보금자리를 뉴저지에 마련했다. 앞으로의 은퇴생활을 생각하니 알 수 없는 불안과 두려움이 엇갈렸다. 취향에 맞게 새 가구들을 사들이고 집도 꾸몄다. 집 정리가 끝나자 도와주던 딸들도 각자의 집으로 돌아갔다. 이제 아름답게 치장된 넓은 집에는 나 혼자 남겨졌다. 주위에는 아는 사람도, 찾아오는 사람도 없었다. 딸들과의 전화 통화를 제외하고는 하루 종일 말 없이 지냈다. 분에 넘치는 좋은 환경이었지만 나는 고립된 느낌을 지울 수 없었다.

미국 TV나 광고에서는 은퇴의 삶을 아름답게 보여준다. 미국에서 그려지는 노년의 삶은 한가롭게 취미 생활을 즐기는 풍성한 삶이었다. 많은 미국인들이 여행을 하고 새로운 친구를 사귀는 풍족한 은퇴생활을 꿈꾼다. 하지만 나의 은퇴생활은 외로웠다. 세상과의 관계는 은퇴와 함께 끊어졌다. 직장이 없으니 가야 할 곳도, 해야 할 일도 없어졌다. 좋든 싫든 사람들과의 연락이 끊어졌다. 절간 같은 집에만 있으니 삶의 영역은 줄어들었고, 내 존재감도 사라져갔다. 나는 이제야 한자의 은퇴(숨을 '은', 물러날 '퇴')가 뜻하는 바를 이해할 수 있을 것 같았다. 점점 사람이 그리워졌다.

사실 은퇴의 현실은 내가 만든 것이기도 했다. 스스로 세상과 격리되어 좁은 세계에 나를 쑤셔 넣었다. 나는 지인도 친구들도 많았다. 백인들, 흑인, 라티노들과의 교류도 빈번했다. 하지만 은퇴 후 나는 모든 관계를 끊었다. 어려서 늘 듣고 자란 '끊고 맺는 것을 분명히 해라'라는 교훈 때문인지는 모르겠다. 딸들의 방문을 제외하고는 오고 가는 사람이 없었다. 딸들도 내게 사람을 만나라고 하면서 내가 우울증에 걸리거나 정신병자가 될까 무서워했다. 하지만 나는 한 평생 용건 없이 사람을 만난 적이 없었다. 항상 목적을 갖고 살아왔기에 맹목적인 방문은 시간 낭비로 생각했다. 특히 취미나 관심사가 다른 경우에는 공통된 주제를 찾기가 힘들어 만남 자체가 부담이 되었다. 사람을 만나는 경우에도 나는 말하는 사람이 아니라 듣는 사람이었다. 이야기를 들으며 웃거나 울기도 잘하지만, 잡담이나 농담을 할 줄 모른다. 말수가 적고 주로 듣기만 하는 나의 성격은 아버지의 덕인지도 모르겠다. 아버지는 항상 말조심을 강조했다. 한번 입에서 나온 말은 다시는 주워 담을 수 없기에 입을 열기 전, 열 번 생각하고 말하라고 했다. 그리고 말은 간단명료하게 요점만 말하도록 가르쳤다. 천성적으로 말수가 적은 것인지, 혹은 교훈과 천성이 복합적으로 작용했는지는 모를 일이다.

관심이나 흥미를 불러일으키지 않거나 의무가 아닌 한, 나는 침묵을 택했다. 침묵은 나의 성품이 되었다. 그래서 오해를 가져오기도 한다. 교만하다고 욕을 먹고, 무관심하다고 따돌림을 받기도 했다. 영어권에서는 영어를 못하는 바보로 간주되어 무시당하고, 과장된 동정도 받으며 소외당하기도 한다. 반작용으로 나는 더욱 불필요한 사교를 피하는 쪽으로 기울어졌는지도 모르겠다. 이유 여하를 막론하고 나는 본의 아닌 은둔자가 되었다. 완전히 세상을 떠나 혼자 사는 은둔형 인간이 되어버렸던 것이다. 그러나 이제 오히려 살기 위해서 사람이 필요했다. 절간이 아닌 세상 속에서 사람들과 함께 살고 싶었다. 고민을 거듭한 끝에 다시 사람들이 북적이는 세상으로 나가기로 했다.

　일주일에 두 번씩 집 근처의 모리스 카운티 대학Morris County College에서 사회학을 가르쳤다. 하지만 교실에서의 만남을 제외하고는 교수들이나 학생들과의 교류가 없었다. 주말에는 평소에 관심이 있었던 앵글리칸Anglican이나 유니테리안 유니버셜리스트Unitarian Universalist 등의 교회들을 찾아다녔다. 사람을 만나기 위해 노력했다. 예배보다 사교와 친교의 필요성 때문이었지만, 사실 나는 어느 곳에도 속하지 못한 외로운 존재였다. 내 용모와 피부색이 때문에 이방인 취급을 당했다. 특히 교인들은 내게 지나친 친절을 베풀며 접대하곤 했는데, 오히려 백인 우월감을 충족시키는 허위와 위선처럼 느껴져서 정이 뚝 떨어졌다. 더욱이 호기심과 기대를 안고 유니테리안 교회를 찾아갔지만, 남은 것은 혼돈과 실망뿐이었다. 무엇보다 교회의 정체성이 불투명했다. 그들이 무엇을 믿는지, 기성 교회와의 차이가 무엇인지 알 수 없었다. 기독교인지, 아니면 불교, 도교 등 타 종교들과의 결합으로 맺어진 복합 종교인지 애매했다. 예배와 찬송은 기존의 교회와 흡사했지만 음률이나

가사가 바뀌어 이질감이 느껴졌다. 새로 제작된 그들의 찬송가는 불편했다.

　한인교회의 완고하고 보수적인 신앙관도 불편한 건 마찬가지였다. 여자 목사라는 타이틀이 친교에 장애가 되기도 했다. 교인들이 나를 어떻게 대해야 할지 몰라 혼동을 느끼는 것 같았다. '여자가 무슨 목사야, 박사라고?' 교인들의 반응은 복잡했다. 담임 목사들도 나를 껄끄럽게 여겼다. 한인사회에서 나는 부담이 되는 존재인 것 같았다. 그래도 모국어로 찬송가를 부르면 나도 모르게 눈물이 흘러내리고 가슴이 젖어오는 포근함을 느꼈다. 특히 교인들과 국밥과 김치, 떡 등을 먹는 친교시간이 좋았다. 그러나 종교 예식이나 보수적인 신학관의 차이는 극복하기 힘들었다.

　한인 공동체나 미국 사회 그 어디에서도 섞이지 못하며, 인터넷 문화에도 뒤처진 은퇴 노인이 된 내가 소외감 없이 살 수 있는 곳이 어딜까? 절박한 실존의 문제와 씨름하던 중 아이디어가 떠올랐다. 수년 전 방문했던 필그림 플레이스^Pilgrim Place였다.

　필그림 플레이스는 캘리포니아의 클레어몬트에 위치해 있다. 잘 다듬어진 넓은 대지에는 비둘기 집 같은 집들이 울창한 나무와 꽃들에 둘러싸여 있으며, 나무에는 탐스럽게 오렌지와 레

몬이 열려있다. UCC(United Church of Christ) 교단의 소유로 UCC 와 UMC(United Methodist Church) 교인들이 대다수이며, 타 교단에서 온 몇몇 은퇴자들과 함께 생의 마지막 날까지 생활하게 된다. 200여 명의 멤버들이 기독교인인데, 교회나 관련 기관에 몸담았던 목사, 선교사, 교수, 예술가, 사회활동가 등 다양한 경력과 경험을 가진 사람들이 있었다. 활동적이고 진보적인 단체였고 박사학위 소유자도 허다했다. 경력이 나와 비슷했다. 기본적인 의료시설도 갖추고 있으며, 의료진들이 24시간 대기한다. 겨울에 춥고 음산한 동북부와는 달리, 날씨도 따뜻해서 은퇴지로는 적격이었다. 로스앤젤레스 근교에는 동생들과 동창들과 지인들이 있고, 동부의 딸들과는 먼 거리에 있어서 딸들의 부담을 덜어 줄 수도 있었다.

나는 입주 수속을 시작했고, 딸들에게 이 사실을 알렸다. 하지만 딸들은 강력하게 반대했다. 거리가 멀다는 이유였다. 딸들이 있는 동부에서 비행기로 6시간이 걸리는 거리라 위급 상황에 올 수 없다는 것이다. 하지만 나는 이미 필그림 플레이스를 생의 종착지로 결정했다. 내가 요지부동임을 깨달은 딸들은 할 수 없이 내 결정을 받아들였다.

형선이와 나는 2008년 봄, 뉴저지의 집을 부동산 중계업소에 내어 놓았다. 하지만 당시 번져가던 미국의 경제파동은 집값을 하락시키며 부동산 거래를 마비시켰다. 그처럼 잘나가던 타운 하우스들이 안 팔려 빈 채로 남겨졌다. 그래도 형선이와 나는 희망을 가지고 기다렸다. 보는 사람마다 깔끔하고 예쁘게 다듬어진 우리 집을 부러워했었기 때문이다. 부동산의 말을 믿고 집값도 내리지 않았다. 하지만 사정은 더 나빠졌다. 이제는 집을 보러 오는 발길조차 완전히 끊겼다. 결국 집값을 수차례 내렸지만 소용이 없었다. 어쩔 수 없이 전세를 놓고 2~3년 후 집값이 올라가면 다시 내놓기로 결정했다. 그리고는 여름에 민선이와 필그림 플레이스로 떠났다.

그 당시에는 필그림 플레이스에 빈 집이 없었다. 그래서 나는 한 달간 여름휴가를 떠난 멤버의 집을 빌렸다. 필그림에 도착하자마자 우리는 커뮤니티를 살펴보았다. 민선이는 의료 시스템을 세심히 보고는 조금은 안심이 되는 것 같았다. 일주일 후, 민선이가 떠나자 나는 그곳의 직원들과 친교를 시작하며 은퇴지에서의 삶에 차차 적응해 나갔다. 그리고 집주인인 부부가 휴가를 끝내고 오기 전, 8월 말에 클레어몬트 신학교Claremont School of Theology의 교수 아파트로 이사를 갔다. 9월 학기부터는 <무용과 영성Dance and Spirituality> 과목을 가르치며 이사 날을 기다렸다.

남가주의 여름은 견디기 힘들었다. 잔인한 햇살이 무자비하게 내려 쪼았다. 허허벌판 사막에서 날아오는 모래바람과 은근히 피부에 들어붙는 습기가 가슴을 짓눌렀다. 나는 의욕을 잃어 드러눕곤 했으며 우울해지기도 했다. 변화무쌍한 사계절과 신선한 비가 그리웠고 심신이 지쳐갔다. 하지만 내가 택한 곳이기에 어떻게든 그곳에 정착하기 위해 노력했다.

캘리포니아에서 나름의 적응을 하던 중, 민선이의 전화가 걸려왔다. "엄마, 나 약혼했어요. 내년 6월에 결혼할거에요." 민선이와 앤드루는 하버드 대학의 의과대학 준비 과정 중에 만나 10여 년을 사귀었다. 하지만 나는 딸의 결혼을 제대로 생각해 본 적이 없었다. 엄마로서 결혼하기를 바라긴 했지만, 곁에 두고 품고 싶은 모성의 미련함 때문이었던 것 같다. 그리고 딸들이 모두 마흔을 넘었기에 어느 정도 포기하고 있었다. 민선이의 결혼 소식은 기쁨과 동시에 탯줄이 끊어지는 것 같은 아픔과 허전함을 몰고 왔다. 나도 모르게 눈물이 나와 울고 또 울었다.

민선이의 결혼을 기다리고 있던 중, 필그림 플레이스에서 입주 예정 소식을 알려왔다. 2~3개월의 수리 공사 후 입주가 가능하게 되었다. 단숨에 뛰어가 집을 살폈다. 아담하고 깜찍한 단독주택이었다. 응접실과 식당, 침실, 부엌과 테라스가 꽃나무들로 둘러싸여 있었고 정원에는 거구의 오렌지 나무들이 있었다. 마음에 들었다.

　2009년 6월 3일, 인생의 종착역으로 결정한 새 집에 짐을 옮겨놓았다. 그리고 바로 다음 날, 뉴욕행 비행기에 몸을 올려놓았다. 민선이와 앤드루의 결혼식에 가기 위해서였다. 나와 민선이 커플은 한 시간 이상 거리에 위치한 게리슨법정Garrison Court House으로 달려갔다. 결혼 증명서를 받기 위해서였다. 비가 사정없이 퍼부어 앞이 보이지 않았다. 법정이 문을 닫는 시간이 임박해 왔고 둘은 차에서 싸우기 시작했다. 과속으로 차를 몰아 겨우 문을 닫기 전에 건물로 들어갔다. 차에 홀로 남은 나는 불안과 초조함 속에서 기다렸다. 결혼 증서 없이는 다음날 예식을 올릴 수가 없기 때문이었다. 드디어 빗줄기가 약해지자 둘은 웃는 얼굴로 차에 올랐다. 곧바로 선서를 하고 결혼 증서를 받았다고 했다. 안도와 함께 우리는 리허설 디너파티 장소인 개리슨의 컨트리클럽으로 향했다.

　개리슨 연회장은 아름답고 전원적인 곳이었다. 사람을 좋아하는 앤드루는 형제처럼 친한 친구들이 많았다. 대부분 배우자들과 자녀들과 동행했기에 홀이 꽉 찼다. 민선이는 소수의 절친한 친구들만이 있었는데, 그날 온 친구들은 의과대학을 졸업한 백인 친구와 가족들뿐이었다. 첫 프로그램으로는 둘의 출생부터 오늘까지의 모습을 영상으로 보여주었다. 특히 인상적인 것은 아이스크림 부스였다. 앤드루는 오하이오의 씬씨네티^{Cincinnati}에 본점을 둔 그레이트 아이스크림을 항공으로 운반해왔다. 다양한 종류와 맛으로 유명한 그레이트 아이스크림은 참석자 모두에게 인기였다. 아이스크림은 하객들을 동심의 세계로 인도했다. 밤이 깊어가는 줄 모르고 함께 즐겼다. 하지만 이 모든 것들이 내에게는 생소하여 얼떨떨했다. 약간의 쓸쓸함이 몸에 스며들었다. 이제 새벽이 되면 민선이는 영원히 내 품을 떠날 것이다.

2009년 6월 6일 오후 3시, 결혼식 아침은 맑고 파랬다. 민선이는 리버데일^{Riverdale}의 한 네일숍으로 갔다. 민선이가 워낙에 화장이나 꾸밈을 싫어해서 신부화장이나 머리장식은 하지 않았다. 네일숍으로 앤드루의 독촉 전화가 계속 걸려왔다. 결혼식 장소까지 한 시간 거리라 불안했을 것이다. 하지만 민선이는 못 들은 척하며 계속 앉아 손톱과 발톱 단장만 했다. 안절부절 하다가 화가 난 앤드루는 민선에게 최후통첩을 보냈다. 결혼을 하든지 네일을 하든지 둘 중 하나를 택하라며. 하지만 민선이는 아랑곳하지 않고 웃으며 손톱 손질을 마친 후 앤드루에게 갔다. 서둘러 우리 셋은 차에 올랐고 앤드루는 뉴욕 주의 콜드 스프링으로 빠르게 차를 몰았다. 아름다운 허드슨강이 보이는 강변에 자리 잡은 고풍스럽고 위엄 있는 호텔인 허드슨 하우스^{Hudson House}에 짐을 내렸고, 예식을 위한 단장이 끝나자마자 다시 차를 몰아 결혼식이 열릴 산속의 글린 우드 팜^{Glynn Wood Farm}에 도착했다.

탁 트인 전망과 수정 같은 하늘에는 흰 구름이 펼쳐져 있었다. 앞산은 연초록색 옷으로 단장하고 신랑신부와 가족들, 축하객들을 포용했다. 산언저리에서는 양떼들이 풀을 뜯어 먹고 있었다. 귀여운 아기 양들, 파릇파릇 돋아나는 나무 잎들과 꽃 몽우리들은 한 폭의 그림 같았다.

예식을 위한 무대가 설치되어 있었다. 손님들은 잔디 위에 질서정연하게 놓인 의자에 앉았다. 양가의 가족들이 착석한 후, 까만 타이와 턱시도 차림으로 신랑의 입장에 뒤이어 앤드루의 조카들인 마틸다와 스텔라가 신랑신부의 결혼반지를 들고 들어갔다. 들러리로 밝은 초록색 드레스를 입은 형선이가 입장하고 신부 민선이가 마지막으로 등장했다.

민선이는 흰 결혼 예복으로 단장했다. 면사포 대신 흰 꽃으로 심플하게 머리를 장식하고 손에는 소담한 꽃다발을 들고 걸어왔다. 전통적인 유태 예식이 진행되었다. 나는 처음 참여하는 유태 결혼 예식이이라 어리둥절했다. 예식을 주관하는 캔터^{cantor}의 지시대로 따르긴 했으나 의식의 뜻과 중요성을 이해하지 못했지만, 자꾸만 눈물이 시야를 가려 아무것도 볼 수 없었다.

식이 마지막 부분에 이르는 순간 캔토는 내게 무대 한쪽에 마련된 한 의자에 앉으라고 말했다. 무대에 오르기 전 나는 이미 두 개의 의자를 보았다. 의자들은 왜 설치되었고 누가 앉게 될지 궁금했었는데, 눈길이 가던 그 의자에 내가 앉게 되었다. 얼떨결에 앉았던 내 앞으로 신랑 앤드루, 신부 민선이가 와서 무릎을 꿇고 엎드려 큰 절을 했다. 나는 놀라서 몸이 떨렸다. 나도 모르게 흐느껴 울고 있었다. 고달프고 벅찬 삶 속에서 제대로 엄마의 직분도 못한 내게 절을 하며 감사를 표하는 딸과 사위에게 미안하기도 했다. 이 좋은 대접을 못 받고 세상을 떠난 민선이의 아버지가 퍽이나 가여웠다. 그리고 영광스러운 자리에 없는 아버지를 그리워할 민선이가 측은했다. 뒤이어 앤드루의 부모도 처음 받아보는 민선이와 앤드루의 큰 절에 눈물로 응답했다. 성인 자녀들이 부모 곁을 떠나 새삶을 시작하며 절을 올리는 결혼식은 하객들 모두를 울렸다. 결혼식장은 눈물바다가 되었다. 슬픔의 눈물이 아닌, 기쁨과 감격의 눈물로.

순간 47년 전, 쓸쓸하고 서글펐던 샌프란시스코에서의 결혼이 떠올랐다. 쓴 눈물을 소리 없이 삼키던, 마음에도 없었던 결혼은 여전히 나를 아프게 했다. 감격스러운 민선이의 결혼과 기억들이 함께 섞이자 현기증이 느껴졌다. 오랜 세월 덮어두었던 가슴의 상처가 아직도 완쾌되지 못한 채 남아있었다. 허공에 뜬 기분으로 과거와 현재를 오가다 결혼식이 끝났다. 사진 촬영 후, 우리는 하객들과 함께 대형버스와 승용차를 타고 피로연장인 개리슨^{Garrison}의 하이랜드 컨트리클럽^{Highland Country Club}으로 이동했다.

하늘과 땅이 맞닿아 펼쳐진 대자연속의 야외 파티 장에서 정장을 입은 직원들이 하객들을 영접했다. 쉴 틈 없이 터져 나오는 샴페인 소리, 부글부글 끓어오르는 하얀 거품에 어른 아이 할 것 없이 모두를 흥분의 도가니로 몰아넣었다. 직원들이 들고 다니며 권하는 기이한 술안주들을 먹으며 환담하는 하객들은 마냥 즐거워 보였다. 한편에 서서 묵묵히 바라보던 나는 마치 한 폭의 아름답고 평화스러운 그림을 보는 것 같았다. 잔잔한 파도가 내 가슴에 퍼졌다. 마침내 칵테일파티의 열기를 간직한 채 우리는 실내에 설치된 피로연장으로 자리를 옮겼다.

손님들은 이름표가 붙은 지정석에 앉았다. 심사숙고한 좌석 배정이었다. 정성 들인 뷔페와 부드럽고 경쾌한 음악, 그 모든 것이 민선이와 앤드루의 너그럽고 순수한 인품을 그대로 반영했다. 특히 피로연장 바로 옆에 장식된 꼬마 손님들을 위한 식당이 인상적이었다. 예쁘게 차려입은 아이들이 식탁에 둘러앉아 떠들며 노는 것이 보였다. 방 전체가 빵으로 뒤덮인 'Bread Room'은 아이와 어른들 모두에게 인기였다. 발 디딜 틈이 없었다. 아이들은 다람쥐처럼 어른들 틈을 비집고 들랑날랑했다. 손에 쥔 빵을 들어 올리며 "여기가 천국이네!"라고 소리치며 좋아 어쩔 줄 모르고 춤을 추었다. 아이들의 티 없는 맑은 모습에 나도 모르게 미소가 나왔다. 삼면의 벽을 배경으로 높게 쌓아올린 다양한 빵들이 손님들을 유혹했다. 내 평생에 그처럼 많고 다양한 빵들은 처음 보았다.

식사가 끝나고 드디어 경쾌한 음악은 신랑신부를 흥겨운 춤으로 인도했다. 특히 닐 다이아몬드[Neil Diamond]의 노래 〈스위트 캘롤라인[Sweet Caroline]〉은 피로연장을 환희와 흥분의 물결로 뒤덮어 놓았다. 모든 하객들이 춤을 추며 황홀경에 빠졌다. 또한 전통적인 유태 관습인 결혼 행진도 인상적이었다. 까만 타이와 턱시도 차람의 신랑 친구들이 노래를 부르며 신랑과 신부를 들어 올려 행진하는 것이었다. 높이 던져 올렸던 신랑신부를 다시 받아 들러 메고 행렬은 노래하며 홀 전체를 누볐다. 든든한 남성 특유의 우정을 상징하는 것 같았다. 가슴이 뭉클해지는 위엄과 신뢰를 느껴졌다.

드디어 내 아이였던 민선이가 한 남자의 아내가 되었다. 민선이는 가정을 이루고 새 삶을 창조해 나갈 것이다. 더 이상 민선이를 염려하지 않아도 될 것이다. 하지만 홀가분하기보다는 허전했다. 그리고 싱글이었던 언니 형선이가 마음에 걸렸다. 물론 형선이는 제프와 깊은 관계에 있었지만, 결혼에 대해서는 들은 바 없었다. 기혼자였던 제프는 형선이를 만나기 전에 이혼 소송 중에 있었다. 여러 문제로 소송이 지연되어 결과를 예상하기 어려웠다. 그런 불확실한 상태가 싫었던 형선이는 한동안 제프와의 관계를 끊었다 재결합한 상태였다. 형선이 마저 결혼해서 정착하면 나는 완전히 홀가분해질 것 같았다. 어머니로서의 책임과 역할이 끝날 것 같았기 때문이었다.

어느덧 해가 바뀌어 여름이 되었다. 우리 가족은 매사추세츠주의 조용한 스프루스Spruce 해변으로 휴가를 갔다. 나와 형선이 약혼남인 제프의 부모가 처음으로 만나는 자리이기도 했다. 저녁 식사를 위해 모두 호텔 로비에 모였는데, 민선이는 흰색의 헐렁한 옷을 입고 나왔다. 나는 한 번도 민선이가 헐렁한 스타일의 옷을 입은 것을 보지 못했었다. 뭔가 이상했다. '왜 임산부 옷을 입었지? 결혼하더니 옷 스타일도 바뀌었구나.' 곧 제프의 부모를 만나 첫인사도 나누었다. 그분들은 나보다 연세가 많았지만 오래된 친구처럼 다정하게 대해주었다. 나도 편안했다. 무엇보다 민선이가 사랑을 많이 받을 것 같아 마음이 놓였다.

메인 다이닝 홀로 내려가자 샴페인의 거품을 경쾌하게 터져 나왔다. 대화를 하던 중, 갑자기 민선이의 목소리가 들려왔다. "엄마! 나 임신했어요. 출산일이 12월 31일이에요!" 전혀 예상하지 못한 소식이었다. 모두의 축하가 이어졌다. 얼떨결에 나도 손뼉을 치며 "어머, 축하한다! 너무 기쁘다!"라고 한 것 같다. 하지만 무슨 말을 들었는지, 당시 상황이 어떠했는지 정확히 기억나지 않는다. 40이 넘어서 임신이라니, 믿기지가 않았다.

식사가 끝나고 방으로 올라갔다. 잠이 오지 않아 생각을 하다 침대에서 벌떡 내려와 기도에 들어갔다. 산모와 아이의 건강이 우려되었다. 민선이의 나이 때문이었다. 민선이가 결혼을 하면 걱정이 줄어들 줄 알았지만 오히려 늘어났다. 부모의 염려와 부담은 죽을 때까지 이어진다는 것을 그때 느꼈다.

휴가가 끝나고 나는 필그림 플레이스로 다시 돌아갔다. 하지만 마음이 쉽게 안정되지 않았다. 마음은 계속 뉴욕에 머물며 임신한 민선이와 태어날 아기 생각으로 가득 찼다. 한밤중에도 잠에서 깨어나 무릎을 꿇고 기도하는 것이 일과가 되었다. '태아도 산모도 모두 건강하게 해주세요.' 그 이상 바랄 것이 없었다. 안정이 될 때까지 기도하며 스스로와 씨름을 하다 보면 먼동이 트기가 일쑤였다. 낮에는 몸이 나른하고 피로했지만 잠도 못 잤다.

나는 평생 동안 낮잠조차 즐길 모르는 바보로 살아왔기 때문이다.

2010년, 연말로 예정된 해산 일이 다가오고 있었다. 해산실의 민선이는 앤드루 말고는 아무도 들어오지 못하게 했다. 12월 31일 새벽, 8.7 파운드의 크고 건장한 아기 티어돌^{Theodore Shackleton Moon Silbiger}이 태어났다. 아기의 이름인 '티어돌'은 신(theo/deus)의 선물을 의미한다. 늦게 아들을 얻은 부모의 감사하는 마음이 담긴 이름이었다. 미들네임은 영국 남극 탐험가인 헨리 세클턴 경^{Sir Earnest Henry Shackleton}의 성에서 따왔으며, '문^{Moon}'은 엄마 민선이의 성이다. 풍랑 속에서도 헌신으로 선원들을 구한 영웅을 본받아 모험을 두려워하지 말고 세계에 공헌하기를 바라는 마음이었을 것이다. 또한 모계의 성을 미들네임에 넣은 것은 한국인이라는 뿌리를 기억하라는 의도였을 것이다. 가슴이 뭉클해졌다.

하지만 형선이는 제왕절개의 부작용에 시달렸다. 출산 소식에 기뻐해야 할지 걱정해야 할지 분간이 안 갔다. 아기와 산모의 건강을 생각하자 마음이 분주해졌다. 급한 마음으로 간단한 짐을 꾸려 형선이와 나는 차에 올랐다. 운전하는 형선이도, 옆에서 밖을 내다보는 나도 아무 말이 없었다. 무척 길게 느껴지던 드라이브 끝에 뉴욕장로교병원^{New York Presbyterian Hospital}에 도착했다. 이 병원은 산부인과와 소아과가 유명하고 했다. 안개 낀 마음을 가다듬으며 살금살금 형선이를 따라 병실로 들어갔다. 민선이는 눈을 감고 누워있었다. 얼굴과 팔, 다리 등 온몸이 퉁퉁 부어있었다. 뜨거운 눈물이 흘러내렸다. 살그머니 손을 민선이의 이마에 얹었다. "수고했어요." 떨리는 음성으로 말을 꺼냈다. 눈을 감은 채 민선이는 말없이 고개를 끄덕이며 응답했다.

잠시 후 간호사가 담요에 쌓인 티오돌을 안고 들어왔다. "예쁜 아기예요."라며 민선의 가슴에 안겨주었다. 나도 안아보고 싶었다. 얼마 후 민선이가 아기를 내게 건넸다. 나는 허겁지겁 아기를 받아 가슴에 품었다. 형선이와 민선이 이후 40여 년이 지나서 처음으로 안아보는 간난 아기였다. 혹시나 떨어뜨릴까 겁이 났다. 불안한 마음을 달래며 가슴에 첫 손자를 꼭 품었다. 심장 박동이 내 가슴을 부드럽게 두들겼다. 나는 기도하는 마음으로 잠든 아기의 얼굴을 들여다보았다. 평화스러운 모습 때문에 어릴 때 보던 동양화가 떠올랐다. 해탈한 부처를 보는 것 같기도 했다.

그와 동시에 나는 아이가 건강한지 확인하고 싶은 충동을 누를 수가 없었다. 40여 년 전, 내가 형선이와 민선이의 몸을 일일이 확인 한 것과 같이 두 눈으로 확인해야 했다. 마음이 급해져 왔다. 하지만 어떻게 담요를 풀고 아기 옷을 벗기고 손가락 발가락을 세나? 누가 내 괴팍한 행동을 보면 어떻게 하지? 어떻게 해야 할지 난감했다. 이런저런 생각으로 머리가 복잡해 오던 찰나, 나는 모두가 대화에 정신이 팔려있는 순간을 포착했다. 담요를 살살 풀고 속옷을 펼쳤다. 재빨리 손가락 발가락을 세며 이목구비를 확인했다. 그리고 기저귀를 헤치고 아래를 살폈다. 무결했다. 처음으로 보게 된 남자 아기의 성기는 신기하기도 하고 귀여웠다. 이제 급히 옷과 담요를 원상대로 가다듬고는 손자를 가슴에 꺼안았다. 소기의 임무를 달성한 안도감에 속이 후련해져 왔다. 임신 소식을 들은 날부터 5~6개월간 나를 짓누르던 억압에서 해방된 것이다.

일주일 후 퇴원한 민선이는 아기와 함께 맨해튼의 시댁에서 요양했다. 계속 부기가 가라앉지 않았고, 거동이 불편했다. 처음 한 달은 간호사가 가족과 숙식을 하며 산모와 아기를 보살폈다. 하지만 나중에는 여러모로 불편한 점이 많아 중단했다. 대신 내가 시댁으로 가서 민선이와 아기를 보살폈다. 몸은 고단하나 마음은 편안했다.

티오돌은 밤잠이 없었다. 낮에는 잘 자고 밤에는 계속 울며 우유를 찾았다. 민선이는 첫 6개월간 모유를 먹었다. 분명 잠이 부족했을 것이다. 자기 몸도 가누기가 힘들 텐데 밤새도록 아이에게 시달려서 자주 울었다. 옆방의 나는 벌떡 일어나 방문을 노크하고 들어가면 민선이는 나가라고 소리를 질렀다. 내 잠을 깨우지 않으려는 배려도 있겠지만, 아기를 훈련시키기 위해 우는 아이를 그대로 놓아두었다. 티오돌은 계속 울어대고 아프고 지친 엄마도 허탈함 속에서 울었다. 한밤중의 소란에 참다못한 나는 다시 벌떡 일어나 우유를 데웠다. 욕을 먹던 야단을 맞던 상관하지 않고 나는 다시 들어가 아기를 안고 나오고, 우유를 먹이면서 자장가를 부르고 달랬다. 꼴딱꼴딱 우유를 마시던 티어돌은 금세 코를 골며 내 품에서 잠들곤 했다. 밤새 몇 번을 일어났다 누웠다를 반복하다보면 날이 새기가 일쑤였다. 밤잠이 많은 내게는 힘에 벅찼지만 감사한 마음뿐이었다.

민선이의 회복은 예상외로 늦었다. 그러나 다행히 4개월의 해산휴가로 시댁에 오래 머물 수 있었다. 앤드루의 부모는 너그러웠다. 하지만 날이 갈수록 신경이 날카로워졌다. 두 부부만이 살던 조용하던 집에 거동을 못하는 며느리와 아들, 갓난아이, 그리고 사돈인 나까지 있으니 그럴 만도 했다. 게다가 나와 티오돌의 친할머니인 예야Yeya 사이에는 보이지 않는 경쟁의식과 질투, 의견의 마찰이 있었다. 감당하기 힘든 긴장이었다. 사실 처음부터 나는 민선이의 시댁에 머무는 것이 마음에 걸렸다. '변소와 사돈은 멀리해야 한다'라는 한국 속담을 잘 알고 있었다. 하지만 산모와 갓난아이를 보살피기 위해 스스로를 달래야 했다. 그저 민선이가 빨리 회복되어 리버데일의 집으로 돌아갈 날만을 기다렸다.

그해 겨울은 유난히 눈이 많이 왔고 추웠다. 어느 날 민선이가 설렁탕이 먹고 싶다고 했다. 나는 32번가의 코리아타운으로 설렁탕을 사러 갔다. 시가지에는 아직도 여기저기 눈이 쌓여있었다. 이것저것 잔뜩 사 들고 무거워 낑낑거렸다. 힘겨워 절뚝거리는 내 다리와는 달리 마음은 급했다. 빨리 집에 가서 따뜻하게 데워 민선이를 먹여야지. 몇 번이나 가쁜 숨을 몰아쉬며 지하철역으로 내려갔다. 택시를 타고 오라고 신신당부한 민선이의 말을 무시한 채로.

차내는 비교적 한산했다. 나는 자리에 앉아 눈을 감고 민선이를 위해 기도를 했다. 과거와 현재를 오고 가는 상념에 눈이 떠졌다. 다음 정거장이 다가오고 있었다. 이내 건너편 좌석에 앉아있던 한 백인 남자 노인이 일어서서 다가왔다. "상당한 미인이시네요. 정말 아름답습니다." 얼떨결에 고맙다고 했으나 의아했다. 스스로에게 반문했다. "내가 예뻐? 그래 나는 원래 미인이야. 하지만 지금의 나는 미인이 아니지. 피로하고 지치고 보잘것없는 늙은 '칭키로 보였을 텐데, 왜 내가 예뻐 보인다고 했을까. 내가 예쁘게 보일 리 없어."

'허름한 재킷과 바지차림의, 흐트러진 머리를 스카프로 두르고 딸들이 신던 운동화를 신은 초라한 나. 다듬지도 못한 까칠한 피부, 누가 보아도 무식하고 초라해 보이는 이방의 여인일 뿐인데 왜 내가 예쁘게 보였을까? 아마도 딸의 회복을 간구하는 어머니의 사랑이 내 온몸에서 배어 나왔기 때문인 걸까. 아무것도 바라지 않는 어머니의 순수한 자식 사랑. 이 순결한 사랑이 세상의 무엇보다 아름다운 것인가? 이 사랑이 나를 그처럼 아름답게 보이게 했겠지?' 혼자 생각하며 서둘러 집으로 향했다. 급한 마음으로 음식을 데워 민선이게 먹였다. 힘없이 받아먹는 딸을 바라보는 나는 뼈 속을 파고드는 아픔을 느꼈다. 귓속에서 울리는 '당신은 정말 아름다운 여인이에요' 라는 목소리가 사랑이 무엇인가를 생각하게 만들었다.

생후 9일이 되는 날, 유태관습에 따라 코브넌트 업 밀라Covenant of Milah 예식이 진행되었고, 티오돌은 할례를 받았다. 다행히 민선이도 회복되었다. 이제 우리는 한 달 남짓 머물던 시댁을 떠나 리버데일의 보금자리로 돌아왔다. 이제 사돈집에서 받던 스트레스가 사라져 마음이 편했다. 하지만 좁은 공간에서 아기를 보살피며 산모와 사위와 지내다 보니 스트레스에 협심증이 생겼다.

티오돌은 하루하루가 다르게 커갔고 다행히 민선이도 회복되었다. 기쁨은 커갔지만 힘은 더 들었다. 여기저기 기어 다니며 무엇이든 만지고 입에 집어넣고, 잠시도 가만히 있지 않았다. 신기하기도 하고 흐뭇했지만 심신은 고달팠다. 한순간도 놓아 둘 수 없었기 때문이다. 내가 항상 옆에 붙어있어야 할 것 같았다. 나는 베이비 시터를 제치고 티오돌을 놀이터며 도서관으로 따라다녔다. 어디에 부딪쳐 피가 나기라도 하면 나는 미안해졌다. 커가는 티오돌이 대견해서 피로한 몸과는 달리 마음은 흐뭇하기만 했다.

우유만을 먹던 티오돌이 유아식을 먹기 시작했다. 부모들은 유기농 유아식품을 쌓아놓고 먹였으나, 나는 상품화된 음식이 못마땅했다. 신뢰가 가지 않았다. 내가 정성 들여 만든 음식보다 못한 것 같아 기를 쓰고 음식을 만들었다. 유기농 닭살과 채소로 닭미역국, 닭살전, 호박전 등을 만들어 냉동실에 쌓아두고 먹였다. 티오돌은 내가 만든 음식을 아주 좋아했다. 씨 없는 유기농 포도를 까는 것은 힘들고 시간이 많이 들었지만 나는 정성을 다해 껍질을 벗겼다. 두세 시간씩 서서 씻어 물기를 걷은 포도알 껍질을 벗기고 살 속에 박혀있는 깨알보다 작은 씨들을 빼낸 후, 잘게 썰었다. 다리는 퉁퉁 부어 걸을 수 없었고 허리도 뻣뻣해졌다.

티오돌은 내가 정성 들여 깐 포도를 무척 잘 먹었다. 더 달라고 입을 벌리며 "더 더'라고 소리치는 모습이 아기 새 같았다. 그러면 내 마음은 즐거움에 부풀어 터질 듯했다. 다리와 허리의 통증도 사라지고 몸이 가벼워졌다. 나는 냉장고 문을 열고 더 가져다 먹였다. 티오돌은 먹고 남은 주스를 "마이, 마이"라고 하며 한 번에 마시곤 했다. 그럴 때면 희열이 밀려왔다. 하지만 왜 티오돌이 "마이 마이"라고 하는지는 알 수 없었다. 내가 주스를 먹이며 "국물을 홀딱 마셔요, 홀딱 마셔요, 이쁜 티오돌씨, 마셔요. 마셔요."라고 했는데, 아직 말을 못 하던 티오돌이 "마셔요" 대신에 비슷한 발음인 "마이, 마이"라고 말했던 것 같다. 나는 그 말이 너무도 귀엽고 재미있어서 "마이, 마이"를 따라 하면서 주스를 먹였다.

티오돌을 키우면서 자몽 까기에는 내가 세계 1등이 된 것 같았다. 하도 자몽을 잘 까서 딸들과 사위들은 내게 자몽 공장을 만들라고 말한다. 포도는 껍질째 통째로 먹지만 자몽은 힘들다. 두세 시간을 꼬박 서서 자몽의 두꺼운 껍질, 속껍질, 심줄과 씨들을 발라내고 살 만을 추려내야 한다. 그러면 다리와 허리가 무척이나 저리다. 하지만 앉은 자리에서 자몽 두세 개를 눈 깜작할 사이에 먹어 치우는 티오돌을 보는 순간, 아픔도 피로도 눈 녹 듯 녹아 버린다. 두 사위인 제프와 앤드루, 또 큰 손자가 된 에반Evan도 내가 까주는 자몽을 경쟁하며 먹는다. 자몽 덕에 최근 가슴 뭉클한 경험도 했다. 자몽을 유별나게 좋아해 어디에나 들고 다니는 아빠 앤드루는 내가 냉장고에 까서 넣어둔 자몽에는 손도 대지 않았다. 먹으라고 했으나 소량의 자몽만을 덜어 먹었다. 그리고 사랑하는 아들 티오돌을 먹이기 위해 솟구치는 욕구를 억눌렀을 것이다. 까놓은 과일이 그대로 있는 것을 보며 가슴이 저려왔다. '이것이 어버이의 자식 사랑인가? 욕구를 억제하며 희생하는 사랑. 이렇게 자식을 위해서는 필사적으로 헌신하는 것이 우리의 본능이겠지.' 나는 지금도 생각해 본다.

나는 틈만 나면 쓸고 닦고 정리했다. 시키지 않는 일들을 내가 만들어가며 한순간도 쉴 새 없이 분주히 돌아다닌다. 천성인지 아버지에게서 물려받은 습관인지는 모르겠지만, 흐트러지거나 어지럽게 놓인 것을 보면 나는 가만히 있지 못한다. 질서정연하게 정리 정돈이 되어야 마음이 안정된다. 원래 심한 근시여서 옆의 물건들을 넘어뜨리거나 방바닥에 있는 물건들에 걸려 넘어지곤 한다. 하지만 이상하게도 방바닥의 깨알보다 작은 먼지나 머리털 등은 왜 그리도 잘 보이는지 모르겠다. 아마 타고난 청소 DNA가 있는 것 같다. 냉장고 속도 깨끗이 정리하고 남은 음식들을 질서정연하게 정돈해 놓는다.

형선이는 우리 집에 오면 언제나 나를 놀리며 불평한다. "엄마, 이게 사람이 사는 집이야, 아니면 박물관이야? 엄마 집은 사람 집이 아니라 박물관이야. 나는 집에 온 것이지 박물관에 온 건

아닌데"라며 탁자 위에 책이나 잡지들을 툭 올려놓는다. 괴팍한 습관으로 나는 딸들의 집에 가서도 노상 치우고 정리를 한다. 정리해 놓으면 딸들은 물건을 못 찾고는 종종 전화를 해서 어디에 물건을 두었는지 물으며, 핀잔을 주거나 야단을 치곤한다. 힘을 들여서 정리를 해 놓고 칭찬은커녕 야단을 맞으면 화가 나고 서운하다. '다시는 안 해. 너희 들이 똥통에 살든지 말든지!' 라고 다짐하지만 그 순간뿐이다. 금세 또다시 치우고 정돈한다. 이 괴팍한 습관을 형선이는 병이라고 한다.

'정리 정돈 병'은 치료제가 없는 것 같다. 딸들의 집에서도 나는 쓸고 닦고 정리정돈을 하다 점심을 굶는 날이 많았다. 병원에서 돌아온 형선이가 "엄마, 오늘 어떻게 지냈어요?"라고 하면 할 말이 없었다. 언젠가는 바빠서 점심도 못 먹었다고 했다가 야단을 맞았기 때문이다. 물론 내 건강을 생각해 점심을 강요하는 형선이의 마음을 잘 알고 있기에 마음이 상하지는 않았다. 그 후로는 형선이에게 마음에 부담이나 상처를 주지 않으려고 굶고는 대답을 얼버무려 넘기곤 했다. 병원에서 하루 종일 환자를 보고 집에 와서는 티오돌을 보살피며 살림을 하는 딸을 돕고 싶었다. 그래서 나는 체중이 줄고 야단을 맞고 거짓말을 하면서도 열심히 뛰었다. 모든 것이 내 힘에 벅차고 힘들었다. 좀 더 젊어서 할머니가 되었으면 좋았을 것 같다는 생각도 해봤다. 젊은 할머니들을 보면 부럽기도 하다.

애를 보고 집을 치우는 것도 내 힘에 벅찼다. 하지만 특히 감당하기 힘든 것은 민선이와 앤드루의 끝없는 감시였다. 자나 깨나 시선이 등 뒤에서 느껴졌다. 내가 아무리 정성을 다해도 그들에게는 항상 부족했다. 이해할 수 있었다. 나도 정성껏 돌보는 유모를 제치고 직접 티오돌을 보아야 마음이 편하고 안심이 되었기 때문이다. 물론 나도 스스로를 못 믿어 불안했다. 민선이와 앤드루를 이성으로는 이해하나 마음이 상했고 아팠다. 나는 감시 속에 사는 죄수나 포로의 고통을 느꼈고 때로는 도망치고 싶기도 했다. 내가 가면 누가 민선이와 티오돌을 나처럼 헌신적으로 도울까. 무엇보다 손자를 생각하면 떠날 수가 없었다. 진퇴양난의 갈등 속에서 혼자 많이 울기도 했다. 그리고 내가 어려서 보았던 무서운 엄마 개를 떠올리며 딸과 사위의 감시와 꾸중을 참아내려고 안간힘을 썼다.

어려서 나는 개들과 함께 자랐다. 집에는 언제나 개 몇 마리가 있었으며 한 식구처럼 어울려 살았다. 하지만 함께 장난치고 친구 같던 개가 새끼를 낳으면 사납게 변하곤 했다. 어미 개는 눈에 불을 켜고 새끼들을 보호하며 자리를 떠나지 않았다. 근처에 사람이 오면 물어뜯으려고 덤벼들었다. 우리 엄마를 제외하고는 아무도 가까이 갈 수 없었다. 항상 밥을 주던 가정부들도 무서워 밥을 못 주고 엄마가 대신 주었다. 언젠가 나는 강아지들이 보고 싶어 동생들을 데리고 작은 틈으로 살펴보았다. 순간, 어미 개가 가르릉 거리는 소리와 무섭게 덤벼들어 질겁하며 도망가던 기억이 있다.

'새끼를 보호하는 것은 동물의 본성인가? 일종의 사랑의 행위인가? 동물인 개도 그처럼 자기 새끼를 보호하니 인간이 그러한 것도 당연한 행위겠지. 더구나 민선이는 소아과 의사이니 자기가 아이들의 문제를 잘 안다고 믿는다. 그래서 나의 재래식 양육법이 마음에 걸릴 수도 있겠지. 하지만 나는 의학 상식은 없어도 경험은 그들보다 많지 않은가?' 자문자답을 하며 견디기 힘든 딸과 사위의 감시를 이해하려고 노력했다. '티오돌은 뒤늦게 얻은 귀한 아들이다. 그러니 티오돌이 그들에게 얼마나 소중한 아들이야? 내가 꾹 참아야지.' 나를 타이르기도 했지만, 때로는 그냥 다 집어치우고 내 집으로 돌아가 편히 쉬고 싶었다.

티오돌을 돌보며 나는 사랑이 무엇인지 알고 싶어졌다. 내가 왜 이렇게 손자를 위해서 딸들을 위해서 가족들을 위해서 미친 듯이 덤벼드는지 알 수 없었다. 속상하고 힘들어 울면서도 떠나지 못하고 붙어있는지 이해할 수 없었다. 나를 붙들어 두는 것이 무엇일까. 그것이 사랑인지 생각했다. '사랑은 모든 것을 이겨내는구나'라며 스스로를 위로했다. 하지만 여든이 넘은 오늘날에도 나는 사랑이 무엇인지 모른다. 그 뜻도 형태도 모른다. 흔히 인용되는 신약성경의 고린도전서 13장을 연상해보기도 하나 솔직히 잘 모르겠다. 반면 내가 어려서 늘 듣고 자란 '내리사랑'이란 말로 내 미련한 사랑의 행위를 이해할 수 있을 것 같았다.

물이 위에서 아래로 흘러 내려가 듯, 사랑도 위에서 아래로 내려간다. 나는 사랑을 받아 본 사람이 사랑도 할 줄 안다고 듣고 자랐다. 맞는 말인 것 같았다. 나는 부모의 사랑 속에서 자랐지만 손톱만큼도 효도를 못했다. 반면에 내 딸들과 손자를 위해서는 무엇이든 하고자 한다. 엄마와 아버지에게서 받은 그 사랑이 딸들에게, 또 손자에게 내려가기 때문이다. 이상하게 늦게 얻은 손자 티오돌을 생각하면 얼굴이 활짝 펴진다. 마냥 즐겁기만 하다. 나는 티오돌을 즐겁게 하는 일이라면 무엇이든 하려고 덤벼들었다. '이것이 내리사랑의 발로이지? 이 내리사랑 때문에 울면서도 떠나지 못하고 모든 것을 참아내며 붙어 있구나.' 나 자신에게 타이르며 내리사랑을 천륜으로 받아들였다. 그리고 민선이와 앤드루의 무서운 감시를 참아냈다.

언젠가 내리사랑을 형선이에게 이야기했더니, "엄마, 그 말은 일방적인 말이에요. 사랑은 아래로만 내려가지 않아요. 위로도 올라가요. 아이들도 부모를 사랑해요!"라며 반박했다. 그렇다. 사랑은 올라도 가는 것이다. 형선이와 민선이도 나를 사랑한다. 알고 있다. 나는 딸들의 사랑 속에서 살아있다는 것을 느낀다. 또 사위들의 사려 깊은 사랑이 나를 든든하게 붙잡아 준다. 그리고 티오돌도 나를 무척 좋아한다. 그렇다. 사랑은 올라도 간다. 옆으로도 간다. 형제와 친척, 친구들과 주변 사람들도 서로 보살펴주며산다. 그 모두가 사랑의 표현인 것이다. 그 사랑 때문에 인간의 삶이 가능해지지 않는가. 사랑은 위에서 아래로도, 옆으로도, 어디든지 갈 수 있다. 정해진 방향 없이 항상 살아 움직이며, 이 살아 움직이는 사랑이 삶을 영속시킨다.

티어돌의 티 없이 맑고 순수한 애정과 신뢰를 나는 사랑의 표현으로 받아들였다. 또한 아이의 살아 움직이는 사랑이 노년의 삶에 희망을 불어 넣고 있음도 부인할 수 없었다. 나는 더 오래 살고 싶어졌다. 티오돌 덕분에 이전에는 생각하지도 못했던 장수의 욕망이 생겼다. 할머니가 되기 전까지는 전혀 오래 살고 싶지 않았다. 나의 존엄성과 자제력을 잃기 전에 죽고 싶었다. 건강하게 60세만 살면 만족할 것 같았다. 하지만 티오돌을 기르면서 생각이 바뀌었다. 거동이 불편해지고 휠체어를 타는 날이 오더라도 살고 싶다. 티오돌의 위로 치솟아 오르는 사랑 때문에.

춥고 길었던 겨울도 가고 햇살이 넘실거리는 초여름이 되었다. 오랜 기간 끌어오던 제프의 이혼소송이 끝났다. 그리고 2011년 5월로 예정된 형선이와 제프의 결혼이 임박해 왔다. 5월 22일이면 47세가 되는 형선이는 하루라도 더 젊은 나이에 결혼하고 싶다며 생일 바로 전날인 21일을 결혼식 날짜로 정했다. 결혼식 하루 전인 20일에 형선이와 제프의 초청으로 양가 가족들은 다음날 결혼식이 거행될 잎스위치^{Ipswich}에 자리 잡은 거대한 성곽 캐슬 힐 크레인 에스테이트^{Castle Hill Crane Estate}에 머물렀다. 보스턴에서 한 시간 이상의 거리에 위치한 산간지인데 대서양이 내려다보이는 아름다운 곳이었다.

2011년 5월 21일, 아침부터 밝은 햇살이 비춰왔다. 초여름의 향기는 우리를 포근히 감싸주었다. 아침잠이 많은 나는 예상을 깨고 일찍 일어나 결혼 축복 기도를 하며 예식 준비를 했다. 그리고 한복을 입기 위해 옷을 다렸다. 싫어하는 다림질이지만 꾹 참고 주름을 폈다. 민선이의 결혼 때 느꼈던 서운함이나 착잡한 심경과는 달리 마음이 편안했다. '이제 딸 둘이 모두 제짝을 찾아가는구나. 내 책임도 끝나가는구나. 행복하게 잘들 살아요. 너희 가족을 위해 항상 기도할게.' 눈물이 글썽거리면서 홀가분함과 허전함이 느껴졌다. 다이닝 룸으로 내려가니 이미 가족들은 아침식사를 하며 밝게 이야기를 하고 있었고, 형선이도 신부답지 않게 웃고 떠들며 활발하게 이야기하고 있었다. 그때까지도 내가 가지고 있던 전통적인 한국의 신부상은 무표정의 다소곳하며 수동적인 이미지였다. 형선이는 이런 나의 고정관념을 깨트렸다. '나이든 신부라서 그런가? 오랜 기간 사귀어왔기 때문인지, 미국인이라서 그런지도 모르겠다.' 혼자서 생각하며 민망했으나 허례와 가식이 없고 자연스러우며 솔직해 보였다. 분명 형선이의 행동은 모두를 편안하게 해주었다. 식사 후 하객들은 자연을 즐기며 산책을 했고, 나는 다시 내 방으로 돌아가 기도하며 오후에 있을 결혼식 준비에 들어갔다.

싱그러운 나무 잎들과 꽃잎들의 향기가 퍼지는 오후였다. 넘실넘실 구비치는 넓고 푸른 바다가 내려다보이는 산속의 넓은 정원에는 결혼식을 위한 무대가 설치되었다. 이미 많은 축하객들이 와있었다. 사람을 좋아하고 너그럽고 후덕한 형선이는 친구들뿐 아니라 제자들도 많았다.

흩어져있던 졸업생들이 참석하는 대축제였다. 가족들의 입장으로 예식이 시작했다. 흰색 턱시도를 입은 제프의 아들 에반이 결혼반지를 들고 걸어왔다. 형선이의 조카 제이니와 애니는 들러리로 뒤를 따랐다. 제프는 부모 다음으로, 한복 차림의 나는 생후 5개월 된 티오돌을 유모차에 태워 밀며 입장했다. 그리고 민선이와 앤드류를 앞세워 신부 형선이와 검은 타이에 턱시도를 입은 신랑 제프가 마지막으로 등장했다. 물론 형선이는 예상을 뒤집고 웨딩드레스 대신 파티 드레스로 단장하고 등장했다. 물론 베일도 쓰지 않은 채 제프와 활달하게 입장했다.

결혼식은 형선이의 모교 스미스 대학의 교목이던 벤리온 목사[Rev. Betlyon]가 집례하였다. 예식 전체에 형선의 독특한 성품이 묻어나왔다. 식순의 하나가 자신을 길러준 외할머니에게 바치는 형선이의 독창이었다. 이미 오래전에 세상을 떠나 결혼식에 참석하지 못한 할머니를 그리워하며 소프라노로 한국 노래를 불렀다. <어머니 사랑>을 부르는 형선이의 눈에서는 눈물이 흘러내렸다. 나도 눈물이 나고 가슴이 져렸다. 하지만 한편으로는 민망하고 얼떨떨하기도 했다. 결혼식장에서 신부가 노래를 하다니. 그래서 나는 축하객들의 반응을 살펴보았다. 모두가 정중히 경청하고 있어서 다시 마음이 숙연해졌다.

예식과 사진촬영이 끝나고 피로연장으로 향했다. 넓은 홀에서 푸짐한 뷔페와 파티가 벌어졌다. 샴페인의 거품이 터져 나오며 폭죽 소리가 홀을 울렸다. 그러자 형선이와 제프는 미친 듯이 춤을 추었다. 귀가 터질 듯한 음악과 함께 모두들 노래하고 춤을 추기 시작했다. MC를 맡은 민선이를 제치고 형선이가 연설까지 했다. 신부가 강연을 하는 결혼식은 처음 보았다. 피로연장은 웃음바다로 변했다. 어른이나 아이, 모두가 와자지껄 웃고 떠들며 노래하고 춤췄다. 형선이의 취향과 성격을 그대로 반영한 축제였다.

두 딸들의 결혼식을 통해 각각의 독특한 개성을 다시금 느낄수 있었다. '내가 걸작들을 낳았구나.' 정말 별나고 대단하다는생각을 했다. '좋아요. 훌륭해요. 그대로 잘들 살아요. 항상 가족들을 위해 기도할 게요.' 라고 속삭였다. 형선이의 결혼으로 이제나는 두 손자의 할머니가 되었다. 티오돌보다 아홉 살이 많은 제프의 아들 에반이 이제 큰 손자가 된 것이다. 이제 삶은 풍성해지겠지만 더 바빠질 것 같았다. 두 딸의 집을 드나들며 시키지 않는일을 하다 야단맞을 것도 각오했다.

티오돌의 첫돌 무렵, 민선이 가족은 콘도 빌딩 꼭대기 층인 15층의 보다 넓은 곳으로 이사를 갔다. 허드슨강의 대장관이 한눈에 드러나는 아름다운 곳이었다. 나는 10층 콘도에 남았다. 그러자 마음에 여유도 생기고 스트레스와 협심증도 나아졌다. 살 것같았다. 그리고 곧 티오돌의 대대적인 한국식 돌잔치가 벌어졌다. 연구차 한국에 나갔던 티오돌의 이모 형선이가 가족들의 한복을 사 왔다. 가족들 모두 한복으로 단장하고 손님들을 한국 음식으로 대접하며 기쁨을 나누었다. 티오돌은 아빠의 선물인 지구본을 잡았다. 세계에 공헌하는 인물이 될 것임을 모두에게 알렸다.

2013년 3월 초, 나는 필그림 플레이스로 돌아갔는데, 형선이는 다시 동부로 돌아오라고 설득했다. 더 늦기 전에 손자와 함께 살라는 충고였다. 나 역시 손자 곁에서 살고 싶었다. 힘들어도 그 사랑스러움을 말로는 표현할 수 없었다. 언젠가 엘에이에 사는 고등학교 동창이 한 말이 생각났다. "손자, 손녀에게 빠지는 년은 미친년이야. 어릴 때는 할머니, 할머니 하고 따르던 아이들이 좀 커서 친구 생기면 할머니 냄새난다고 곁에 오지도 않아. 다 소용없어. 정신들 차려. 절대로 손자, 손녀에게 빠지지 마. 아까운 인생 희생하지 말고!" 하지만 나는 어느덧 손자 티오돌에게 홀딱 빠진 미친년이 되었다. 그래도 마냥 좋았다. 사랑스러운 티오돌 곁에서 살고 싶은 욕망이 마구 커져갔다.

나는 다시 동부로 이주할 엄두를 못 냈다. 하지만 형선이의 끈질긴 설득은 다시 마음을 들뜨게 했다. 나는 차차 심각하게 생각하기 시작했다. 필그림 플레이스는 기독교인으로서 좋은 은퇴 공동체였다. 하지만 그곳에서의 삶은 세상과의 격리에서 오는 한적함과, 소외감, 이질감이 겹쳐 고독했다. 거주자의 대다수가 백인들이었다. 전 세계에 흩어져 봉사하던 선교사들이 대부분이었고 그중에는 동양, 특히 일본에서 사역한 선교사들이 많았다. 나는 최초의 한국계 미국인이었다. 일반적으로 개방적이고 진보적인 민주당원이 압도적이었다. 물론 보수적인 공화당원이나 무소속 들도 있었겠지만, 성향을 드러내지는 않는 것 같았다. 정치적 견해를 떠나 그들은 모두 정통 기독교인들이었다. 모든 행사나 프로그램, 예배나 모임, 식사, 기도 등 생활양식이 기독교 중심이었다. 물론 강요는 없었지만 내겐 부담이 되었다. 나는 목사지만 제도화된 종교 예식이나 교리, 신앙생활양식에는 별 관심이 없었다. 설교도 많이 했지만 나는 교리에 끼워 맞추는 설교를 싫어한다. 그래서 그곳에 4년간 사는 동안 매주 목요일 밤 예배에 단 한 번 참석했다.

나의 신앙관은 극히 사적이다. 틀에 짜인 예배는 체질에 맞지 않아 가능하면 피한다. 독자적인 기도나 찬송으로 힘을 얻는다. 특히 기도는 나와 내가 믿는 하나님과의 개인적 대면의 한 형식으로 생각하고 혼자 명상하는 것을 택해왔다. 참회나 간구를 통해 스스로를 들여다보고 마음을 순화하고 삶을 재정비할 수 있는 용단을 내린다. 그래서 홀로 기도하며 삶을 살아간다.

필그림 플레이스에서의 삶이 안정과 평안은 있지만, 살아 움직이는 생명력은 없었다. 앞을 내다보고 살 수 있는 희망이나 긍정인 자극은 없고 죽음을 준비하는 삶만이 있는 것 같았다. 점점 지루하고 답답해졌다. 결국 나는 나와 비슷한 노인들만 있는 곳의 부정적인 면을 경험했다. 아이들과 성인, 노인 모두가 함께 사는 생명력이 넘치는 세상에서 살고 싶어졌다. 또한 필그림 플레이스는 기후가 좋기는 했으나 여름에는 햇살이 너무 뜨거워 밖에 나갈 수 없었다. 그 살인적인 햇살은 심적 갈증과 무기력 속으로 나를 밀어 넣었다. 계절 변화가 없으니 단조롭고 지루했으며 특히 가을에는 동북부의 단풍이 그리웠다. 결국 이러한 상황들과 더불어 티오돌의 출생, 형선이의 설득 덕에 다시 필그림 플레이스를 떠나기로 했다.

티오돌의 출생 일 년 후인 2012년 3월, 필그림 플레이스의 가구며 세간살이 등을 포장하여 이삿짐 회사의 창고에 보관하게 했다. 그리고 매사추세츠의 케임브리지로 돌아왔다. 이곳에는 형선의 가족이 살고 있었다. 그리고 캐롤라인과 앤드루가 하버드 대학원에서 공부할 때 살던 콘도가 비어 있었다. 새 거처를 마련할 때까지 그곳에 머물렀다. 그리고 뉴욕과 케임브리지를 번갈아 드나들며 오랜만에 딸들의 가족들과 함께 지냈다. 함께 늙어가는 기독교 공동체에서 느꼈던 소외감이 사라지면서 이제 다시 삶의 활력을 되찾았다.

케임브리지에는 딸들이 살았기 때문에 낯설지 않았지만, 지리 등 모든 것에 여전히 익숙하지 못했다. 연고자나 친구, 친척도 없었기에 많은 것들을 새롭게 배우고 익혀갔다. 새로운 환경에 다시 적응해야 했다. 시간이 얼마 지나자 심신은 안정이 되찾았으나 다시 쓸쓸했고 우울해졌다. 딸들은 내가 우울증에 걸릴까 봐 걱정했다. 밖에 나가 사람을 사귀도록 설득했다. 나와 대화가 통하는 사람을 사귀어야 했다. 나와 비슷한 배경이나 공통점을 가진 사람들과 교제하며 유대를 맺고 싶었다. 나는 내가 속할 수 있는 새로운 공동체를 찾아 나섰다.

케임브리지에 안착한지 1년 만에 은퇴자들만의 학구적인 공동체를 찾았다. 2013년 9월 학기부터 하버드 대학의 연장교육기관인 HILR(Harvard Institute for Learning in Retirement)에 가입했다. 이 기관은 600여 명의 회원을 가지고 있으며 대다수가 백인이고 유태계 미국인들이 많았다. 타 인종은 극소수이며 한국인은 나와 또 한 명의 박사학위를 가진 여성뿐이었다. 의사, 박사, 교수, 교육자, 과학자, 변호사, 건축가, 기술자, IT 전문가, 사업가, 예술가, 간호사, 임상치료사 등 갖가지 직종에 종사하던 은퇴자들이 모여 함께 배우고 가르치며 친목과 교제를 이어가는 모임이다. 이곳의 생활을 통해 뒤늦게 나는 과학에 매료되기도 했다.

그곳 생활이 5년 차에 접어들 무렵, 한 사람이 내게 다가왔다. 제이 티 비(JTB)라는 신입 회원이었다. 그도 나처럼 말수가 적었고, 사람을 편안하게 해주는 성격이었다. 한 학기 동안 오며 가며 카페에서 이야기를 나누다 보니 친해졌다. 그는 내가 클래식 음악과 오페라, 베토벤을 좋아한다는 것을 알고는 음악회에 초대했다. 그리고 발레 공연에도 초대했다. 나는 거부하기 힘들었다. 고전발레라고 했기에 나는 그의 초대를 받아들였다. 하지만 관람 날이 다가올수록 흥미에 앞서 불안과 긴장이 몰려왔다. 그와 함께 가기가 어색하고, 내 마음 한편에서 저항도 느껴졌다. 잠도 제대로 잘 수 없을 정도의 긴장감이었다. 나는 고뇌를 딸들에게 털어놓았다. 형선이는 웃으며 적극적으로 데이트를 권장했다. 불안해하는 것은 아주 정상이라며 혼자 집에만 있지 말고 데이트도 하고 음악회나 문화생활을 하라고 격려했다. 민선이는 말이 없었지만 엄마에게 남자친구가 생겼다는 사실에 안도하는 것 같았다. 이제 주객이 바뀌었다. 딸들을 가르치고 인도했던 내가 딸들의 인도와 충고를 따른다. 딸들이 나의 선생이 된 것이다. 사실, 내 나이에 남자친구를 사귄다는 것이 주책같이 느껴졌다. 하지만 용기를 내봤다. 젊어서도 못 해본 데이트를 70세가 넘어서 하게 되다니.

뒤늦게 남성과 교제를 하면서 생각해 보았다. 사실 우리는 점차 취미나 가치관의 차이를 느끼고 있었다. 연예에 종지부 찍을 것을 다짐했다. 결국 그의 사적인 문제들 때문에 만남은 자연스럽게 끝이 나게 되었다. 안도감과 더불어 무엇인가 잃어버린 것 같은 허탈함도 느껴졌다. 내 인생의 마지막 장에서 경험한 극히 짧았던 경험 덕에 어릴 적 들은 어른들의 말이 생각났다. '몸은 늙어도 마음은 늙지 않는다. 고목에도 꽃이 핀다.' 사실 내 경우에는 싹도 트지 못했지만, 미디어에서 간혹 보이는 80대 노인들의 결혼도 이해할 수 있을 것 같았다. 비록 몸은 늙어도 받고 싶고, 주고 싶은 사랑의 욕구와 충동은 늙지 않는다. 사랑 앞에서는 분별력도 자제력도 무용지물이 되어 버리는 것이다. 정말로 아직까지 사랑이 무엇인지는 알 수 없다.

늦은 나이에 경험한 데이트 이전에, 나는 평생 잊지 못한 단한 번의 데이트 경험을 간직하고 있다. 내가 생에서 가장 사랑했던 한 사람, K와의 처음이자 마지막 데이트였다. 사실 그것이 데이트라고 할 수 있을지는 모르겠지만 말이다. K는 나의 이화여대 재학 4년간 내 마음을 사로잡았던 오직 한 남자였다. 그의 용모와 음성이 독특했고 약간 쉰 듯한 목소리가 좋았다. 노래를 잘불렀다. 나는 정말 그를 좋아했지만 단 한 번도 티를 내지 않았다. 그 앞에서는 오히려 쌀쌀하고 무관심한 듯 행동했다. 내가 누구를 사랑한다는 것이 왠지 내 자존심을 상하게 하는 것 같았기 때문이었다. 물론 YMCA와 YWCA의 특별 행사를 제외하면 만나지도 못했다. 당시 나의 남성관은 극히 보수적이었다. 남자가 머리를 숙이고 내게 찾아와 사랑을 고백해야 한다고 믿었다. 하늘보다 높았던 자존심 때문에 내가 누군가를 사랑하고 있다는 것을 용납할 수 없었다. 이 미숙한 자존심 때문에 나는 뼛속까지 사무친, 가슴 깊이 파고드는 아픔을 참아야 했다. 반면에 친구 명희로부터 K의 나를 향한 상사병에 관한 이야기를 들으며, 찢어져 피가 흐르던 내 마음을 달래기도 했다. 당시 명희의 연인이었던 L이 K의 절친한 친구였기에, 나를 향한 사랑에 몸부림치는 K의 상황을 명희에게 알렸다. 명희는 열심히 나에게 소식을 전해주곤했다. 들은 바로는 K가 사랑을 고백하는 편지를 썼으나 감히 부치지 못하고 울며 찢어 버렸다고 한다. 그 소식은 내 오만한 마음을 달래 주었고, 자존심을 굽히지 않았던 것에 대해 약간의 자부심도 느끼게 해주었다. 하지만 내 진짜 마음은 피를 흘리며 아파하고 있었다.

대학 졸업 후, 우연한 기회에 그를 길에서 만났다. 그는 곧 군대에 입대할 것이라 했다. 그리고는 논산훈련소로 떠났다. 군대에서 그는 고된 훈련 중에도 하루가 멀다고 내게 편지를 보냈다. 나도 열심히 답장을 보냈다. 아마 그때가 내 생에서 가장 행복했던 순간이었던 것 같다. 드디어 훈련을 마치고 돌아와 나를 찾았다. 하지만 그때 나는 이미 명희의 사촌 오빠와 약혼을 했고, 도미를 앞두고 있었다. 엄마가 동생 애란이를 대동시켜 그를 만났으나, 나는 그에게 나의 약혼을 알리지 못했다. 차마 입이 열리지 않았다. 다만 곧 미국에 갈 것이라는 사실만을 말했다. 비겁하게 느껴졌지만 나는 결혼을 위해 도미했고 그와의 그 짧았던 단 한 번의 만남이 내 생에서 처음이자 마지막 데이트였다. 이런 경우도 데이트로 분류할 수 있을지는 몰라도, 가슴속에는 아직도 나의 처음이자 마지막 데이트로 남아있다. 나는 결코 그를 잊지 못했다. 그는 항상 내 가슴속에 살아 있었고, 결혼 후에도 나는 그를 종종 생각했다. 지금도 나는 가끔 그를 생각한다. 종종 꿈을 꾸기도 하는데 항상 괴로워하는 나를 꿈속에서 본다. 지금도 내가 그를 사랑하는 걸까? 아마 아닐 것 같다. 사랑한다고는 생각하지는 않는다. 지금 나는 과거의 나를 불태웠던 달콤하고 아픈 감정을 못 느끼지만, 분명히 그는 내 기억 속에 살아있다. 나는 나 자신에게 간혹 묻는다. 내가 그처럼 사랑했던 K와 결혼을 했더라도 이혼을 했을까? 알 수 없다. 했을지도 모르겠다. 나는 한낱 철이 들지 못한 어린아이였기 때문이다. 나는 결코 현실 속에서 산 것이 아니라, 물거품 같은 꿈속에서만 살아왔기 때문이다.

꿈만을 먹고살던 미숙하고 철부지였던 내게, 여든이 넘어 기적이 찾아왔다. 2018년 여름, 책의 원고를 수정하다 소파에서 쉬고 있었다. 갑자기 민선이의 전화가 걸려왔다. 전화를 받자 또랑 또랑한 목소리가 들려왔다. "엄마, 나 임신했어요!" 나는 무의식 적으로 "뭐라고?"라고 답했다. 민선이가 다시 명랑하게 "임신했 다고요!"라고 했고, 내 입에서는 "너 지금 몇 살이지?"라는 말이 튀어나왔다. 민선이는 "51살이죠!"라고 가볍게 응수했다. 민선 이 말로는 티오돌이 외동이기에 서로 힘이 되는 형제가 필요할 것 같아 둘째를 가졌다고 했다. 충분히 이해가 되고도 남았다. 민 선이와 앤드루는 매사를 심사숙고하여 결정한다. 나는 그들의 결 정을 믿는다. 그저 아기도 엄마도 모두 건강하기만을 기원할 뿐 이었다. "무리하지 말아요. 잘 먹고 몸조리 잘해요." 수화기를 놓 았다. 더 할 말이 없었다. 기적이 현실 속에서 일어난 것이다. 얼 떨떨하고 멍청해져서 한동안 멍하니 누워있었다. 그러다 벌떡 일 어나 집안을 돌아다녔다. 놀라고 들뜬 마음을 가라앉히고자 노력 했다. 차츰 마음은 평정을 되찾아 갔다. 무릎 꿇고 앉아 태아와 민 선이를 위해 기도하고 민선이와 앤드루에게 축하의 이메일을 보 냈다. 그리고 내 삶에도 큰 변화가 생길 것을 상상하며 앞으로 내 가 해야 할 일들을 생각해 보았다.

동생을 돌보는 티오돌에게 더 신경을 쓰고 사랑해야겠다고 다 짐했다. 지금까지 모든 사랑과 관심, 주목을 홀로 받았기에 소외 감을 느끼지 않게 해야겠다. 또한 동생을 사랑하는 것을 가르쳐야겠다고 생각했다. 할 수 있는 한 힘껏 돌보아 주고 싶었다. 물론 80이 넘어 다시 갓난아이를 돌보는 일은 힘든 일이다. 하지만 티오돌의 경험 덕에 둘째를 기르기가 수월할 것도 같았다. 하지만 민선이가 50이 넘어 임신했으니 산모와 태아 걱정에 온몸이 굳는 것 같았다. 노산의 문제와 태아에게 미치는 부정적인 얘기를 많이 들어왔기 때문이다. 때로는 공포에 몸이 뻣뻣해지며 덜덜 떨렸다. 나는 무릎을 꿇고 앉아 기도했다. 산모와 태아의 건강과 순산을 간구하며 마음이 평정을 찾을 때까지. 얼마 후 마음이 평안해졌고 밝은 새 날을 바라볼 수 있었다. 하지만 두려움과 걱정은 몸에서 한순간도 떠나지 않고 숨 쉬고 있었다. 스스로를 안심시키며 타일렀다. 나는 이제 두 손자의 할머니가 된다. 노년의 삶은 더 바빠지고 풍성해질 것이다.

하지만 해산일이 불안했고 견디기 힘들었다. 어디론가 도망치고 싶었다. 왜 이렇게 늦게 아기를 가져서 걱정시킬까. 민선이가 원망스럽기도 했다. 10월 말이나 11월 초에 해산한다는데, 왜 이렇게 시간이 더디게 가는지. 그럼에도 민선이의 임신은 민선이를 재평가하는 계기가 되었다. 민선이가 대담하다는 것은 알고 있었지만, 과감한 결단과 추진력에 놀랐다. 언니 형선이는 동생에게 '영웅적heroic'이라는 말까지 써가며 칭찬을 했다.

2018년 10월 24일, 아이가 태어나는 날이었다. 아침잠이 많은 할머니가 새벽 5시에 눈이 떠졌다. 기도하며 소식을 기다렸다. 9시, 10시, 11시, 아침이 되기까지 소식이 없었다. 무엇인가 잘못된 것 같은 불안이 엄습해왔다. 12시경에 형선이에게 전화가 왔다. 앤드루가 전화로 9시 반에 출생한 아기의 소식을 알렸다고 했다. "엄마가 원하는 것처럼 아들이 나왔어요. 상당히 큰 아기예요. 8.14파운드! 거의 9파운드나 되는 큰 아기라 민선이의 배가 그렇게 불렀나 봐요." 더 자세히 묻고 싶었지만 참고 만날 날을 기다렸다.

다음 날 형선이는 뉴욕으로 떠났다. 강의도 제치고 10여 일 이상 머물며 동생을 간호했다. 형선이가 돌아오자 교대로 내가 뉴욕으로 갔다. 아기도 엄마도 건강했다. 나는 빨리 아기가 보고 싶었다. 민선이가 아기의 기저귀를 갈아주는 순간이었다. 나는 민선이가 눈치채지 않도록 조심하며 열심히 아기의 몸을 살폈다. 이목구비며 손과 발, 모두가 정상이었다. 건강한 아이였다. 뚝뚝 눈물이 흘러내렸다. '감사합니다' 라는 말과 찬송이 터져 나왔다. 더 바랄 것이 없었다. 나는 이 세상에서 가장 귀한 두 손자들의 할머니가 된 것이다. 민선이에게 감사했다.

출생 후 18일 되는 11월 11일, 코브넌트 업 밀라^{The covenant of Milah}

의식이 진행되었다. 아기의 이름은 윈스톤 아문쎈 문 씰비거Winston
Amundsen Moon Silbiger. 윈스톤이란 이름은 영국 수상이었던 윈스톤 처칠
의 이름을 따왔다. 아마 처칠 수상처럼 세계 평화에 공헌하라는
축복의 표현이었을 것이다. 미들네임 '아문쎈'은 처칠 수상과 동
시대의 노르웨이 남극 탐험가인 로알 아문쎈의 성에서 따왔다.
신념과 용기를 갖고 세상에 공헌하길 바라는 부모의 마음을 읽을
수 있었다. 역시 모계의 성인 'Moon'을 미들네임으로 넣었다는
것이 뿌듯했다. 조부모의 낭독 순서가 오자 나는 눈물이 쏟아졌
다. 글이 보이지 않고 음성이 떨려 읽을 수가 없었다.

윈스톤은 유순하고 의젓하다. 항상 웃는 매혹적인 아기다. 몸
은 큰 편이고 전체적으로 풍기는 인품이 크고 무겁고 든든하다.
속이 꽉 찬 것 같은, 대범하고 무게 있는 믿음직한 인상을 풍긴다.
세상을 활짝 밝히는 큰 웃음을 발산한다. 누구나 윈스톤의 크고
밝은 웃음 앞에서는 평안을 느낄 것이다. 나는 윈스턴의 웃음을
'천국미소heavenly smile'라고 부른다.

윈스톤의 단점은 밤에 잠을 안 자고 깨어 우유를 찾는 것이었
다. 하지만 이제 엄마가 윈스톤을 잘 다스렸다. 첫째를 기른 경험
이 도움이 된 것 같다. 6개월이 지나자 밤에 깨던 버릇도 사라졌
다. 이제는 혼자 앉기도 한다. 그 이쁨을 그 무엇으로도 표현할 수

없다. 내 마음은 이유식을 만들 준비로 들떠있다. 윈스톤에게도 정성을 다해 맛있고 몸에 좋은 건강식을 만들어 먹일 생각에 마냥 즐겁다. 닭 미역국과 호박전도 해주고, 포도와 자몽도 까서 먹일 생각만 하면 얼굴에 미소가 함박꽃처럼 피어난다.

하지만 이제는 간호사 디앤Dee Ann이 윈스톤을 잘 돌봐 주고 있다. 내 도움이 필요하지 않다. 또한 형선이와 앤드루가 윈스톤을 나에게 맡기지도 않는다. 내가 육체적으로 약해졌기 때문에 나를 편하게 해주려는 의도가 있겠지만, 나를 믿을 수 없기 때문이라는 것도 나는 잘 안다. 나 또한 스스로를 믿지 못하고 힘도 없음을 시인한다. 혹시 실수를 하지 않을까 염려가 되기도 한다. 여러모로 다행이라는 생각이 들지만, 막상 윈스톤을 기르지 않으니 몸은 편해도 마음이 불편하다. 무엇보다 섭섭하다. 자존심이 상하고 실망스럽기도 하다. 내 도움이 필요 없으니 내 존재가치가 소실되는 것 같아서 현실을 받아들이기 힘들었다. 민선이게 미안하기도 하고 특히 윈스톤에게 미안하다. 정성을 다해 기르지 못한 미안함과 죄책감이 나를 괴롭힌다. 또한 티오돌과 나 사이에 맺어진 할머니와 손자의 두터운 정을 윈스톤과는 못 맺을까 걱정이 되기도 한다. 살이 닿으며 심장의 고동을 함께 느끼는 육체적인 접촉이 줄었기 때문이다. 물론 기도를 하면서, 혹은 사진을 보며 윈스톤과 함께하긴 하지만.

요즘 나에게는 이상한 일과가 생겼다. 내 나이를 티오돌과 윈스톤의 나이와 맞춰 계산하는 일이다. 내가 아흔 살이 되면 티오돌은 열여덟 살, 그리고 윈스톤은 열 살이 된다. 티오돌은 고등학교를 졸업하고 대학에 가겠지. 윈스톤은 초등학교 4학년. 아직도 어린아이겠지? 티오돌은 어느 대학에 가서 무엇을 전공할까? 여자 친구는 있을까? 티오돌은 잘 생겼고 장기가 많으니 여자애들이 줄줄이 따르겠지? 엄마인 형선이가 질투할까. 무슨 직업을 갖게 될까? 현재 꿈인 우주비행사, 아니면 의사? 또한 내가 100살이면 티오돌이 28세, 윈스톤은 18세. 윈스톤도 다 컸구나. 윈스톤은 고등학교를 마치고 어느 대학에 갈까? 윈스톤은 침착하고 대범하기에 형 티오돌과는 다른 삶을 살게 되겠지. 보고 싶다. 내가 그때까지 살 수 있을까? 물론 살고 싶다. 마음 같아서는 티어돌과 윈스톤이 대학을 마치고 결혼도 하고 열심히 사는 것을 보고 싶다. 사랑하는 가족들, 딸들과 사위들, 티오돌과 윈스톤, 가족들 모두와 함께.

지난여름, 티오돌이 "할머니, 나는 할머니와 영원히 살고 싶어요"라고 한 것과 같이, 나도 티오돌과 윈스톤과 영원히 살고 싶다. 특히 윈스톤의 출생 후 내 어리석은 장수의 욕망은 한없이 늘어나고 있다. 이제는 티오돌과 윈스톤이 결혼해서 가족들과 복되게 사는 것도 보고 싶다. 물론 부질없는 욕심이다. 하지만 이러한 욕망이 현재 나의 삶에 희망을 주고 의욕을 갖게 해 준다.

　몸이 닳도록 뛰어야 했던 삶의 경주도 다 끝이 났다. 나는 은퇴 속에서 나는 사랑하는 손자들과 딸들, 사위들과 함께 안식을 취한다. 은둔자로서 한적하고 편안하게 지낸다. 물론 내 활동 범위는 좁아졌다. 육신도 쇠퇴해간다. 하지만 이 작은 세계 속에서도 삶이 감사하다. 주어진 규율도 법도 없는, 내가 주인인 나만의 자유 속에 살기 때문이다. 아무리 늦게 일어나도 야단치는 사람도 없다. 힘에 벅찬 일이나 싫은 일은 안 해도 된다. 눈치 볼 사람도, 비위를 맞추어야 할 사람도 없다. 물론 시어머니가 된 딸들의 눈치를 보고 비위를 맞추기도 하며, 딸들의 잔소리와 야단에 화가 나 도망가고 싶은 충동을 느끼기도 한다. 옷 입는 것부터 머리, 먹는 것, 걷는 것, 등을 딸들이 매사에 참견해서 때로는 속이 뒤집히기도 한다. 특히 딸들과 함께 외출하려면 심사를 통과해야 한다. 몇 번씩이나 옷을 갈아입어야 하는 패션쇼가 짜증 날 때도 허다하다. 하지만 이 모든 것이 내게 베풀어 주는 사랑의 발로이자 보살핌으로 받아들이고 나면 고맙고 든든하다. 특히 형선이와 제프는 집에서 한 집 걸러에 있는 콘도를 사서 그곳에서 나를 보살피곤 한다. 형선이는 노상 나를 데려다 먹이고 음식을 싸오며 내 뒤치다꺼리를 하기에 송구스럽기까지 하다. 마치 내가 어린아이가 된 느낌을 받는다. 민선이는 두 아들의 엄마로서, 의사로서 바쁜게 살지만, 내 건강을 위해서는 물불 가리지 않고 뉴욕이나 보스턴, 어디든지 달려온다. 언젠가 형선이에게 들은 말이지만 나의 건강 문제는 민선이가, 그 외의 문제는 형선이가 맡았다고 한다. 딸들이 임무를 나눠 나를 돌봐 주기에 마냥 든든하고 감사하다. 동시에 내가 염치없다는 생각이 들기도 한다.

나 또한 가족들에게 부담이나 폐가 되지 않으려고 노력한다. 내 의지가 몸을 이끌었던 젊은 날과는 달리, 이제는 의지가 육신의 요구에 귀를 기울인다. 특히 어려서 뜻도 모르고 들었던 '독불장군 없다'는 속담을 상기하며 나와 주변의 조화를 위해 노력할 줄도 알게 되었다. 나의 평안이 가족들과 주위 환경에게 달렸고, 주위의 평안도 나에게 달렸음을 뒤늦게나마 생각하며 살고 있다. 되도록 가족들이나 주위 사람들에게, 또한 내가 몸담고 있는 사회나 국가에 짐이 되지 않도록 조심한다. 나도 스스로를 있는 그대로 받아들이고 분수에 넘치는 허황된 꿈이나 욕심을 버렸다. 그래서 불평이나 불만 없이 범사에 감사하며 살 수 있다, 공자는 70세에 천리를 깨쳤다고 했으나, 나는 80이 넘은 지금도 천리가 무엇인지 모른다. 그래도 이제야 조금씩 철이 들어가고 있는 것 같다.

무엇보다 평생을 살며 깨닫게 된 것은 삶의 소중함이다. 삶은

금은보화나 그 무엇으로도 살 수 없다. 어느 누가 대신 살 수도 없다. 오늘 여기서 살아야 할 삶, 살고 싶은 삶, 떳떳한 삶을 살아야 한다. 오직 한번 이 세상에서 살기에 산다는 것보다 더 귀하고 값진 것은 없다. 삶은 인간이 세상에서 받을 수 있는 축복 중의 축복임을 확신한다. 하지만 축복이 때로는 피를 토해내는 아픔을 참아 내야 하는 고역 임도 체험하였다. 삶의 과정 속에는 그 나름대로 평안과 기쁨도 함께 있다. 어려서는 어린 대로 사는 맛이 있었다. 청장년기에는 삶 속에서 자신과 가족을 일으켜 세우기 위해 분신쇄골의 노력으로 고난을 이겨내야 한다. 하지만 어려움을 극복하고 일어나면 사람들과 함께 생을 즐길 수 있다.

살아보니 늙는다는 자체가 결코 비관적이 것만은 아니다. 어려서 나는 노인에 대한 부정적으로 생각했다. 내가 보았던 할머니나 할아버지들은 병들고 초라한 노인들이었다. 세상에서 밀려나 외롭게 사는 사람들 같았다. 그 불쌍한 노인들을 보며 나는 늘 생각했다. 이 노인들은 무슨 맛에 세상을 사는 걸까. 이렇게 나는 부정적인 노인관을 갖고 자랐지만, 살아보니 늙는 것도 그리 나쁘지는 않다. 물론 과학이 노인들의 삶을 향상시켰다는 것도 인정한다. 노화는 삶의 과정이다. 노화에 순응하며 사니 우선 내가 편안하다. 살기에 바빴던 젊은 시절과는 달리, 이제 몸도 마음도, 시간의 여유도 있기에 지난날 부족했던 사랑을 가족들과 주위 사람들과 함께 나눠 줄 수 있어 감사하다.

지금도 희망을 갖고 앞을 내다보며 살기에 지난날의 어려움과 아픔이 모두 씻겨 내리는 평안도 느낀다. 내 모든 열정을 바쳐 산 내 삶은 결코 헛되지 않았다고 자부할 수 있다. 아드레날린을 뿜어 올리는 호화로운 여행과 취미로 노년의 삶을 장식하는 은퇴 광고와는 거리가 먼 삶을 사는 나. 비록 작은 세계에서 한적하고 단순한 삶을 살지만 내 생의 마지막 챕터인 은퇴의 삶은 내게 평안과 안식을 준다. 하루하루를 감사하는 마음으로 지금도 나는 최선을 다해 하루를 살아간다.

제7장

벌거벗은 겨울나무

벌거벗은 겨울나무

나는 사진 찍은 듯 정확한 기억력을 가지고 있었다. 한 번이라도 듣거나 본 것은 머릿속에 남아 있었다. 하지만 요즈음 기억력이 예전 같지 못하다. 안경이나 열쇠, 휴대폰 등을 어디에 놔두었는지 오래도록 찾곤 한다. 게다가 방금 들었던 것을 기억 못 할 때도 있다. 딸들은 내가 청각 장애가 있다고 판단해 보청기를 구입해 주었다.

물론 노화로 인한 청력 감퇴도 인정하지만 청력의 감퇴는 미비하기 때문에 나는 보청기를 잘 사용하지 않는다. 다만 딸들을 만날 때에는 꼭 귀에 낀다. 정확한 기억력 감퇴의 원인은 알 수 없지만, 내 나름대로 분석해 보자면 그것은 귀의 문제이기보다는 두뇌의 보호 작용인 듯하다. 중요하지 않거나 나를 자극하는 것은 버리고, 꼭 기억해야 할 것, 반드시 하고 싶은 것만이 기억 상자 속에 저장되는 듯하다.

반면에 나이가 들수록 더 선명하게 추억을 일깨워주는 기억들
도 있다. 기억이 희미하지만 아마도 30여 년 전 여름이었을 것이
다. 여성 목사 회의에 참석차 캘리포니아의 레돈도 비치^{Redondo Beach}
에 머물렀다. 저녁 식사 전, 잠시 여유가 생겨서 혼자 해변으로 나
갔다. 바위에 흩어지는 파도 소리와 저녁노을, 갈매기의 노랫소
리를 들으며 산책길을 걸었다. 팔짱을 끼고 걸어가는 연인들, 강
아지와 산책하는 사람들, 낚싯대를 물속에 드리우고는 콧노래를
부르는 낚시꾼들, 즐겁게 뛰어다니는 아이들, 모두가 자연과 어
울려 아름답고 평화로웠다.

나는 팔짱을 끼고 난간에 기대어 눈앞에 펼쳐진 장관을 바라
보고 있었다. 솜처럼 부푼 흰 구름을 품고 끝없이 펼쳐진 하늘. 맞
대어 똑바로 줄을 친 듯 선명한 수평선을 그으며 태평양은 거구
를 과시했다. 나는 하늘과 바다의 위력에 완전히 매료되었다. 깊
이를 알 수 없는 그 검푸른 물속에 휘말려 들어가는 공포에 가슴
이 오싹해졌다.

하늘과 물의 매력에 취한 나를 더 놀라게 한 것은 무서운 속도
로 내려오는 태양이었다. 그렇게 크고 피보다 더 빨갛고 선명한,

빠르게 내려오는 적황색 태양은 처음 보았다. 순간 온몸이 마비된 듯 굳어졌고, 입을 다물 새도 없이 태양은 순식간에 수평선을 뚫고 깊은 바다로 사라져 버렸다. 형용할 수 없는 느낌에 몸이 굳어졌고 정신 나간 사람처럼 한동안 서있었다.

어둠이 소리 없이 내려 깔리는 바닷가, 아이들의 이름을 부르며 찾는 부모들, 엄마를 찾는 어린아이들의 목소리, 낚시꾼들과 떠나는 사람들의 소리로 부둣가는 잠시 소란해졌다. 얼마 후, 인적은 사라지고 하늘과 바다, 땅도 삽시간에 암흑 속에 묻혔다. 밤바다 소리를 제외하고는 바닷가는 쥐 죽은 듯 조용해졌다. 나는 신비에 싸여 몸부림치는 검은 바다를 내려다보며 사색에 잠겼다.

'생의 마지막 날도 순식간에 사라진 그 태양처럼 다가오고 있겠지? 사랑하는 딸들을 두고 이 아름다운 세상을 떠나는 날도.' 허전함과 서글픔, 두려움이 온몸을 감싸 안았다. 그 후 수십 년이 지났지만 그날 해변에서의 경험은 지금도 내 기억 속에 생생히 살아 빠르게 흐르는 시간과 함께 인생의 무상함을 일깨워 주곤 한다.

1938년 8월 1일 생인 나는 어느덧 80이 되었다. 두 딸들은 정성 들여 나의 80회 생일잔치를 준비해 주었다. 친척들을 초청하여 버몬트^{Vermont}주의 스토위^{Stowe} 대자연 속에 펼쳐져 있는 트랩 리조트^{Trapp Family Lodge Resort}로 4박 5일의 생일 휴가[6]를 떠났다. 트랩 리조트는 영화 〈사운드 오브 뮤직〉의 촬영지이기도 하다. 훗날 현대식 호텔과 휴양 시설들을 갖추어 리조트가 건설되었다. 트랩 가족이 살던 집과 소품들도 잘 보존되어 있고, 관광과 휴식을 취할 수 있는 조용하고 아름다운 그곳에서 80회 생일을 축하받았다.

사실 나는 80회 생일을 조용하게 가족과 함께 보내고 싶었다. 아버지와 엄마의 생전, 환갑이나 진갑도 내가 해드리지 못했기에, 내 생일을 치르기가 미안하고 죄스러운 마음이 들었기 때문이다. 게다가 딸들의 아버지도 환갑잔치를 치르지 못하고 67세에 별세했기에 염치가 없게 느껴졌다. 그럼에도 딸들이 내 생일을 비밀리에 준비해 80회 생일을 축하연이 열리게 된 것이었다. 그저 미안하고 감사하기만 했다.

이제 나는 80을 넘어섰다. 오래전에 친구들이 말해 준 '나이 따라 시간 간다'는 말을 느끼며 살고 있다. 빠르게 다가오는 생의 마지막 날도 순식간에 수평선을 뚫고 태평양으로 사라진 태양처럼 성큼 내 앞에 다가서겠지. 사랑하는 딸들과 손자, 내가 좋아하는 이 세상을 등지고 알 수 없는 먼 이방으로 떠날 날이 금세 다

---

6 2018년 7월 21일~25일

가오겠지. 한번 세상을 떠나면 다시는 돌아올 수 없기에 산다는 자체가 너무 귀하고 시간이 흐르는 것이 안타깝다. 나이가 들고 보니 엉금엉금 기어가던 어린 날의 시간이 그립다.

어려서 나는 일 년에 한 번 돌아오는 설날을 기다리기가 너무 지루했다. 시간이 왜 그렇게도 천천히 기어가는지, 어린 마음에 참기가 힘들었다. 설날 아침에는 일찍 일어나 엄마가 사준 치마 저고리를 입고 꽃신을 신고 어른들에게 세배하고 세뱃돈을 받는 일이 정말 좋았다. 물론 딱딱한 꽃신 속에 낀 발은 아프고 다리가 부어 절뚝거렸지만 말이다. 세뱃돈으로 해태 캐러멜을 사 먹으며 허름한 구멍가게에 앉아 만화책을 볼 생각에 어린 가슴은 터질 듯 부풀었다. 또한 푸짐하게 차린 음식을 먹는 충만감과 윷놀이를 하며 느꼈던 흥분을 생각하며 나는 일 년 내내 안절부절하며 설날을 기다렸다.

하지만 지금은 설날을 기다릴 여유도 없다. 요즈음 나는 옛 어른들이 부르던 민요 "세월아 네월아 오고 가지를 말아라. 아까운 이 내 청춘 다 늙어간다"라던 그 심정을 충분히 이해하고도 남는다. 또한 아버지가 말년에 남긴 자작 시를 읽으며 세월의 무상함을 슬퍼했던 아버지의 심정을 뼛속 깊게 느낀다.

나 이제 늙어 어린 모습 찾을 길 없고

천년만년 아들딸 한집에 살렸으니

태평양 현해 바다 모두들 흩어졌네

석양이 산턱에 노을졌으니

나의 길도 석양 길인 듯

_ 김형윤

모란공원의 아버지 묘비에 새겨진 자작 시의 사진을 나는 액자에 넣었다. 시를 읽으며 아버지의 서글펐던 그 심정을 함께 나눈다. 나는 결코 늙지 않을 줄 알았는데, 어느덧 80이 넘었다는 사실을 생각하면 매정하게 흐르는 세월이 야속하기만 하다. 하지만 무심한 세월만을 탓한들 소용이 없다. 세월은 자신의 갈 길을 나름대로 충실히 간 것일 뿐일 것이다. 무엇보다 시간이 빠르게 흐른 것에 대해 내게도 책임이 있음을 시인한다. 원래 잠이 많던 나는 여든이 넘은 지금도 잠을 많이 잔다. 특히 아침잠이 많아서 남들이 아침 휴식을 취할 시간에 나는 아침을 시작한다. 예전에는 일단 일어나면 잠이 들 때까지 쉬지 않고 일을 해왔다. 하지만 지금은 무엇을 하든지 지금은 시간이 예전보다 훨씬 더 걸리고 피로도 쉽게 와서 쉬는 시간도 필요해졌다. 일어났다 하면 어느새 밤의 어둠이 찾아온다. 비록 시곗바늘은 돌려놓을 수 있지만 육체는 과거로 돌아갈 수 없음이 안타깝다. 지난날을 돌이켜

보면 어떻게 세 개의 직업을 동시에 갖고, 일과 살림, 육아, 사교 생활을 할 수 있었는지 알 수 없다. 50대 중반에도 밤낮으로 주말과 휴일도 없이 일하고 공부하고 박사 학위를 받았는지, 지금은 감히 엄두를 낼 수도 없다. 지금의 나는 빠르게 흐르는 시간에 떠밀려 사는 것 같지만, 그래도 열심히 살아갈 수 있어서 감사하다.

얼마나 긴 여정을 가야 할지는 모르지만, 티오돌과 윈스톤이 커가는 것을 더 보고 싶어서 한없이 살고 싶은 내 어리석은 욕심은 커져가고 있다. 언제까지라도 티오돌과 윈스톤의 손을 잡고 노래하고 춤추고 싶다. 티오돌이 걸음마를 시작할 때, 형선이는 틈만 나면 티오돌의 손을 잡고 1960년대 비치 보이즈^{Beach Boys}의 히트곡 바바라앤을 티오돌에게 틀어줬다. 노래가 나오면 티오돌은 계속 몸을 흔들었다. 작은 엉덩이를 씰룩거리면서 "바바[7], 어갠 어갠(Baba, again, again)"라고 하며 소리 지르며 발을 구르며 춤을 추자고 재촉했다. 형선이와 나는 티오돌의 말과 흔드는 그 몸짓이 너무 귀엽고 재미있어 웃으며 "오케이, 오케이"라고 말하며 다시 일어나 손을 잡고 노래하며 춤을 추었다. 하지만 아무리 내가 오래 살고 싶어도 남은 날이 짧다는 것은 현실적인 계산인 것 같다. 그래서 나는 얼마 남지 않은 생의 마지막도 석양처럼 사라질 것

---

7 '이모' 발음을 못한 티오돌은 형선이를 '바바'로 부르기 시작했다. 그리고 제프를 '이모부' 대신 '부'라고 불렀다. 그래서 우리 모두 형선이를 '바바'로, 제프를 '부'로 부르기 시작했다.

을 느끼며 <벌거벗은 겨울나무>의 집필을 구상했다.

나는 사랑으로 나를 길러준 부모님을 독자적인 인간 '김예양' 과 '김형윤' 으로는 잘 모른다는 사실을 뒤늦게야 깨달았다. 엄마 와 아버지의 탈을 쓴 부모는 알아도, 그 안에 숨어있는 인간 '김 예양' 과 '김형윤' 의 실체를 모르는 아쉬움이 남아있다. 그분들 의 내적 고통이나 갈등, 또 자신과의 투쟁을 나는 모른다. 물론 실 수도 실패도, 실망도 수치도, 말하지 못한 사연과 숨겨진 비밀도 있었겠지만 그 모든 것이 부모 자식 간의 혈연에 파묻혀 순수한 인간으로서 그들을 알지 못한 아쉬움을 느낀다. 부모의 멍에를 벗은 인간 '김예양' 과 '김형윤' 의 인생 여정과 삶의 역사를 이제 라도 알고 싶다. 나를 낳고 길러준 내 부모를 바로 알고 올바르게 이해하고 싶다. 하지만 이미 세상을 떠나셨기에 두 분들의 이야 기를 들을 수 없어 안타까울 따름이다.

아마도 내 두 딸들, 형선이와 민선이도 자신들의 엄마는 알아 도 '김애라' 는 잘 모를 것 같다. 또한 내가 겪었던 아쉬웠던 일들 을 딸들에게 물려주고 싶지 않아 회고록을 써서 남겨주기로 마음 먹고 집필 구상을 현실화했다. 또 손자들과 사위들에게도 할머니 이자 장모인 김애라의 진짜 모습을 보여주고 싶었다. 물론 내가 책을 집필하던 당시에 내가 할머니가 될 줄은 상상도 못했지만,

늦게 얻은 손자 윈스톤이 회고록 속에 자리를 굳힌 것은 축복 중의 축복이다. 윈스톤에게도 할머니를 폭넓게 이해할 수 있는 글을 남겨 줄 수 있어 감사로 충만하다.

아마도 7~8년 전인듯하다. 앤드루가 나를 맨해튼의 버스 터미널로 데려다주는 길에 회고록 구상에 관해 이야기했다. 앤드루는 내게 영어가 아닌 모국어인 한글로 쓸 것을 적극적으로 권장했다. 내가 태어나서부터 배우고 함께 자란, 삶에서 뗄 수 없는 한글을 사용하는 것이 글의 진가를 살릴 수 있다고 강조했다. 그 말이 일리가 있다고 생각한 나는 한글로 글을 쓰기로 결정을 내렸다. 물론 형선이를 제외한 민선이, 티오돌, 윈스톤과 앤드루, 제프와 에번은 한글을 읽을 수 없다. 비록 형선이는 한글을 읽어도 어려운 글이나 한국어의 고유한 뉘앙스는 이해할 수 없기에 영어 번역 출판의 필요성을 느꼈다. 따라서 앞으로 영어 번역판도 출간하여 가족들은 물론, 영어권 사람들도 구독할 수 있도록 계획이다.

나는 집필의 첫 시작을 위해 한글 키보드를 구입했다. 그리고 반세기 이상 접어두었던 한글로 회고록의 첫 장인 '마음의 고향'을 쓰기 시작했다. 처음 얼마간은 한글 타자가 불편하고 속도가 느려 힘들었다. 그러나 곧 익숙해지며 편안해졌다. 하지만 나의 한글 사용은 1950년대에 머물러 있었다. 1962년에 한국을 떠나 다시 귀국했던 4~5년을 제외하고는 60여 년의 세월을 미국에서 살아왔기 때문이다. 2003년 한국을 방문했을 때, 언어와 사고체계가 빠르게 변하는 것을 느꼈다. 특히 젊은 세대들의 표현 방법과 문화를 이해하기 힘들었다. 그러나 나는 구시대의 용어와 사고방식으로 엄마의 뱃속에서부터 듣고 배운 한글로 글을 써나갔다. 지금도 몸속 깊이 뿌리내린 언어인 한글로 글을 쓰면서 오랜 여행 끝에 안식을 취하는 편안함을 느낀다. 수십 년간 한글을 쓰지 않았지만 전혀 낯설지 않았다. 물론 용어나 철자를 잊어버리기도 했지만 의사나 감정을 표현하는데 불편함이 없었다. 서투른 영어로 박사 논문을 쓰며 시달렸던 때와는 달리 자유로움을 느꼈다.

글에 집중할 때에는 끼니를 굶어가면서까지 옛 사연들을 허겁지겁 써나갔다. 피로하지도 힘들지도 않았다. 체중이 줄자 건강을 염려하는 민선이는 뉴욕에서 수시로 전화를 하며 나를 감시했다. 형선이는 매일 음식을 싸오거나 나를 강제로 식당에 데려갔다. 딸들이 야단도 많이 쳤다. 그러나 그것 또한 그들의 사랑과 보살핌의 표현이기에 나는 감사로 받아들였다. 밥을 먹었냐는 질문에 때로는 굶고도 먹었다고 했다. 이런 나를 형선이는 '거짓말쟁이' 라고 부르며 엄마 말은 이제 안 믿을 것이라고까지 말했다.

나는 회고록 집필의 의의와 목적을 분명히 알고 있었고 자발적으로 결정했다. 하지만 집필 자체는 힘들고 아픈 작업이었다. 팔십 평생 나를 감추고 살아온 가면을 벗기는 과감하고 솔직한 작업을 요구했기 때문이다. 스스로를 벌거내는 고통스러운 과정을 참아내야 했다. 그리고 내 속에 깊이 파묻어 두었던, 생에서 영원히 떼어내어 지워 버리고 싶었던 일들이 다시 살아나 온몸을 파고드는 수치심과 아픔을 참아 내야 했다. 특히, '3장. 깨어진 꿈'의 집필은 견디기 힘들었다. 다시 읽고 싶지도 않았고 지금도 잊고 싶은 심정은 여전하다. 그럼에도 불구하고 그 두꺼운 포장들을 벗겨내는 작업은 삶을 씻겨주는 것과 같은 홀가분함을 느끼게도 했다. 집필은 나를 자유롭게 했으며 마음을 정화시키는 청량제 역할을 했다.

하지만 출판의 결정은 상상을 뛰어넘는 두렵고 힘든 과제였다. 평생 동안 나를 덮은 두꺼운 장막 속에 겹겹이 쌓여 어둡고 비좁은 곳에서 살았던 내가 세상에 나체로 나오는 것 같아 큰 두려움이 느껴졌다. 세상에 나를 드러내는 것이 너무 떨렸다. 무엇보다 가족들에게 아픔이 되거나 해가 될까 두려웠다. 게다가 이미 세상을 떠난 딸들의 아버지에게 누를 끼칠까 걱정이 되었다. 책속에 등장하는 사람들과 가족들에게도 폐가 될까 조심스러웠다. 몸과 마음이 두려움 속에 마비되었고 많은 밤을 뜬눈으로 지새우기도 했다.

출판사와의 계약을 앞두고 내 마음은 두 갈래의 상반되는 생각에 갈피를 잡지 못해 혼란에 빠졌다. 출판을 권장하는 목소리와 출판을 포기하라는 목소리, 그 어느 길을 택해야 할지 내 마음은 흔들렸다. 긴 밤들을 고민 속에서 스스로와 씨름을 했다. 얼마후 마음의 평정을 되찾았지만 여전히 두렵고 떨리는 심정으로 출판을 결정했다. 기다리며 격려해 준 행복우물 출판사 직원들에게 감사한다.

특히 최연 부대표와 나는 많은 서신 교환을 하며 1년 이상의 긴 시간 동안 인연을 굳혔다. 나는 좋은 조카를 얻은 든든함과 신뢰감을 느낀다. 언젠가 만나는 날, 말이나 글로 다 표현하지 못한 나의 고마움을 함께 나누고 싶다. 또한 출판사와 나를 연결해 준 〈겁 없이 살아본 미국〉의 저자 박민경 작가에게 감사한다. 나를 박민경 작가에게 소개해 준 히데 스티븐슨^{Hide Stevenson}에게도 감사한다. 그리고 내 책이 세상에 나오기까지 수고한 모든 분들과 특히, 편집자들에게 감사한다. 더 나아가 출판으로 나의 자서전 〈벌거벗은 겨울나무〉가 빛을 볼 수 있도록 노력해준 행복우물 출판사에 감사하며, 큰 축복과 함께 번영을 기원한다. 〈벌거벗은 겨울나무〉가 많은 독자들, 특히 젊은이들과 여성들에게, 자신의 삶을 살고자 노력하는 모든 사람들에게 힘이 되기를 바란다.

장식이나 가식을 싫어하는 나는 꾸밈없이 있는 그대로 스스로를 드러내는 대자연을 좋아한다. 시작도 끝도 없이 탁 트인 맑고 푸른 망망한 하늘, 무섭도록 살아 움직이며 생명력을 보여주는 바다. 생의 환성과 흰 물거품을 뿜어내며 계곡을 흘러내리는 물줄기. 흔들림 없이 믿음직한 바위들과 돌산. 사시사철 무상한 변화에 맞춰 최선을 다해 열심히 사는 나무들. 나는 특히 나무를 무척 좋아한다. 거목일수록 나에게 영감을 준다. 목사로 설교 할 때 나는 종종 나무를 인용했기에 형선이는 나를 '나무 목사tree-minister'라고 부르곤 했다. 세상이 꽁꽁 얼어붙는 한겨울, 눈보라와 돌풍을 이겨내며 묵묵히 알몸으로 굳건히 버티고 선 겨울 거목들을 바라보았다. 나도 그 나무들처럼 담대하게 살고 싶었다. 특히 United Theological Seminary에서 가르칠 때 나는 '벌거벗은 겨울나무'를 예화로 자주 인용했다. 훗날 학생들은 나에게 말했다. 강의의 내용은 잊어버렸지만 '벌거벗은 겨울나무'의 예화만은 생생히 기억한다고 말이다.

매서운 겨울을 벌거숭이로 이겨내는 것은 상상 이상으로 힘들 텐데, 눈보라와 뼛속을 후려치는 한파에도 움츠러들지 않는, 허리가 부러지며 팔다리가 떨어져 나가도 버티는 벌거벗은 겨울나무. 어느 여건에서도 눈치 보지 않고 부끄러움이 없이 묵묵히 자신을 지탱하며 충실하게 삶을 사는 나무들을 보면, 그 대담하고 경건한 삶의 자세 앞에 머리가 숙여지곤 한다.

죽은 듯 버티고 선 그 벌거숭이가 따사로운 봄을 맞아 말없이 새 생명을 불러일으키는 삶의 숭고함. 한여름에도 늘어지거나 시들지 않고 무성한 잎들로 삶의 풍요로움을 펼쳐내는 활기찬 생동력. 싸늘한 가을바람을 타고 오색 찬란한 황금색 단풍으로 단장했던 옷들을 미련 없이 벗어던지는 용단과 패기. 새 삶을 살기 위해 알몸으로 뼈를 깎아내는 겨울을 벌거숭이로 이겨내는 근엄한 삶의 자세에 숙연해지곤 했다. 그래서 나도 이 나무들처럼 위엄과 품위를 잃지 않고 삶을 경건히 살게 해달라고 기도하며 살아왔다.

회고록을 쓰면서 나는 내 삶이 바로 '벌거벗은 겨울나무'의 아픈 삶이었음을 깨닫고 너무도 놀랐다. 힘겹고 몸부림치고 울면서도 또다시 털고 일어나 하나님과 나 자신과 생사를 건 싸움을 하며 살아온 내 삶이, 겨울나무의 피맺힌 아픈 삶이었음을 나는 부인할 수 없다. 언젠가 엄마가 우리 가족을 방문했을 때, 내가 눈물 콧물이 범벅되어 울며 소리를 지르며 기도하는 것을 들었던 것 같다. 다른 방에 있던 엄마가 딸들에게 "하나님 귀먹었어? 너희 엄마 왜 저렇게 소리를 질러?"라며 어린 딸들에게 농담을 했다고 나중에 들었다. 그 말을 하던 엄마는 내가 가여워서 속으로 울었을 것이다. 고생을 모르고 곱게 자란 애라가 상상조차 할 수 없는 힘든 삶을 사는 것을 본 엄마의 가슴은 아픔으로 찢어졌을 것을 나는 의심치 않는다.

나의 절실한 기도는 생사를 건 치열한 투쟁이었다. 내가 겪은 실패와 수치, 좌절, 고통을 거부하는 투쟁이 기도로 재현되었다. 나 자신에게 부끄럽지 않고 떳떳한 삶을 살고 싶어 피맺힌 기도와 하나님과 생사를 건 씨름을 하며 살아왔다. 언젠가 기도를 마치고 눈물을 닦는 내 손이 핏물에 젖었다. 나는 장님이 되는 줄 알고 무서워 떨렸지만 어려서 종종 들었던 피눈물의 실체를 체험했다. 힘에 벅찬 피눈물로 범벅된 삶속에서 열심히 살아왔기에 하나님도 나를 가상히 여겼을 것이다. 넘어지면 다시 일어나고 몸부림치고 울며 하나님과 생사를 걸고 싸우고 씨름하면서도 내 뜻을 관철하며 살아온 피맺힌 삶이 바로 '벌거벗은 겨울나무'의 아픈 삶이었음을 나는 깨달았다.

또한 벌거벗은 겨울나무가 자기 자신을 사랑하고 삶을 소중히 여기기에, 알몸으로 모든 어려움을 이겨내고 새봄과 함께 풍성하게 그의 새 삶을 사는 것 처럼, 나도 자신을 무척이나 사랑하고 귀하게 여김을 결코 부인하지 않는다.

스스로를 아끼는, 자존의 힘이 모든 역경을 이겨 낸 원동력이 되어 어려운 삶 속에서도 굳건히 살 수 있었다고 나는 믿는다. 아마도 내 노력이 다른 사람들 눈에도 보였던 것 같다. 나와 함께 드류 대학에서 공부했던 김영호 목사는 나를 야고비^{Jacobie}라고 불렀다. 하나님에게 자기 뜻을 관철시키는 '여자 야곱'으로 내가 그의 눈에 비췄던 것 같다. 그는 나를 '선인장'이라고도 불렀다. 최악의 여건인 사막에서도 꽃을 피우며 싱싱하게 버티는 선인장으로 보였던 것 같다. 그렇다. 나는 어느 환경, 어느 여건에서도 꿈과 소망을 버리지 않았다. 결코 나 자신을 버리지 않았다. 벌거벗은 겨울나무처럼 사막의 선인장처럼 최선을 다하며, 삶을 나답게 살기 위해 '다 이루는 삶'을 살아왔다.

최근 로스앤젤레스 여행 중, 글렌데일^{Glendale}에 사는 동생 애란이에게 내 책의 출간에 관해 이야기했더니 첫말이 "언니는 다 이루었어요"라는 말이었다. 나는 깜짝 놀랐다. 감격스러웠다. 그렇다. 다 이루었다. 후회가 없다. 물론, 내가 '다 이루는 삶'을 살 수 있었던 것은 내 노력 때문만은 아니다. 나에게는 사랑과 희망을 안겨주는 두 딸들이 곁에 있었기 때문이다. 또한 나에게 기대를 걸고 격려해준 지인들과 연합감리교계 기관들도 큰 힘이 되었다.

'독불장군 없다' 는 격언처럼 인간이 인간을 낳아 기르고, 사람이 사람을 만들기 때문일 것이다. 오늘의 나를 만들어 준 엄마와 아버지, 내 삶을 든든히 받혀주는 딸들과 가족들, 특히 희망으로 삶을 풍성케하는 두 손자들에게 감사한다. 또한 나를 격려해 준 사람들과 장학금을 주며 나를 가르치고 일깨워 준 드류대학에게도 감사한다. 더 나아가 나의 자존심을 북돋아준 한국과, 어려움을 통해 나를 다독여주고 자립심을 키워준 미국에도 감사한다.

무엇보다 나의 기도와 고함을 들어주시고 보호하여 오늘 여기까지 인도한 하나님께 감사한다. 지난날 박사 과정을 함께하던 최재락이 했던 말을 이제야 이해할 것 같다. "하나님은 김애라 목사님을 무척 사랑하세요. 하나님이 김애라 목사님을 사랑하시는 것이 눈에 보여요." 박사학위를 받은 후 재락은 귀국했지만, 그 말은 지금도 귓가를 울린다. 그러나 나는 지금까지도 하나님의 정체를 모른다. 다만 삶 속에서 언제나 하나님이 나와 함께 하시는 것을 믿는다. 나를 든든하게 지지해 주는 생의 시작이자 끝인 하나님에게 감사하며 하루하루를 살아갈 뿐이다. 이 회고록을 마무리하기 전, 내 생에서 가장 보람을 느끼고 감사하는 세 가지 성취를 열거한다.

첫째가 형선이와 민선이의 어머니서의 보람과 감사다. 종종 나는 결혼을 안 했더라면 생이 어떻게 달라졌을까를 생각한다. 상상만 해도 슬프고 무섭다. 더 나아가 그들에게 세상에서 보람 찬 인간으로 살 수 있는 기회마저 주지 않은 죄인이 되었을 것이다. 또한 손자들에게도 삶의 기회를 줄 수 없는 죄인이 되었을 것은 말할 것도 없다. 그리고 지금 내가 할머니로 누리는 기쁨과 풍만한 축복도 누릴 수 없었을 것이니, 생각만 해도 아찔하다. 형선이와 민선이의 엄마로, 티어돌과 윈스톤, 그리고 형선이의 의붓아들인 에번 프랭클Evan A. Frankel의 할머니로서, 세상에서 가장 축복받은 엄마이자 할머니로 살아가니 감사하고 감사하다. 특히 형선이와 민선이는 더 바랄 것 없이 훌륭하고 자랑스러운 딸들이다.

어려서는 아버지와 엄마가 나의 삶을 든든케 해주는 삶의 반석이었지만 이제는 딸들이 노년의 삶을 든든하게 받쳐 주는 지주가 되었다. 형선이는 웨슬리 대학의 동양학연구소Asian Studie를 관장하며, 정치학과Political Science Department의 석좌 교수(Edith S. Wasserman Profesor)이다. 현재 정치학과의 과장직을 맡고 있는데, 건전한 인간을 길러내는 것을 사명으로 여기며 성심껏 가르치기에 많은 학생들이 따른다. 졸업생들과도 친밀한 유대를 가지고 산다. 또한, 워싱턴 D.C에 있는 부루킹스 연구소Brookings Institute의 초대 한국학 분야를 관장했던 학자이다. 민선이는 소아과 전문의이며, 웨스트체스터 메디칼 센터의 소아과 레지던시 프로그램의 부관장Pediatric

Residency Program Associate Director이다. 뉴욕 의과 대학New York Medical College의 조교수이기도 하다. 무엇보다 민선이는 어린이들과 청소년을 치료하는일을 천직으로 삼고 성심껏 환자들의 치료에 사역한다. 나는 민선이도, 민선이의 환자들도 운이 좋다는 생각을 한다. 나이가 들수록 더욱 딸들에게 감사한다.

또한 내 곁에는 착하고 든든한 두 사위가 있다. 형선이의 남편제프Jeffrey A. Frankel는 하버드 대학의 케네디 스쿨의 석좌교수(JamesW. Harpel)로 자본금 형성과 성장Capital Formation and Growth분야에서 권위 있는 학자이다. 민선이의 남편 앤드루Andrew A. Silbiger는 아메리카투고(Americatogo)의 대표 CEO인 사업가이다. 무엇보다 제프리와 앤드루는 가족들을 사랑하는 애처가들이기에 나도 사위들을 사랑하고 고맙게 생각한다. 두 딸들과 사위들의 이런 사려 깊은 사랑과정성 어린 보살핌에 나는 두려움 없이 오늘도 소망을 갖고 평안히 살 수 있다.

게다가 손자인 티오돌과 윈스턴은 나에게 생의 의욕과 희망을가져다준다. 그 귀엽고 사랑스러움을 말이나 글, 그 무엇으로도표현할 수 없다. 두 손자들은 나의 우상이자 영웅이며, 삶을 풍만케 해주는 존재다. 또한 의붓손자인 에번은 건실한 대학 진학을앞둔 고등학생이다. 나와 에번은 할머니와 손자로 케미스트리가 잘 맞는 것 같다. 우리는 서로 사랑하며 밀착된 관계를 맺고 산다.

반면에 내가 이 세상에서 가장 조심스럽고 어려워하는 사람들도 가족들이다. 특히, 나는 딸들을 가장 어려워 하고 딸들 앞에서 내 몸차림이나 언행에 신경을 쓴다. 남들이 나를 어떻게 평가하든 나는 개의치 않지만, 딸들의 말은 내 가슴에 와닿는다. 딸들의 눈에 비추어지는 어머니로서의 인상에는 무척 신경을 쓴다. 그들의 가슴속 깊이 부각될 어머니로서의 내 인품을 신중히 고려하고 딸들을 실망시키지 않으려고 노력한다. 이 세상에서 가장 두렵고 조심스럽지만, 가장 가깝고 힘이 되어주는 딸들, 나는 이런 모순된 긴장과 밀착 속에서 살지만 나를 아껴주는 딸들에게 항상 감사하며 산다. 가족을 위하는 일이라면 내 몸이 할 수 있는 것이 무엇이든 하고 싶다. 그것이 사랑일까. 사랑이 무엇인지 아직도 모르지만 나는 주저 없이 딸들과 그들의 가족 모두를 사랑한다고 말할 수 있다. 다시 태어나도 나는 형선이와 민선이의 엄마로 살고 싶다.

하지만 나는 언제나 형선이에게 죄의식을 느낀다. 3개월 된 아이를 친정에 보내 할머니와 할아버지, 외가 식구들의 보살핌 속에서 자라게 한 죄책감이 내 속에 살아있다. 물론 할머니와 할아버지, 동생들이 정성을 다해 길러주었지만, 유아기에 엄마와 아빠의 사랑을 아이에게 느껴보게 하지 못한 것 같아 그 심리적 영향이 걱정되었다. 형선이에게 조금이라도 어려움이 있으면 '내가 잘 기르지 못한 탓인가?'라는 죄책감 속에 살아왔다. 그래도 잘 자라준 형선이, 정성껏 길러준 가족들에게도 감사한다.

둘째가 내 생에서 큰 보람인 박사학위 취득이다. 나는 항상 철학박사Doctor of Philosophy 학위를 갖고 싶었다. 그리고 내가 해낼 수 있는 능력과 열정이 있다는 것도 알고 있었다. 그러나 내가 가장 하고 싶은 것, 할 수 있는 것을 못하면 스스로 떳떳하지 못하고, 가슴 속에 한을 묻고 죽을 것이 분명했다. 또한 대학이나 대학원에서 가르치기 위해서는 박사학위가 필수인 미국학계의 실정도 잘 알고 있었다. '다 이루는' 삶을 살고 감사하는 심정으로 세상을 떠나고 싶었다. 그래서 생의 후반기에 접어든 만 53세에 박사학위를 받았고, 교수로서 가르치고 싶은 염원을 이루었다. 덕분에 나 자신에게 떳떳하고 보람을 느낄 수 있었다. 나 자신에게 감사한다.

셋째가 결혼생활의 정리이다. 결혼 생활 중에 나는 이혼을 생각하지는 않았다. 하지만 어려운 용단을 내려 이혼한 것을 후회하지 않는다. 25년 동안 나는 몸과 마음을 다해 남편을 섬겼고 받들었다. 아내로서 해야 할 직분을 나름대로 다했다. 하지만 내가 원하는 참 삶을 살지는 못했다. 나는 스스로를 찾아 내가 만족할 수 있는, 미련 없는 삶을 살고 싶었다. 잃었던 나 자신을 찾아 원하는 삶을 산 것을 잘했다고 생각한다. 하지만 예상한 대로 이혼은 딸들과 남편에게 치명적인 아픔을 주었다. 또한 뉴욕과 뉴저지의 한인사회, 교계에도 충격적인 파문을 일으켰다. 나는 북부 뉴저지주의 유엠씨United Methodist 교단의 북 뉴저지 연회Northern New Jersey Annual Conference에서 최초로 안수 받은 아시아계 코리안아메리칸 여성 목사였기 때문이다. '여자가 목사가 되다니? 목사가 이혼을 하다니?'라는 비난과 함께 한인 교계는 실망과 분노를 토해냈다. 나는 이런 비난과 환멸을 이해했고 크게 개의치 않았다.

법적으로 나는 한인교단의 목사가 아니라 미국의 연합감리교단United Methodist Church의 목사다. 무엇보다 중요한 것은 '누가 내 삶을 사느냐'의 문제였다. 한인교회가 내 삶을 살아주지는 못한다. 세상 그 누구도 내 삶을 살 수 없다. 나는 나 자신만이 삶에 책임을 져야 한다고 믿고 살아왔다. 그래서 내가 살고 싶고 살아야 할 삶, 나 자신에게 떳떳하고 스스로를 바로 쳐다볼 수 있는 삶. 나 자신이 보람을 느끼며 살기 위해 남들이 무엇이라고 하든 개의치 않았다. 이혼으로 나는 잃었던 나를 다시 찾았고 나에게 부끄럽지 않게 살았기 때문이다. 나는 지금도 이혼은 현명한 결단이었음을 확신한다. 물론 가장 힘들고 아픈 결정이었다. 다만, 딸들의 가슴에 지울 수 없는 아픔을 남겨주게 되어 미안하고 죄스럽다. 이혼을 거부한 남편에게도 고통과 상처를 안겨준 죄의식과 미안함을 금할 수 없다. 이미 서거한 그분의 안식과 명복을 기원한다.

끝으로, 회고록과는 뗄 수 없는 겨울나무들에게 감사한다. 최근 7~8여 년간, 나는 케임브리지와 뉴욕을 번갈아 드나들며 회고록 구상에 관한 아이디어를 얻곤 했다. 그레이하운드 버스의 노인석에 앉아 넓은 유리창을 통해 스스로와 대면했다. 그리고 말없이 하이웨이 84와 91, 95 양가에 버티고 선 웅장한 나무들, 특히 하늘을 보며 제 몸을 엄숙하게 드러내는 겨울나무들과 속마음 나누며 책을 완성할 수 있었다. 딸들은 버스대신 기차를 타라고 충고했었다. 기차가 더 조용하고 편하며 빠르다는 이유에서였다. 하지만 나는 한사코 버스를 고집했다. 버스가 기차보다 가격이 훨씬 저렴한 이유도 있었지만, 무엇보다 나무들 때문이었다. 나무들과 속마음을 나누며 책의 구상을 하고 싶었다. 기차 주변에는 작은 관목과 수풀만이 기차에 맞부딪힐 정도로만 가까이 있어 마음이 답답했다. 반면, 버스를 타면 간격을 두고 고속도로 양쪽에 묵묵히 버티고 선 거목들, 특히 겨울나무들을 만나 속마음을 터놓고 글의 아이디어와 방향을 찾을 수 있었다. 그렇게 나는 버스 여행을 강행하며 회고록을 완성할 수 있었다.

책의 출간으로 김애라는 벌거벗겨진 모습으로 독자들 앞에 드러난다. 세상에 나 자신을 있는 그대로 보이는 것이 무섭고 떨린다. 비난의 화살도 온전히 받아내어야 할 것이다. 하지만 내가 하고 싶고 해야 할 바와, 할 수 있는 것을 찾아 열심히 살아왔기에, 남들이 뭐라고 하든지 상관하지 않는다. 실패했다거나 성공했다거나, 교만하다고 하거나 이기주의자, 자기도취자라고 해도 개의치 않는다. 세상의 모든 사람을 다 속일 수는 있을지라도 자신만은 결코 속일 수 없기 때문이다. 비록 인생 여정은 피와 땀, 눈물로 얼룩졌고, 하나님과의 치열한 사투를 하며 버텼지만, 그 모든 것들은 삶을 조각하고 건설하는 필수적인 과정이었다. 나는 생의 건축가이자 조각가로 살았다. 내가 할 수 있는, 해야 할 조각을 심혈을 기울여했다. 나는 죽었다 다시 태어나도 또다시 열심히 살아갈 것이다. 벌거벗은 알몸으로 눈보라와 돌풍을 이겨내고 봄의 새 생명을 길러내는 벌거벗은 겨울나무처럼. 오늘도 나는 귀한 두 손자들을 찾아 그레이하운드 버스에 몸을 싣고 뉴욕으로 향한다. 고속도로 양 옆으로 엄숙하게 버틴 겨울나무들이 앙상한 가지를 드러내며 나를 맞는다.

이제 모든 치장을 다 벗어 버렸으니 겨울나무들은 얼마나 홀가분할까. 나도 책의 출간과 함께 나를 가리던 옷들을 벗어 던지고 벌거숭이로 남은 생을 살아가게 될 것이다. 두렵지만 숨길 것도 없어지니 홀가분하고 자유로울 것 같다. 나아가 육신이 세상을 떠난 후에도 책은 계속 남아 나를 세상에 드러내겠지.

생각만해도 떨리는 심정으로 묵묵히 버티고 있는 겨울나무들과 착잡한 마음을 나누며 '벌거벗은 겨울나무 ─ 김애라'는 또다시 삶의 한 발자국을 내딛는다.

할머니이자 엄마,
필자 김애라

행복우물 출판사 출간 도서

행복우물 출판사는
재능있는 작가들의 원고투고를 기다립니다
(원고투고) contents@happypress.co.kr